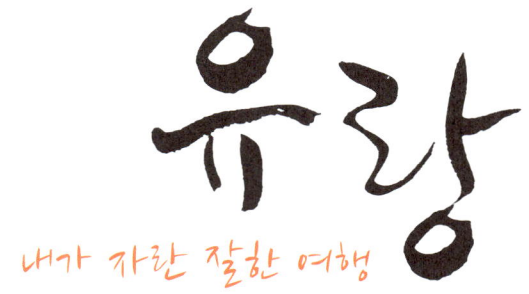

유랑

내가 자란 잘한 여행

김나래 지음

솔과학

초판인쇄　　2013년 10월 10일
초판발행　　2013년 10월 12일

저　 자　　김나래
E-mail　　narae30000@hanmail.net

펴 낸 이　　김재광
펴 낸 곳　　솔과학

출판등록
주　 소　　서울시 마포구 염리동 164-4 삼부골든타워 302호
대표전화　　02-714-8655
팩　 스　　02-711-4656
E-mail　　solkwahak@hanmail.net

ISBN 978-89-92988-91-9(03890)
©도서출판 솔과학, 2013

값 17,000원

유랑

내가 자란 잘한 여행

소리. 혹은 냄새 그리고 비슷한 풍경. 그리고 촉감

그것을 마주할 때마다 소용돌이치듯 기억속으로 여행을 떠나곤합니다.

여행을 할때 그곳에 존재하는 느낌을 가지고 오는 것은 무척 중요한 것입니다. 사실은 시간이 지날수록 사라져 잊혀져버리지만 느낌은 온몸에 배어들어 비슷한 환경이 느껴질 때 여지없이 그 시간속으로 갈 수 있기 때문입니다.

그래서 그곳의 나무를 만지고 그들의 미소를 기억합니다. 더운 계절이었다면 송글송글 솟아나는 땀과 싱그럽게 우거진 숲. 바라보기만 해도 시원한 강과 바다를, 추운계절이었다면 발밑에 쌓인 눈과 오래된 라디에이터의 따스함을 기억합니다.

어디에나 있을것 같은 사소한 느낌들인데도 신기하게 그 시간을 기억하고 영화를 보듯 풍경을 추억합니다.

책을 준비하며 여행을 함께했던 친구들을 만나고, 그때 들었던 음악을 듣고, 그때 즐겨마시던 차를 마셨습니다. 1년이 넘는 집필 기간 동안 기억 저편으로 풀풀이 흩어졌던 십 년의 여행을 다시 떠날 수 있어 행복했습니다.

2013. 여름

7

바람의 도시 - 바라나시

#. 허탈한 내일

　가로 한 뼘 세로 한 뼘 손가락을 쭉 펴면 꽉 차는 창문 너머엔 플라타너스의 싱그러운 초록빛 이파리가 보였는데, 그것에서 느껴지는 생명력에 가슴이 벅차곤했다.
　밖으로 나가 즐길 수 있는 상황이 되지 않음이 아쉬웠지만, 머지않아 내 꿈을 마음껏 펼칠 수 있는 날이 올 것이라는 희망에 지치지 않을 수 있었다.

　고난의 순간을 어두운 터널로 빗대어 표현되어진 글귀를 읽을때면, 내 상황이 그처럼 답답했지만 한편으로는 무척 희망적이라 생각했다. 터널은 끝이라는것이 반드시 존재하기 때문이다.
　그리고 마침내 터널밖으로 나가자 세상의 모든 빛이 날 비추듯 즐거웠다. 하지만 그것도 잠시 더 깊고 어두운 터널이 기다리고 있었다.
　세상은 알면 알수록 아이러니 투성이였고, 동경했던 부분의 허탈감은 나를 무기력하게 만들었다.

　즐겁고 평범한 새내기 여대생의 것이라기에 고민은 상상할 수 없을 만큼 깊고 심각했고, 누구보다 완벽히 대학생활에 적응한 듯 보였지만 내면적으로 철저히 실패한 채 방황하고 있었다. 머릿속엔 의문과 갈등, 갈망 같은 것으로 가득 차 목에 힘을 빼면 머리통이 땅으로 뚝 떨어지는 상상을 하곤 했다.

　누구도 나와 같지 않을 것이라는 생각, 그렇다면 이 문제를 평생 해결할 수 없을 것이라는 절망감에 답답하고 외로웠다.

　무언가를 허겁지겁 먹은 후, 눈물이 고일만큼 속이 답답하고 금방이라도 구역질이 날것만 같은 느낌, 그 느낌을 안다면 짐작할 수 있을 것이다.

　무엇도 이 격한 답답증을 해소해 줄 수가 없었다.

　막연히 떠나고 싶었다.

　모든 것으로부터…

　#. 이방인

　밤하늘의 별은 짙은 색감의 벨벳옷감에 크리스탈이 수놓아진 이브닝드레스처럼 고급스럽고 우아하다.

　당장이라도 손을 뻗으면 손등을 콕콕 간질으며 데굴데굴 구를 것 같다.

　나는 이마를 창에 대고 두 팔로 감싸 빛이 들어오지 않게 했다.

　그래야 별을 더 아름답게 감상할 수 있었기 때문이었다.

인도 행 비행기 안에선 바람이 부는 것 같았다.

짙은 향신료 냄새와 숄을 두르고 다니는 사람들의 모습이 바람을 일으키며 나타 났던 소공녀의 인도인 느낌과 맞물려 작은 비행기 안에 휘몰아치듯 바람이 부는 것 같았다. 하지만 사막바람처럼 건조하고 뜨겁게 느껴져 뺨에 닿는 느낌이 달갑진 않 았다.

버스정류장처럼 소박하기 그지없는 델리공항엔 수 많은 사람들을 모여 있었다. 그들을 보자 공항을 빠져나갈 수 있을지 의문이 들었고, (이중 40퍼센트는 구경하러온 사람이라고 한다.) 그들의 검은 피부와 커다란 눈에 겁에 질려 긴장한 채 버스에 올랐 다. 배낭을 내리는 것도 잊은 채 경직된 자세로 앉았는데, 앞 좌석에 앉은 어린아 이가 내가 신기한지 자꾸만 뒤돌아 바라보았다.

아이의 검은 피부와 커다란 눈은 너무도 사랑스럽고 예뻤다. 마트에서 자주 보았 던 눈 깜빡이는 인형과 꼭 닮은 모습이었다. 신기할 만큼 이국적인 아이의 모습에 긴장이 풀어졌는지 그제야 어깨를 짓누르던 42리터 배낭을 내려놓을 수 있었다.

바람을 가르는 버스 안에서 흥겨운 인도 노래가 울려 퍼지자, 운전사는 승객을 아랑곳 하지 않고 노래방에서처럼 목청껏 노래를 불렀다.

인도 아이

사람들의 무관심한 표정들로 보아 이곳에선 그 리 이상스런 행동이 아닌 듯 했다.

오직 나만이 이 상황에 섞이지 못한 채 안절부 절못하는 이방인이었다.

내가 왜 인도를 첫 여행지로 택했는지는 아직도 잘 모르겠다.

왠지 그곳에 가면 진리를 찾을 수 있을 것 같았 다. 메모리 과다로 매일 경고 벨을 울려대는 머릿속을 비워낼수 있을 것도 같았다.

흔히 떠올리는 물안개가 피어오르는 갠지스 강이라던 지, 눈처럼 하얀 대리석으로 만들었다는 타지마할이라던지… 이런 것은 생각하지 않았었다.

단지 내가 어디를 가면 가장 힘들어질 수 있을까를 생각했었다.

마조히스트 같지만 날 괴롭히는 수많은 상념을 떨칠 수 있을 만큼 고된 여행, 그런것을 원했었다.

그리고 아주 적합한 선택을 한 것 같다.

인도에 온지 단 이틀 만에 이곳은 내 여행목적에 최적의 도시라는 것을 깨달았고 단 오일 만에 생각이고 뭐고 이 지긋지긋한 나라에서 언제 떠날지만 생각했다.

매일매일 일어나는 사소한 말다툼. 가뜩이나 성격 급한 내 속을 터지게 만드는 인도인들의 느긋함, 지저분한 거리와 냄새, 지나치게 호기심 많은 그들과의 귀찮은 실랑이가 당연해 질만큼 무뎌졌을 때 바램의 도시 바라나시로 가고 있었다.

인도에 온지 열흘이 넘게 지났다. 무굴 제국의 왕이었던 샤자한의 아름다운 전설을 지닌 타지마할을 지나, 책에서 단골로 나오던 아잔타 석굴을 탐험하겠다며 안내원이 소홀한 틈을 타 손전등을 들고 동굴깊이 들어갔다가 박쥐 때를 만나 질겁하여 도망친 일도 있었다.

불과 한 시간만 지나도 웃음거리가 되고마는 인도의 일상 속에서 난 언제나 화가 났고 참을 수 없어했다.

구걸수업을 받은 듯 능수능란한 거지와 더러운 거리, 내내 달고다니던 설사병…

내가 왜 돈 들여 이 먼 곳 에와 이 고생을 하고 있는지 진정 의심스러웠지만, 내일 당장 이곳을 떠나버려야지 씩씩대다가도 밤에 자려고 침대에 누우면 내게 사기친 어수룩한 인도인이 어이없어 웃고 내일 보게 될 그리고 만나게 될 새로운 것에

아무도 없었는데 왼쪽 사진을 찍고 보니 모여든 사람들 (오른쪽사진)
자연스럽게 포즈를 취하고 있다. 인도에선 굉장히 흔한 일!

대한 기대감에 집 생각은 저만치 사라지고 없었다.

　떠나올 때 짊어지고 온 상념 따윈 잊혀진지 오래였다.

　내 머릿속엔 내일 어떻게 어디로 가서 무엇을 해야 하는가, 어떻게 해야 사기를 안 당할까. 배에 찬 복대를 덜 티나게 하는 방법은 무엇일까. 무엇보다 당장 아침은 뭘 먹어야 할지에 대한 소소한 고민뿐이었다.

　그리고 내내 걸어 다녀 뻐근한 다리를 어루만지다 삼십분도 지나지 않아 곯아떨어지곤 했다.

#. 새벽의 바라나시

　인도는 어디를 가나 사람들로 북적이고 그들 중 내가 만나는 70퍼센트는 거지인 것 같다.

　내가 무슨 행동을 할지 주시하다 좌우로 고개를 두 번만 돌리면 여지없이 다가와 "Can I help you?"를 외쳤다. 하지만 대부분 옳지 않은 정보여서 허탕 칠 때가 많

인도인은 사람을 모아와서 사진을 찍어달라고 한다.
받을 수 있건 없건 중요하지 않다.

앉고. 이 때문에 한동안 패닉이었다. 날 골탕 먹이려는 의도가 아니라면 도대체 왜 알지도 못하면서 가르쳐주는지 이해할 수가 없었다.

　숙소에 도착하니 역시나 예약이라도 된 듯 한바탕 실랑이를 하고, 짐을 풀었다.

　간단한 요기를 한 후 가벼운 차림으로 강가(강가는 강의 가장자리가 아닌 갠지스 강을 뜻한다)에 갔다.

　바라나시의 골목은 마치 미로 같다. 나는 자주 길을 잃었고, 식은땀이 흐를 만큼 헤맸지만…
　어느 나라나 골목풍경은 재미나고 흥미롭다.
　일정치 않은 크기와 높이의 건물들은 내 나라에서 볼 수 없는 색채를 담고 있었다.
　이런 색으로도 건물을 칠할 수 있구나 생각할 만큼 상큼한 딸기케이크 같은 핑크, 시원한 바닷빛깔 코발트, 때때로 주인의 욕심인지 여러 가지 색으로 칠해진 건물이 들쑥날쑥 있었고, 이곳이라면 타잔이나 스파이더맨이 돌아다니기에 심심하지 않겠다 싶을 만큼의 전깃줄과 전봇대가 출처를 찾을 수 없을만큼 얼기설기 뒤엉켜 있었다.

신기한 것은 그것이 전혀 촌스럽지 않았다는 것이다. 오히려 이웃집들이 약속하고 색을 칠한 듯 조화로웠고, 그 색에 어울리는 분위기와 향내가 났다.

하지만 전깃줄이 너무 낮게 처지거나 끝자락이 노출된 곳이 많아서, 종종 내 머리에 전깃줄이 닿아 만화처럼 얼굴과 머리카락에 새카맣게 타는 상상을 하곤 했다.

저렴한 물가와 위생적이지는 않지만, 맛있어 보이는 군것질거리, 진귀한 물건이 가득한 골목을 구경하다 보면 점심때가 되어서야 강가에 도착했다.

호기심이 많은 난 이것저것 맛을 보아 인도여행 내내 설사에 복통을 달고 다녔다. 인도의 길거리 군것질은 되도록 삼가야 하는 것은 매번 다짐하며 되풀이 되는 일이었다.

보통 숙소에서 강가까지는 십분 이면 족히 도착하지만 참새가 방앗간을 지나치지 못하듯 이것저것 기웃대느라 십 분이 아니라 한 시간도 부족했다..

지나왔던 어수선하고 시끌벅적한 골목들과 마찬가지로 '강가(갠지스강)'도 무척 북적였다.

큰 뿔이 달린 무심한 표정의 소, 쓰레기를 뒤적거리는 마른 개들이 있지만, 신기하게도 귀마개를 한 것처럼 그곳에 선 순간 모든 것이 고요했고, 왜 이곳을 영혼의 강이라 하는 지 알 것도 같았다.

나는 가장 높은 평지로 올라가 앉았다.

그리고 소리 없이 물안개를 피우며 흐르는 강을 바라보았다.

인도의 수많은 사람들은 이곳에서 죽어 '강가'에 뿌려지길 바란다.

'강가'에 화장된 재가 뿌려지면 영혼이 속죄 받아 윤회의 고통에서 벗어난다고 믿기 때문이다. 그래서 그들은 장례를 치르기 위해 수천키로가 떨어진 곳에서도 온다. 현재의 삶이 놓고 싶지 않을 만큼 행복하고 만족하는 사람보다는 비루하고 고통스러운 삶의 굴레를 벗어나고 싶은 사람이 더 많은 것 같다. 그만큼 사는 것이 녹록치 않다는듯해 쓸쓸한 마음이 든다.

나는 '다시 태어난다면'이라는 말을 종종 듣고, 하기도 한다.

특히 부부나 연인사이에서 다시 태어난다면 다시 서로를 선택하겠냐는 사랑 확인용 멘트나, 다시 태어난다면 이렇게 살고, 저렇게 살겠다는 다짐선 멘트도 있다.

우스운 건 지금이어도 충분히 가능한 이야기들을 다시 태어나면 하겠다는 것이다. 내가 말하는 '다시 태어난다면'이라는 가정 또한 지금이어도 가능한 이야기들이다.

강가의 뱃사공

난 윤회를 믿지 않지만 가끔 다시 태어난다면 어떨까하는 상상을 한다.

아직 죽음을 맞을 때가 되지 않아서인지… 세상의 쓴맛을 덜 본 것인지. 거창한 것이 아닌, 지금보다 덜 고민하고 더 많이 보고 싶다. 이것 또한 당장 해도 늦지 않은 일인데 말이다.

그렇게 치면 다시 태어난다면. 김태희가 되겠다는 말이 아니고서야. 웬만하면 가능한 일이지 않을까.

이튿날 이른 새벽 가트(갠지스 강 옆으로 난 계단)를 거닐었다.

인도인들이 새벽안개 속에서 아주 천천히 온몸 구석구석을 정성스럽게 씻고있었다. 강가에 몸을 담그고 씻는 것은 목욕의 의미보다는 기도처럼 보였다.

마치 슬로우 비디오를 틀어놓은 것처럼 두 손을 모아 천천히 내려서 조심스럽게 허리를 굽혀 물을 뜬 다음 다시 천천히 머리위로 올려 떨어지는 물줄기들을 몸에 문지르거나 마신다.

강가의 영혼이 그들을 감싸 흐르는 듯 한 느낌이었다.

몸에 떨어지는 물방울 하나하나가 보석처럼 빛이 나고, 그들의 바램과 기도가 얼마나 간절하고 성스러운지 손끝이 저릴 정도였다.

강의 성스러운 물이 그들의 더러워진 몸과 마음을 씻어내고 정결히 한 다음 간절한 바램들을 실어 고요히 흐른다.

상념에 젖어 한참 흐르는 강물을 바라보는데 문득 강너머가 보인다.

강가 너머는 아무도 살지 않을 것처럼 그저 벌판이다.

그곳을 '악마의 땅'이라고 소개한 뱃사공은 강가 건너편은 불결하게 여겨져 건물이 들어서지 않고, 허허벌판이라 했다.

뱃사공의 나이는 37살이었다.

37살의 나이에 오십은 족히 되보이는 얼굴에는 고단함이 잔뜩 배어있었다.

주름이 어찌나 많은지 쪼글쪼글한 팔꿈치 살 같았다.

그는 자신도 죽으면 강가에 뿌려져 다음 생애에서는 뱃사공을 하지 않았으면 좋겠다고 했다.

배를 타고 해가 지는 강빛을 즐긴다.

바라나시의 화려한 빛이 강가에 비쳐 너울대고 나뭇잎 위에 밝혀진 촛불은 사람들의 바램을 담아 강가 위를 둥둥 떠서 흘러간다.

이곳에 있는 수많은 사람들이 가진 바램들은 다시 그들의 희망이 되어 내일을 살아가는 힘이 될 것이다. 지금 여기에 있는 사람들은 내일이 좋든 싫든 주어진 사람이기 때문이다.

멀리 마니까르니까(화장터)가 보이고 아무렇게나 쌓아둔 장작더미들이 무척 조형적으로 다가왔다. 나는 마치 사진작가가 된 듯 연신 셔터를 눌러대고 있었는데 조심스러운 듯 뱃사공이 마니까르니까는 사진을 찍으면 장례를 치루는 사람에 대한 예의에 어긋난다고 했다.

입장을 바꿔 우리가 장례식을 할 때 외국인 관광객이 신기해하며 셔터를 눌러대는 것과 같은 것이지 않을까?

난 관광객이기에 이색적인 풍경들은 담고 싶었지만 그들의 장례의식을 그저 눈에 담으며 오랫동안 바라볼 수밖에 없었다.

붉은 치아

나는 바라나시의 아침을 일찍 맞았다.

매일 새벽에 일어나 안개 낀 강가의 모습을 가슴에 담고 가장 높은 곳으로 가 상념에 젖었다. 그리고 가트를 걸어 강가가 보이는 곳에 있는 고즈넉한 카페에서 커피 한 잔을 했다.

카페주인의 성격은 매우 유쾌해서 매번 좋은 느낌을 주었다.

그는 멋들어진 주황색 콧수염과 붉은 치아를 가지고 있었다.

붉은 치아에 대해 말하자면 인도사람들이 즐겨 씹는 일종의 담배 때문인데 이 담배를 씹으면 붉은 색이 배어나와 침이 붉어지고 그로인해 치아가 붉은 것처럼 느끼게 된다. 그는 내가 볼 때마다 담배를 씹고 있었기 때문에 원래부터 치아가 붉은 사람 같았다.

공항에서 처음 붉은 치아의 사람들을 보았을 때 그들의 그로테스크한 모습에 경악을 금치 못했었다. 난 그때 치아가 붉다는 사실이 그렇게 두려울 수가 없었다.

그리고 내가 가진 이상한 습관이 생각났다.

21

치과에서 스케일링을 할 때면 물로 행구기 전에 항상 거울을 먼저 보고 잇몸사이에서 나온 붉은 피가 치아를 물들이는 그 괴기한 모습을 보며 몸소리쳐 하곤 했지만 매번 몸소리쳐 하면서도 언제나 바로 물로 행구는 법은 없었다. 하얀 치아의 색이 강렬한 붉은 빛으로 변한 낯선 모습이 묘하게 매력적이기도 했기 때문이었다.

카페 주인의 치아도 방금 스케일링이 끝난 것처럼 붉었다.

하지만 유쾌한 성격과 표정 때문에 공항에서 본 사람들처럼 두렵지 않았고, 오히려 그의 주홍빛 콧수염과 붉은 치아의 색 조합이 아름답다고 생각할 정도였다.

그러던 어느날 그는 위조지폐 감별법을 가르쳐 준다며 루피(인도화폐)를 꼬깃꼬깃 구겨 바닥에 내동댕이 쳤다. 그리고 다시 펴고 안에 그려진 간디의 안경이 깨지지 않았다며 이것은 진짜 돈이라고 했다.

그 이야기를 어찌나 실감나게 하던지 진짜일수도 있다고 생각했다.

문득 안드로메다 아저씨가 생각났다.

*

스무 살에 알게 된 안드로메다 아저씨는 대학로에 사는 거지였다.

어느날 그는 나에게 하늘을 가리키며 안드로메다에서 왔다고 했고, 머지않아 그곳으로 돌아간다고 했다. 그리고 그 후 얼마동안 그곳에 나타나지 않았다. 난 순진하게도 그가 안드로메다로 갔다고 굳게 믿었고, 얼마 후 그가 나타나자 반가운 마음에 달려가 안드로메다에 벌써 다녀왔냐고 했는데 그는 고개를 갸웃거리며 나보고 미쳤냐고 했다.

*

이 허무맹랑한 이야기를 믿었었던 그때처럼 난 혹시나 하는 마음에 종종 간디가 그려진 지폐를 꺼내 구긴 후 던져보곤 했다.

카페주인는 안드로메다아저씨와 묘하게 닮은 데가 있었다.

그와 이야기를 하면 재미도 있었지만. 마음이 가볍고 즐거워 졌다. 걱정도 근심도 잊게 하는 모자라지도 넘치지도 않는 센스와 함께 말이다.

소 트라우마

어느 날 여느 때처럼 카페로 가기위해 길을 나섰다.

골목을 걷는데 이상하게 골목의 사람들이 가장자리로 붙어있었다.

어차피 두 사람이 지나가면 꽉 차는 골목이라 아무 생각없이 걷고 있었는데 난데없이 소가 내게 돌진해서 친구와 함께 소에 받혔다. 게다가 넘어지며 똥까지 밟은 최악의 날이었다. 난 '정말 지긋지긋해'를 몇 번이나 울부짖었다.

아마도 인도 사람들은 소의 돌발행동에 대해 아는듯 했고 내가 우스워 죽겠다는 표정이었다.

너무 놀라서 눈물콧물 범벅된 그날 이후 고양이 공포증에 이은 소 공포증까지 생겼다.

그 후 카페 가는 길은 험난했다.

인도의 길엔 소가 없는 곳이 드물다.

인도의 소는 우리나라의 한우와는 표정부터가 달랐다.

무심하고 도도한 표정과 마른 몸, 길고 날카로운 뿔… 마음의 공포가 자리 잡은 눈으로 보니 그렇게 무시무시할 수가 없었다.

소가 유독 많은 바라나시중에도 그 길에는 소떼가 포진하고 있었기 때문에 돌고 돌아 골목골목으로 카페에 가곤했다. 소만 보아도 경기를 일으키듯 놀라고, 등 뒤에 식은땀이 나서 어쩔 수 없이 돌아갈 수밖에 없었다. 쉽지만은 않았던 그 길을 감수하면서까지 널리고 널린 카페 중 유독 그곳을 왜 그리 고집했는지는 알 수 없었지만 그길 끝엔 카페가 있었고 언제나 따뜻하고 밝은 웃음으로 맞아주는 붉은 치아, 카페주인도 있었다.

오렌지 가게의 수호신

이곳은 내가 사랑하는 *색*으로 가득한 곳이고 살 것, 갖고 싶은 것 투성이었다.
골목에 가득한 형형색색의 물건들은 날 사로잡기에 충분했다. 나는 미국 드라마 'sex and the city'의 Sarah jessica parker가 된 듯 동공을 최대한 확장시킨 채 호기심 가득한 눈빛으로 가게를 헤집고 돌아다녔다.
게다가 오늘은 바라나시의 마지막 날이기 때문에 다시 돌아올 수 없다는 사실이 쇼핑욕구를 더욱 자극했던 것 같다.

한참을 구경하던 중 블라우스를 파는 가게에 들어갔다.
형형색색의 머플러와 블라우스가 바닥부터 천정까지 빼곡히 걸려있었는데, 그 색감만으로도 예술적이었다.
나는 여러 가지 색의 블라우스를 입어보고 마음에 드는 몇 가지를 골라 흥정을 했다.
그리고 무려 80퍼센트를 깎은 가격으로 아주 흡족해하며 짜이까지 얻어 마시고 숙소로 돌아와 떠날 짐을 챙기는데 그제야 생각났다.
옷가게에 겉옷을 두고 왔던 것이다. 함께 떠날 친구들에게 짐을 맡긴 후 바라나시 장터에 있는 오렌지 가게 앞에서 만나기로 하고 그곳으로 향했다.

여덟시 반 기차

아직 일곱 시 였다.

서둘러 다녀오면 함께 릭샤를 타고 기차역으로 갈 수 있었다.

바람처럼 달려 골목으로 갔다. 야속한 해는 이미 모습을 감추었고 나는 바라나시의 골목에 갇히고 말았다. 그리고 그렇게 해매는 사이 시간은 빠르게 지나갔다.

* 바라나시에는 마약의 일종인 '방'(마리화나엑기스)이 허용되기 때문에 어둠이 내리면 매우 위험해지는 곳이다. 여성여행자들을 대상으로 한 성범죄와 흉직한 '그렇다더라' 소문을 간직한 바라나시의 또 다른 모습이다. *

두려움 속에서 우여곡절 끝에 가게를 찾았지만 그들은 옷을 주지 않았다. 가게 안에 내가 벗어놓은 옷이 뻔히 보였지만 줄 수 없다고 했다. 도리어 그것은 내 옷이 아니라며 발뺌하였고 머리카락이 설만큼 화가 난 나는 폐장을 위해 산더미처럼 쌓아둔 옷들을 밀쳐 쓰러트리고는 친구를 만나기 위해 오렌지 가게로 달려갔다.

[잘먹고 잘살아라~!!]

이미 약속시간은 넘어선지 오래였고 마음이 급해서인지 또 다시 해맸다. 두려움과 억울함에 눈물이 펑펑 쏟아졌지만 오렌지 가게를 찾기 위해 난 이미 내정신이 아니었다.

결국 약속시간에 이십분이나 늦어 도착했고, 이미 친구들은 떠났다. 오렌지 가게 앞에 홀로 남은 나에겐 돈도 짐도 없었고, 폐장하는 노점의 등잔도 하나 둘 꺼졌다. 어두워진 길거리엔 마약에 취한 인도인들이 홀로 있는 나를 바라보며 따가운 미소를 지었다. 그리고 이따금씩 팔을 건들거나 찌르면서 낄낄대기도 했다.

그곳에서 난 두려움에 떠는 사슴 같았고 그들은 먹잇감을 노리는 포식자 같았다.

어찌할 바를 몰라 발을 동동 구르는데 고개를 들어보니 거인 같은 백인이 가슴에 오렌지가 가득 든 봉지를 안고 날 내려다보고 있었다.

그의 이름은 댄이 었고 에메랄드처럼 아름다운 눈동자를 가진 캐나다 여행자였다.

그는 마치 천사가 날 구하러 하늘에서 내려온 것처럼 눈부신 빛이 났고, 백인이라 그런지 천사처럼 하얗기도 했다.

난 잘 알지도 못하는 그를 붙잡고 릭샤로 삼십분이나 떨어진 바라나시 역에 함께 가달라고 부탁했다. 서툰 영어로 몸을 바들바들 떨며 너무 무섭고 돈도 없고 가방도 친구들에게 있으니 제발 나를 바라나시역에 데려다 달라고 애원했다.

댄의 인도인 친구는 위험하다며 그를 말렸지만, 그는 친구를 먼저 보내고 나에게 걱정하지 말라면서 흔쾌히 바라나시역에 함께 해주었다.

댄은 사시나무 떨듯 덜덜 떠는 나에게 내내 괜찮으니 이제 걱정하지 않아도 될 것이라고 말해주었고 오렌지도 까서 주었지만 그것을 먹을 수는 없었다.

고마운 마음에 눈물만 주룩주룩 흘리며 연신 '땡큐쏘머치'를 외쳤다.

댄이 어떤 행동을 해주지 않아도 함께 라는 것만으로 두렵지 않았었다.

우리는 아슬아슬하게 도착해 쏜살같이 계단을 내려갔다.

인도에서 기차는 연착되기 일쑤였지만 출발역인 바라나시에 연착은 없었다. 시간이 되자 기차가 출발하려 했고, 댄은 바람처럼 달려가 비상레버를 당겼다.

그가 역무원과 실랑이를 하며 시간을 버는 사이에 한바탕 소동으로 구경나온 사람들 사이에서 친구들을 찾았다.

내가 실종 된 줄 알았던 친구들은 눈물범벅이 되어 부둥켜 안았고 다행히 민박집에 짐을 맡겨놓아 돌아가면 되었다.

그들과 함께 떠날 수는 없었지만, 다음을 기약하며 아쉬운 작별인사를 나누었다.

함께 '뿌리'로 가려던 Y언니가 함께 내려서 댄과 나 그리고 언니는 릭샤를 타고 다시 강가로 향했다.

릭샤꾼이 이상하다.

릭샤꾼은 이상한 골목으로만 갔다.
그곳은 댄과 내가 바라나시 역으로 올 때의 그 길이 아니었다.
난 댄에게 릭샤꾼이 이상하다고 했고 댄은 자신이 알아서 하겠다며 걱정하지 말라고 했다. 언니와 나는 잔뜩 긴장한 채, 릭샤꾼의 행동을 주시하고 있었다.
그는 이미 약에 취했는지 눈도 풀려있었다. 댄은 화도 내지 않고 그저 옆에서 그를 달래고 있었다.
결국 그는 이상한 골목에 릭샤를 세웠고 그곳에는 세 명 정도의 인도인이 모여 마리화나를 태우고 있었다.
난 이미 두려움이 만든 담 속에 갇혀 정신이 혼미할 지경이었다. 언니의 손을 잡았지만 나도 모르게 떨고 있었다.
댄은 그들에게가 릭샤꾼을 꼬여내고 있었다.
강가로 데려다 주면 큰 돈을 줄 것이다. 이런 말이었던 것 같다. 귀가 솔깃했는지 릭샤꾼은 댄의 말을 듣고 돌아와 우리는 다시 출발할 수 있었다.
만약 그때 나의 방식으로 화를 내거나 재촉했다면 어떻게 되었을지 모르겠다. 하지만 분명 좋지 않은 결과가 나왔을 것 같다. 왜냐하면 그때는 우리에게 유리할 것이 아무것도 없었기 때문이다.
그 순간에 댄의 방식은 내 입장에선 답답하고 미련해보였지만, 결과적으로 그는 아주 현명한 선택을 한 것이었다.

불빛이 보인다. 번화가가 가까워오는지 밤을 즐기는 사람들이 거리에 가득하다. 그것은 점점 우리에게 유리한 상황이 되어간다는 것이었다.

그곳 역시 마약에 취해있는 사람이 많겠지만 오렌지 가게에서처럼 두렵진 않았다. 내 곁에 댄과 언니가 있었기 때문이다.

긴장이 풀리는지 열이 오르고 몸이 떨리면서 참을 수 없는 감정들이 솟구쳐 올랐다. 생각할수록 릭샤꾼이 괘씸했다.

난 화를 잘 내지 않는 성격이다. 마음이 약해 화를 내지 못하는 면도 있지만 내 몸에 화가 스며들어 폭발하게 되었을 때는 스스로 감당하지 못할 때가 있다.

릭샤에 앉아 식었다 끓었다는 반복하며 어찌할 바를 모르던 바로 그 순간 난 릭샤꾼의 어깨를 거칠게 두드리며 릭샤를 세우라고 했고 릭샤꾼은 여전히 눈이 풀려 실실 웃으며 날 바라보았다.

그 모습에 더 약이 오른 나는 릭샤꾼의 어깨를 잡고 흔들며 당장 세우라고 소리쳤다.

영문을 모르는 댄과 언니는 의아한 눈빛으로 나를 바라보았다.

드디어 릭샤가 멈추었다.

난 괴력을 내어 그를 릭샤에서 끌어냈다.

그리고 세상에 태어나 처음으로 사람을 때리기 시작했다.

마약이 마취까지 했는지 그는 주먹으로 때려도 별로 아파하지 않고 오히려 실실 웃으며 화를 돋았다. 화가 난 나는 신고 있던 쪼리(슬리퍼)를 벗어 손에 쥐고 미친 듯이 소리를 지르며 그를 때렸다.

사실 때렸다기 보다 발버둥이었던 것 같다. 두려움과 불안함으로 만들어낸 담벼락을 헐어내기 위한 필사적인 행동이었다.

그리고 방언이 터지듯 온갖 욕설이 난무했다. 하지만 해본 사람이 잘한다고 평소에 욕을 하지 않아 하는 욕들마다 유치하기 그지없었고, 후련하지도 않았다. 그 와

중에서도 욕이 좋은 것은 아니지만 배울 필요는 있겠다는 생각을 했다.

나의 이중적인 모습에 얼이 빠진 댄은 만신창이가 된 나를 바라보다 뒤에서 잡고 말렸고 그럴수록 난 더욱 괴성을 지르며 두려움을 왈칵왈칵 토해내었다.

헤어질 시간이 되고, 아쉽고 고마운 마음에 댄을 바라보니 그가 웃으며 이메일을 가르쳐달라고 했지만 종이가 없어서 그의 손목을 잡고 돌려 손목부터 팔꿈치안쪽까지 커다랗게 이메일을 적어주었다.

그는 소리 내어 웃었다. 우리 셋은 한참을 그렇게 웃었다.

그때 처음으로 댄의 얼굴을 자세히 볼 수 있었다.

댄은 바다같은 청록색 눈동자를 가지고 있었다. 그의 눈동자를 보면 순간 휘청할 만큼 몽롱한 느낌이었다. 태어나 처음으로 그렇게 오래 그리고 자세하게 눈동자를 보았는데 한 가지 색이 아닌 파란계통의 여러 가지 색으로 이루어 졌다. 마치 꽃처럼… 왜 그 순간 에델바이스가 생각이 났는지 알 수 없지만, 그를 떠올릴때면 눈처럼 하얀 에델바이스가 생각난다.

따뜻한 마음으로 위험을 무릅쓰고 함께해 주었던 그에게 감사하다. 내가 '댄' 이었다면 하지 못했을 것 같다.

그렇게 댄은 그의 친구에게 떠났고, 언니와 난 바라나시에 며칠 더 묵기로 했다.

상여소리

너무 놀라면 몸이 아파지는 것일까. 난 아마 경기 비슷한 것을 한 것 같다.
구토와 설사로 잠을 잘 수도 없었다.

창가에 누워 있으면 마니까르니까(화장터)로 가는 상여소리가 들렸다.

그렇게 눈을 감고 뜨고를 몇 번 반복했을까. 식어버린 땀으로 온몸이 축축했고, 앓느라 샤워를 하지 못한 까닭에 시체냄새가 나는 것 같이 불쾌했다.

눈을 뜨고 천정을 바라보았다.

여전히 마니까르니까(화장터)로 가는 상여소리가 들렸다. 높낮이가 심하지 않은 이 노래는 마치 갠지스 강에 피어나는 물안개 같다.

손으로 잡으면 사라지고 마는 새벽녘의 아지랑이 같기도 하다.

꿈을 꾸고 있는 것인지 이미 죽어버린건 아닌지 눈을 껌벅대다 주섬주섬 옷을 입고 마니까르니까(화장터)로 갔다. 배를 탔을때 뱃사공은 마니까르니까에 여자 여행객은 잘 들어가지 않는다고 했다.

난 붉은 숄로 몸과 머리를 감쌌다. 그리고 시신행렬을 따라갔다. 사람들은 시신을 강가 끝으로 데려가 천을 벗기고 조심스럽게 손으로 갠지스 강의 물을 떠서 입을 벌려 흘려 넣어 주었다. 그리고 전신을 물에 담그고 빼었다.

이렇게 해서 죽은 사람의 죄가 속죄되어 윤회의 고통에서 벗어나기를 기도한다.

그들은 시신을 쌓아둔 장작위에 올렸다.

난 약간의 두려움과 자욱하고 매캐한 연기 때문에 현기증이 나기도 했지만 좀 더 가까이서 보고 싶었다. 그래서 막아둔 울타리에 기대어 섰다.

곱게 여민 천이 불에 타 사그라지면서 시신이 드러난다. 불길에 싸여 타들어가는 살은 수분 때문에 그을리는데 마치 비엔나소시지를 전자레인지에 돌렸을 때 얇은 부분이 터지면서 기름이 부글부글 터져나오는 그런 모습이었다. 타면 탈수록 사지가 벌어지고 장례를 집행하는 사람은 커다란 막대기를 들고 다니면서 관절을 툭툭 쳐준다.

그리고 완전히 태워지면 갠지스에 뿌려진다.

가난한 사람도 부자인 사람도 모두 같다.

가난한 사람이라면 장작이 모자라 타다 말기도 한다. 그래서 때로는 강에 타다만 시체가 보인다고 하는데 다행히 본적은 없다.

하지만 비록 다 타지 않는다 해도 성스러운 강가에 수장될 수 있으니 큰 축복이었다.

부자이거나 가난하거나 죽음을 맞아 이곳에 온 그들은 삶을 살면서 어떤 경험들을 하고 어떤 고민들을 했을까.

드라마를 보는 것처럼 그들의 인생이 머릿속에 펼쳐졌다.

어떤 사람은 죽는 순간까지도 무엇인가에 집착하고 그로인해 괴롭고 피곤했을지 모른다.

그것이 성공이든 돈이든 명예든 말이다.

그리고 어떤 사람은 세상에 맞추어 살아가느라 자신을 잃어버린 채 죽음을 맞이했을지도 모른다. 또는 하지 않아도 될 고민들로 시간을 허비한 채 골머리를 썩고 있을 수도 있다. 내가 그랬던 것처럼 말이다.

모든 것은 내가 만들어낸 것이었다. 지금에서야 그것을 깨달았다.

나는 지금 이방인이 되어 꿈같은 느낌으로만 기억될 이곳에서서 죽음을 바라보고 있다.

외로움 두려움 모든 것들에 대한 심각함이나 걱정. 나를 힘들게 했던 내가 만든 굴레에서 도망쳐 인도 그리고 바라나시에 왔다.

그리고 죽음을 마주하고 있었다.

모든 것을 초월한 순간 내게 아무것도 들리지 않았다. 아무것도 보이지 않았다. 하지만 모든 것을 느낄 수 있었다.

파괴된 정신

다음 여정은 인도의 동쪽 끝자락의 어촌마을 뿌리였다.

바라나시에서 뿌리까지는 20시간이 걸린다.
강가에서 무갈사라이 역까지 사십분정도 걸린다.
우리는 여유 있게 두 시간전에 릭샤를 탔다.
릭샤왈라와 농담 섞인 이야기를 나누며 기분 좋은 출발을 했지만… 역시나 곧 미쳐버릴 것 같은 답답함을 느꼈고, 댄 과의 해프닝 때처럼 쪼리를 벗어 그를 흠씬 두둘겨패는 상상을 했다.

여유 있게 나왔지만 풍족한 시간은 아니었던 두시간 중 역에 빨리가면 도착했을 수도 있는 이십분이 흐른 그 시간 우리는 길가에 세워진 릭샤속에서 그를 애타게 바라보고 있었다.
그는 어떤 집에 잠시 릭샤를 세워두고 기도를 하고 온다며 우리만 남겨둔 채 그 집안으로 들어갔고 검지를 쳐들며 1분이라고 말했지만 십 분이 지나도 나오지 않았다.
이미 올 때 릭샤를 세워 아주 신중히 릭샤에 걸어두는 노란 꽃목걸이 같은 것을 고르느라 오분 정도를 허비했다.

나는 잔뜩 찌푸린 얼굴로 릭샤 기둥에 머리를 쿵쿵쥐어 박다 참지 못해 일어나는데 그가 나왔다. 나는 제발 빨리 가자며 기차를 놓치면 어쩌냐고 닦달했고 그는 걱정하지 말라며 아직 시간이 많이 남았다고 했다.
그의 말대로 아직 시간이 좀 있으리란 생각에 다시 출발을 하는데 얼마 지나지 않아 릭샤는 다시 섰다. 그는 목이 아프다며 캔디를 사가지고 온다고 가게에 들어갔고 다시 오분이 흘렀다. 뭘 살 것이 그렇게 많고, 기도는 왜 그렇게 많이 하는지 꼭 지금 해야 하는지 이해할 수 없었다. 수시로 서는 까닭에 삼십분이 채 남지 않았다.

난 머리끝까지 화가 났고 언니는 이미 지쳐 말이 없었다. 그 순간 그는 단한마디로 내가 간신히 옭켜쥐고 있던 정신 줄을 놓게 만들었다.

이미 파괴된 정신은 릭샤꾼의 어깨를 신경질적으로 치며 (이런 엄마개의 갓 난 새끼강아지야~!!)를 외치고 있었다.

인도는 릭샤를 타기 전 가격 협상을 꼭해야 한다. 그러지 않았다간 낭패를 보기 쉽기 때문이다.

우리는 릭샤를 타기 전 그와 가격 협상을 했고 그 가격은 둘의 것임을 몇 번이나 확인했다. 하지만 그가 말하길 우리가 릭샤를 타기 전 협의한 값은 한 명 값이라는 것이었다. 순식간에 두배로 불어난 릭샤값에 폭발한 난 오늘 기차 안타고 만다. 네가 오늘 내 정신을 제대로 파괴하는구나! 라는 생각으로 릭샤왈라에게 경찰을 부르라고 했다. 그는 아주 뻔뻔하게 릭샤를 세워 경찰을 불렀고 우리는 울분 섞인 목소리로 되지도 않는 영어를 하느라 손짓발짓에 진땀을 뺐다. 너무 억울하고 화가나 손이 벌벌 떨리기까지 했다.

하지만 그가 데려온 경찰이 진짜인지 가짜인지 릭샤왈라편만 들었다. 그는 옆에서 우리를 보며 실실 웃고 있었다. 게다가 내가 아까 울부짖은 '엄마개의 갓난새끼 강아지'를 기분 나쁘게 흉내 내며 빈정거리기까지 했다.

이대로는 안 되겠다는 생각에 그에게 한 명분의 릭샤값을 던져버리고는 다른 릭샤로 다시 흥정해 타고갈 수밖에 없었다.

어찌되었던 우여곡절 끝에 무갈사라이역에 도착했고 뿌리행 열차를 탈 수 있었다. 첫 역이라 그런지 연착은 없었다.

포기가 상책

우리나라 사람은 성질이 급한편 인것 같다. 오죽하면 외국인들이 우리나라에서 가장 빨리 배우는 말이 빨리빨리라고 하지 않는가?

버스정류장마다 설치되어있는 도착시간을 알리는 표시판이나 조금만 늦게 가도 잡아먹을 듯 경적을 울려대는 자동차를 봐도 얼마나 성질이 급한지 알 수 있다.

나 역시 '빨리빨리'가 뼛속까지 배어있는 토종 한국 사람이다.

애석하게도 문제는 내가 인도에 있다는 것이었다.

인도의 기차는 유난히 연착이 많다. 우리나라였다면 미쳐 돌아가실 수 있는 상황도 이곳에서는 일상일 뿐이다.

음 좀 늦는구나~ 이정도? 인도의 기차 여행 중 가장 오래 기다렸던 세 시간의 연착은 나에게 포기라는 현명함을 심어주었다. 그 세 시간은 내게 괴로운 발악과도 같은 것이었다.

에드바르트 뭉크의 '절규'라는 유명한 명화가 있다.

그 그림의 그 표정 그것은 세 시간동안 내 심정과 일치할 수 있는 것이었다.

나는 세 시간중 한 시간 동안 가방도 내리지 않은 채 끊임없이 역무원에게 항의를 했고, 한 시간은 뻥튀기 기계처럼 곧 터질듯 씩씩대면서도, 혹시 기다리는 기차가 내 기차가 맞는지 이미 떠나버린건 아닌지 초조해하며 사람들에게 다가가 표를 확인했고 나머지 한 시간은 나무의자에 커다란 배낭을 기둥삼아 기대어 노점상 커리가게를 습격해 고개를 처박고 커리를 훔쳐 먹다 주인에게 얻어맞는 무심한 소를 보며 한숨 섞인 희미한 미소를 흘리며 멍하게 피식 거리고 있었다.

인도사람들의 기차 기다리기

    같은 시간속에 인도인들은 둥글게 앉아 시타르(인도전통악기)를 연주하기도 했고, 노래를 부르기도 했고 ,노점상에서 맛있는 군것질 거리를 사서 깔깔대며 수다를 떨기도 했다. 그리고 바닥에 드러누워 잠을 자기도 했다.

    그곳에서 나는 오히려 이상했다. 아니, 나만 이상했던 것 같다.

    포기의 깨달음을 얻고 난 후 연착은 더 이상 고통이 아니었다.

    난 그 시간동안 일기를 쓰기도 하고 나무의자에 누워 현지인보다 더 현지인처럼 다리를 걸쳐놓고 책을 읽기도 했고 그러다 졸리면 자기도 했다. 목이 마르면 짜이왈라를 불러 짜이도 한잔하고 그러다 기차가 오면 사람들 속에 섞여 타면 되는 것이었다.

    포기는 배추를 셀 때나 필요한 말이라는 우스갯소리가 있다. 포기하는 삶을 사는 것은 후회를 감수하는 것이지만, 인도에서 포기는 정신건강상 필요한 것이었다.

인도의 기차

[따닥따닥 — 따닥따닥]

손뼉을 치는 소리가 들리자 사람들이 갑자기 자는 척을 했다.

곧 사리(인도의 전통 여성복장)를 입은 남자들이 들어왔다.

나는 처음에 코스프레를 하는줄 알고 신기하게 보았는데 가슴에 유난히 뽕을 많이 넣어 우스꽝스러운 모습이었다.

그들은 — 유낙 — 이라 불리는데 그 뜻은 '고자, 내시'라고한다. 선천적으로든지 후천적으로 남자의 기능을 상실한 사람으로 여장을 하고 구걸하며 살아가는데 돈을 안주면 그만이라고 생각하겠지만 인도사람들은 그들이 저주받은 사람으로 신비로운 힘을 가지고 있어서 남도 저주할 수 있다고 생각한다.

그들은 특히 남자들에게 위협을 하는데 내용은 — 돈 안주면 너도 고자 만든다. — 뭐 이런 내용이라고 하는데 듣기만 해도 찝찝한 이 저주를 피하려 사람들은 돈을 준다. 들은 이야기로 그들의 구걸아이템은 매우 특별해서 돈을 다발로 번다고 한다. 인도에서만 통하는 이야기겠지만 말이다.

하지만 때로는 매우 위협적이기도 해 무섭기도 했다.

기차에는 바닥을 기어 다니며 청소를 하는 어린아이들이 있었다. 그들은 고용된 게 아니라 구걸을 하려고 청소를 하는 아이들이었다. 하루 종일 기어 다니며 청소를 하고 돈을 달라고 손을 내민다. 처음엔 금방이라도 눈물이 굴러 떨어질듯 애처로운 눈망울에 적은 돈이나마 손에 쥐어주었지만 아주 꾸준히 오는 그들을 보며 진저리를 쳤고 급기야 쫠로(꺼져)를 외쳤다. 마음이 약해서 프리즈(please)를 붙이긴 했지만 그게 더 이상했다.

'꺼져 주세요' 라니… 말이다.

내 자리는 맨 윗칸이었다. 언니도 윗칸이어서 우리는 마주보고 누울 수 있었다.

3층으로된 침대칸에는 우리를 보러 하나 둘 몰려든 인도인으로 가득했다.

그들은 인도 소처럼 무표정한 얼굴로 노골적으로 우리를 응시하다 민망해진 나머지 어색한 미소를 지으면, 모두들 따라 웃는 이상한 행동의 반복이었다.

그때 안개처럼 소리없이 다가와 내 맞은편 의자에 끼어앉은 한 여성은 캐러비안 해적의 조니뎁처럼 언더라인이 진한 화장을 하고 있었는데 뜬금없이 내게 명함을 내밀었다. 그것은 뮤지션·샤머니즘·아티스트 등등 온갖 직업이 적혀있는 이상한 명함이었다.

난 반가운 마음에 나도 아티스트라고하며 악수를 청했는데 그녀는 묘한 웃음과 꿰뚫어 보는 듯 한 눈빛으로 선물을 주고 싶다고 했다.

그리고 내가 무어라 말하기도 전에 팔에 차고 있던 쭈리(팔찌)를 벗어 내 팔에 끼워넣으려 했지만 내 팔이 두꺼운지 팔찌가 잘 들어가지 않았다. 아름다운 색으로 이루어진 열개도 넘은 유리재질의 쭈리가 부담스럽기도 고맙기도 했다. 그녀는 포기하지 않고 안간힘을 써서 집어넣었고 당황스럽고 민망했지만 고맙다고 답했다.

그녀는 묘한 웃음을 지으며 할일을 다했다는 듯 홀연히 사라졌다.

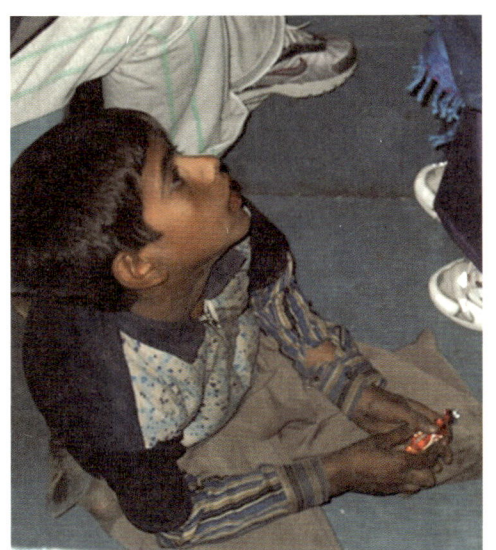

구걸하는 아이

쭈리의 저주

특이하다 생각했지만 이상할 것은 없었다.

이상한 것은 내 몸이었다. 갑자기 온몸이 아프고 열이 올라 침대에 기어 올라가 누웠다. 마치 혹독한 몸살이라도 걸린 듯이 구역질을 하기 시작했고 손가락 들 기력도 없이 송장처럼 누워 아침이 오기만을 기다렸다.

아침이 되면 열이라도 내릴까 싶어서였다.

하지만 고열은 계속되었다.

아침이 되자 새로운 사람들이 기차에 탔는데 아주머니와 할머니였다. 아주머니의 남편은 우리에게 아주머니와 할머니가 있으니 위험하지 않다며 걱정하지 말라고 했다. 난 기력이 없어 내려가지도 못하고 그들을 보며 희미한 미소를 지을 수밖에 없었다.

모든 것이 안개에 쌓인 듯 아득했다. 입술은 말라붙어 밀납 찌꺼기를 물고 있는 것처럼 거칠고 텁텁했다. 힘겹게 내는 숨소리만이 내 존재를 알리고 있었다.

그들은 걱정스러운 얼굴로 날 바라보았고 종종 음식을 챙겨주었지만 냄새만 맡아도 구역질이 나서 괴롭기만 했다.

화장실에 가서 대충 세수를 하고 아래 칸에 앉아 언니에게 힘없이 기대어 있는데 아주머니가 팔에 끼워진 쭈리를 보더니 어디에서 났냐고 물었다.

말할 기력도 없어 언니가 대충 설명을 해주었더니 아주머니는 굳은 표정으로 당장 쭈리를 빼야 한다고 했다. 조금은 의아했지만 몸이 너무 아파 뭐라도 해야만 했고 모두가 달려들어 쭈리를 빼려해도 도무지 빠지지 않았다.

난 무거운 것이 없는지 주변을 보다 모서리에 둘러진 쇳덩이에 손을 부딪치기 시작했고 얼마 지나지 않아 쭈리가 깨져버렸다. 아주머니는 쭈리를 주어담아 종이에 싸주며 나갈 때 사원이 보이면 그곳에 던지라고 했다. 난 피가 흐르는 손목을 휴지로 감고 앉아 쉬고 있었는데 얼마 지나지 않아, 이상하게도 체기가 가시듯이 몸이 좋아지기 시작했다.

갑자기 몹시 배가 고팠고 비스킷과 음식들을 허겁지겁 먹었다. 그러고 나니 몸이 전혀 아프지 않았다.

아주머니는 그녀는 무당 같은 사람이었던 것 같다고 말했는데 절대 쭈리 같은것이나 장신구를 준다고 흔쾌히 받으면 안 된다고 했다. 믿거나 말거나 쭈리의 저주에서 풀려난 것이다.

몸이 가뿐하니 살 것 같았다.

문득 궁금했다.
그녀는 왜 나를 저주했을까…

기차안의 나이롱의사

아주머니의 친정어머니인 루비는 육십 대 중반의 나이였지만 팔십은 되어보였다. 그녀는 순박한 미소를 가졌고 무척 친절했다.
그들은 남편이 일하는 도시로 놀러왔다 집으로 돌아가는 중이었다.

역에 정차한 기차 안에서 목이 말라 여기 물을 사는 곳이 있냐고 아주머니에게 물으니 작은 창문을 열어 누군가를 불렀다. 그리고 곧 젊은 청년이 다가왔는데 그녀는 물통을 그에게 주며 물을 떠오라고 시키는 듯했다.
뜻을 알 수 없는 힌디어지만 표정과 뉘앙스로 보아 하인을 부리는 듯 거만했다. 더 이상했던 것은 지켜보는 내 마음이 불편할 만큼 무례한 상황이었지만 아무런 반감 없이 물을 떠다 주는 그였다. 갑자기 벌어진 상황에 대해 그녀에게 물었고 그녀는 자신과 루비는 브라만이고 그는 천민(수드라)이기 때문에 시켜도 된다는 것이었다. 순간 시간이 거꾸로 흘러 조선시대로 간듯했다. 양반이 노비를 부리듯 브라만은 그렇게 수드라를 대한다. 21세기인 지금에도 말이다.

신분제도(카스트)는 1947년 법적으로 금지되었다. 하지만 그들의 생활과 규율 속에 뿌리깊이 자리 잡아 여전히 지속되고 있다. 자신이 천민이라면 당연히 카스트가 없어졌음에도 지속되고 있는 불평등에 대한 반감이 있어야 하지만 윤회사상과 업으로 정당화되기 때문에 불가촉천민이라도 자신에 위치가 전생의 업 때문이라 생각하며 더 나은 다음 생을 위해 열심히 살뿐이다.

나는 그의 태도에서 카스트는 적어도 앞으로 백년은 끄떡없겠다 생각했다.

루비는 내내 몸이 아프다고 했다.

그녀는 아마도 나이가 들어 관절염이나 신경통 등 노인성 질환으로 고생을 하고 있는 것 같았다.

나는 어려서 부터 아빠의 수지침에 길들여져 있었고 내가 어디가 아프다고 하면 아빠는 손부터 주무르곤 하셨다.

하지만 너무 세게 주물러서 아프다며 도망 다녔고, 무엇보다 아빠의 처방을 신뢰하지 않았다. 하지만 세뇌교육이 되었는지 아빠가 나에게 하듯 자연스럽게 루비의 손을 잡고 주무르기 시작했다.

[여기는 무릎이에요. 허리가 아플 땐 여기를 주무르세요. 머리가 아플 땐 여기구요.]

난 그녀의 손과 다리 어깨를 주물렀고 그녀는 무척 기뻐했다.

눈이 아플 땐 닭똥 냄새가 날 때까지 손바닥을 비벼 눈에 대면 낫는다는 얼토당토 하지 않는 말도 했다.

동양에서 온 나이롱의사를 보러 우리 칸엔 사람들이 잔뜩 몰려들었고, 나의 진료를 심각하게 지켜보았다.

난 사뭇 진지하게 치료에 임했고 마지막으로 비장하게 배낭 깊숙이 있는 파스를 꺼내 루비의 무릎과 어깨에 철썩 붙이고 손에는 근육을 풀어주는 파스를 발라주었다. 나는 그녀에게 마치 만병통치약처럼 대단한 것 인듯 설명했고, 그녀는 파스를 굉장히 신기해했다. 그러면서 매우 시원하고 좋아졌다고 했고 나를 꼭 안아주었다. 마치 명의가 된 것 같았다. 사람들도 호기심 어린 표정으로 나와 루비를 바라보며 좋아했다. 난 그 모습이 너무 재미있어 내내 웃음을 멈출 수가 없었다.

비록 내가 그들의 병을 고치지는 못할 테지만, 많이 나아졌다는 말을 듣는 것으로 보아 플라시보 효과를 이끌어 낸 것은 분명한 것 같다.
따뜻하게 말하고, 다정하게 주물러 주고, 아픈곳을 어루만지는 것만으로도 낫게 할 수 있다는 것이 신기하고 가슴 따뜻했다. 그리고 그렇다면 형편없이 나이롱은 아니지 않을까?

이윽고 내릴 때가 되니 서운한 마음을 감출길이 없었다. 배낭을 싸며 아껴둔 약과 파스를 모두 꺼내어 그녀에게 주었다.

[루비 건강해야해요. 아프면 손을 꼭 주물러 주세요. 주소를 적어주면 내가 한국에 돌아가 파스를 많이 보내줄게요]

그녀는 종이에 주소를 적어 주었다. 난 주소를 받아들고 기차에서 내렸고 루비와 아주머니는 기차에 매달려 펑펑 울며 손을 흔들었다.
하지만 여행 중에 종이를 잃

어버렸고 그녀의 집에 놀러가겠다는 약속도 파스를 보내주겠다는 약속도 지키지 못했다.

아마도 평생 미안할 것 같다. 그저 멀리서 그녀를 위해 기도하고 아프지 않길 바랄뿐이다.

여행의 인연은 깊으면서도 얕은 것 같다.

함께 있을때 누구보다 친밀하지만 헤어진 후 서로의 노력이 없다면 잊혀지고 마는 것이다.

마치 있었던 일이 아닌 것처럼 그저 한편의 영화를 본 것처럼…

똥사이로 막가

새벽거리는 부지런한 사람들의 몫이다.

이른 새벽 기차에서 내려 예약해둔 숙소로 갔다. 바라나시에서 헤어졌던 친구들을 만나기 위해서였다. 그곳은 주인의 입장에서 실용적이지 않게 지은 것 같았다. 땅의 오분의 일만이 건물이고 나머지가 모두 마당인 신기한 호스텔이었다. 그 넓은 마당의 바닥은 해변의 일부인 듯 다르지 않았고 지푸라기를 엮어 만든 담이 둘러져있었다. 군데군데 해먹(그물침대)이나 흔들의자 같은 것이 띄엄띄엄 있었고 개들은 시원한 그늘에서 자유롭게 나뒹굴고 있었다.

울타리를 나가면 전형적인 어촌의 모습이었다. 커다란 배를 여러사람이 끌고 오고 한쪽에선 물고기를 모았다. 물고기 잔해를 줍는 아이들과 그물막에 생선 배를 갈라 너는 아낙, 길게 펼친 그물 사이에 띄엄띄엄 앉아 엉킨 것을 푸는 어부들…

휴양지의 풍경이라기 보단 평범한 어촌마을 같았지만 왠지 그게 더 매력적으로 다가왔다.

　바라나시에서 릭샤왈라를 너무 심하게 두들겨 팼는지 신발끈이 끊어져서 새 신발을 사러 장에 갔다.

　장에 가려면 커다란 나무 두그루가 마주보고 있는 골목을 지나야했는데 나무 가지에는 까마귀가 잔뜩 앉아 있었다. 그 아래는 까마귀가 싸는 똥때문에 온통 하얗고 질척였고 이곳을 지나가는 것은 굉장한 난이도였다. 예고 없이 떨어지는 똥때문에 전속력으로 질주해 그곳을 지나야 했기 때문이었다. 한동안 유행했던 수수께끼가 생각났다.

　세상에서 가장 날씬한 사람은? [비사이로막가]

　잔머리를 돌돌 굴리자 방책이 떠올랐다. 후두둑 소리를 내며 똥이 떨어진 직후 달리는 것이었다. 새는 작고 뱃속에 똥도 한계가 있을 거라는 생각에서였다. 그래서 기다리다 똥이 떨어지자마자 마구 달렸는데 정말 한군데도 똥을 맞지 않았다. 나는 흡족해하며 세상에서 제일 날씬한 똥사이로 막가가 된 듯 의기양양하며 장으로 갔다.

　나는 이 방법에 대한 확신을 가지고 있었다.

　이리저리 둘러보다 쪼리가 가득 걸린 구멍가게에 들어가서 앉았다. 그곳엔 새카맣고 반짝이는 커다란 눈을 가진 어린 아이와 아버지로 보이는 남자가 있었는데 남자는 호탕하게 웃으며 이것저것을 물어보았다. 아이가 어찌나 귀여운지 나는 신발이고 뭐고 아이를 끌어안고 장난치기 바빴다. 남자는 그렇게 예쁘면 아이를 데려가라며 크게 웃었다. 그는 내게 짜이(인도에서 매일 마시는 밀크티―매우 달고 진하다.)를 권했고 나는 감사히 마셨다. ― 하지만 여기서 한 가지 중요한 주의사항은 인도에서 모르는 사람이 권하는 음료나 음식은 되도록이면 사양해야 한다. 수면제나 약을 타서 그로인한 사고가 빈번하기 때문이다.―

그의 가게에서 내 발에 꼭 맞는 고무재질의 보라색 쪼리를 사서 신고 아쉬워서 다시 한 번 사랑스러운 아이를 품에 안았다. 가슴깊이 따뜻함이 느껴졌다.

시장풍경은 어느 곳이나 참 정겹다. 사람들의 웃음이 인색하지 않아 난 장에 가는것을 좋아한다.

게다가 아무렇게나 배치해도 조화로운 색감과 조형성이 보는 내내 즐겁고, 맛있는 군것질거리도 가득하니 금상첨화가 아닐까.

두 손에 비닐봉지를 대롱대롱 매달고 들어오는 발걸음이 가벼웠다.

그리고 내 앞에 까마귀 나무가 보일 때쯤 발걸음을 멈추었다. 나는 기다렸다. 내 옆의 사람들은 머리에 종이 같은 것을 받치고 뛰었지만 나는 여유롭게 기다렸다. 세상에서 가장 날렵한 '똥사이로 막가' 이기 때문이다. 그리고 드디어 때가 되었다. 나무위에서 후드득 소리를 내며 똥이 떨어지자 난 의기양양하게 뛰기 시작했다.

그때 뭔가 내 이마로 떨어졌고, 놀라 고개를 드니 기다렸다는듯 머리 위로 엄청난 똥이 떨어졌다.

[아직 덜 쌌단 말인가… 그렇게나 많이…]

나무를 지난 내 모습은 가관이었다. 머리부터 어깨·등에 까마귀 똥을 맞아 엉망이 되었던 것이다. 난 울상이 되어 서있었고 인도인들은 웃겨 죽겠다는 듯 깔깔거렸다.

나는 너무 창피하고 더러웠고 기분 나빴다. 찝찝한 기분으로 추적추적 숙소로 가려는데 한 남자가 다가와 말했다.

[슬퍼하지마. 까마귀 똥을 맞으면 네게 행운이 가득하다는 것이야.]

뿌리의 늦은 오후

신기하게도 순간 까마귀 똥이 더럽게만 느껴지지 않았다. 행운의 징표가 내 몸에 가득하니 말이다.

어떤일에 대한 확신은 불안정하고 위험하다. 하지만 긍정적인 마음은 모든 것을 극복할 수 있었다.

실패한 확신에 대해서도 전혀 기분나쁘지 않았다. 오히려 웃기기도 기분좋기도 해서 소리내어 웃었다.

옆방의 마약 쟁이

주로 이곳에서는 사색에 즐기곤 했다. 굳이 노력하지 않아도 사색을 즐기기에 안성맞춤인 곳이기 때문이었다.

나는 핑크색을 좋아한다. 색중에 가장 생기 있는 색이라 옷이나 물건을 살 때 무의식적으로 핑크를 우선적으로 고르게 된다.

내가 묵고 있는 호스텔의 이름은 핑크하우스였는데, 핑크색 페인트를 칠해 그런 것 같다. 그래서인지 이곳을 회상할 때 핑크하우스가 바다에 둥둥 떠다니는 상상을 하곤 한다. 파란 코발트빛의 바다위에 걸쳐진 핑크하우스는 보색의 선명한 아름다움이 느껴진다. 그 위에 쏟아져 내리는 해지기전 바닷빛은 기억을 반짝이게 한다.

오후 세시쯤의 색감은 한톤 낮은 멋스러운 하늘빛이다. 그 색이란 하늘빛과 노을빛의 중간느낌이지만 둘을 섞은 색의 중간이 아닌 느낌으로만 알 수 있는 중간지점. 그것은 매우 고급스러운 느낌이다.

그래서 난 느지막이 일어나 오후 세시쯤 되면 맨발로 해변을 거닐고 의자에 앉아 수평선을 바라보았다. 귓가에 흐르는 유키구라모토의 피아노연주와 발가락 사이사이 느껴지는 모래의 질감이 서로 닮아 시각과 촉각 청각이 하나가 되는 완벽한 기쁨을 누렸다.

완벽하고도 완벽한 그 순간 옆 방문이 삐거덕 열리며 눈이 퀭한 젊은 남녀 네 명이 밖으로 나왔다.

다크서클이란 단어를 그때 처음 알았던 것 같다. 검게 퇴색된 눈 밑 그림자가 나는 마약 쟁이입니다. 라고 말하는 듯했다.

그들은 한눈에도 브라만의 생김새와 피부색이었고 촌스럽지 않은 스타일을 하고 있었다.

난 한껏 망가진 그들을 향해 인사를 건넸다.

["안녕 늦은 아침이야."]

그들은 나를 보고 웃으며 마약과 관련한 이야기를 했다.

아직 약이 덜 깬 탓인지 횡설수설 하는 그들은 외국인인 내게 마약이야기하는 것이 재밌어보였다. 영어도 힌디어도 잘하지 못하는 난 무슨 말을 하는 건지 알 수는 없었지만 눈치 빠르게 웃음코드에 크게 반응하고 심각할 땐 귀 기울여 듣는 척 하면되었다.

그들은 아직도 약에 취해있었고, 밤새도록 흥청망청 놀다 아침이 되서야 잠에들었던 것 같았다.

앞으로 더 얼마나 그런 삶을 살지 모르는 일이었다.

뿌리가 속한 오리샤 주는 마약이 합법으로 지정되어진 곳이다. 메뉴판에도 스페셜이 붙으면 마약이 들어간 것인데 그만큼 쉽게 마약을 접할 수 있다는 것이다. 실제로 방을 잡고 마약에 취해 몇날 며칠을 보내는 사람들이 많고 그 때문에 밤거리는 위험할 수밖에 없다.

난 약간의 호기심이 느껴졌다. 우리나라였다면 꿈도 못 꿨을 마약이 이곳에선 이렇게 쉽다니 한번 해보고 싶었다. 하지만 무언가 빠지면 끝은 보는 성향이라 이것에 한 번 손을 대면 헤어 나올 수 없을 것 같다는 생각이 들어 접었다. 아마 했더라면 난 핑크하우스의 브라만들과 내내 나이테처럼 짙어지는 다크서클 만들기에 동참하고 있었을지도 모른다.

실제로 뿌리에 그런 사람들이 제법 있고 호기심에 기분 내려고 한 마약이 한국으로 입국할 때 검출될 수 있으니 조심해야한다. 한 번의 잘못된 선택으로 마약사범이 된다면 무척 억울할 테니 말이다.

무서운 아이들

내 어릴 적 꿈은 산부인과 의사였다. 너무도 단순했던 이유는 아기를 볼 수 있다는 것이었는데, 그처럼 아이를 좋아했고 언제나 아이들과 함께 있을 수 있기를 희망한다.

미술교습소를 할 때도 수업이 끝나면 따뜻한 물을 받아 아이들 손을 씻겨주는 시간이 제일 좋았다. 불가사리같이 예쁘고 작은 손이 가슴 벅찰 만큼 사랑스러웠기 때문이다.

그들의 눈망울은 희망에 가득 차있고 끝없는 호기심으로 타오른다. 난 환갑이 되어도 그들의 눈동자를 닮고 싶다.

화가 나는 일이 있으면 성난 사자처럼 화내고 슬픈 일이 있으면 목구멍이 보일만큼 울어대고 기쁜 일이 있다면 장소에 구애받지 않고 숨이 넘어갈듯 웃어대는 자유로운 정서표현이 가능한 아이들은 언제나 내게 용기를 주고 가능성을 열어준다.

인도의 아이들은 금방이라도 떨어질 것 같은 구슬처럼 커다랗고 예쁜 눈을 갖고 있다. 난 그 아이들을 안고 보듬는 시간이 행복했다.

우리나라 아이들처럼 깨끗하지 않은 배고픈 아이들에게 무언가를 먹이고 수건으로 닦아주는 사소한 일은 모성애마저 느끼게 했다.

뿌리의 해변은 배가 돌아올 때쯤 장관을 이룬다.

난 사진기를 가지고 나가 그 장면들을 열심히 찍었다. 그리고 그곳에서 만난 아이들과 장난을 치며 놀았는데 아이들은 내손을 이끌고 마을이 있는 해변 귀퉁이로 데려갔다.

나는 무언가에 홀린 듯 아이들에 이끌려 경계도 푼 채 따라갔는데 마을에 들어서자 아이들은 돌변해 돌을 집어 들고 돈을 달라고 했다.

강도나 다름없는 아이들의 눈빛은 살기마저 느껴져 소름이 끼칠 지경이었다. 한 아이는 모래를 두 손에 집고 돈을 주지 않으면 사진기에 뿌리겠다. 엄포를 놓았다.

순간 머릿속이 노래지면서 어떻게 빠져나갈지 생각했다.
　난 아이들에게 말했다.

[너희 스파게티 좋아해?]

아이들은 역시 순진했고 돈보다 배고픈 게 먼저였다.
　난 이어 말했다.

[우리 저기 있는 레스토랑에가서 스파게티 먹자. 그리고 돈도 줄게 같이가자.]

그러자 아이들의 눈에 살기는 사라지고 처음 만났을 때처럼 천진난만하게 변해 내 팔짱을 끼고 따라나섰다.
　몇 명은 떨어져나가고 네 명 정도의 아이가 내 팔에 매달려 호스텔로 근처로 왔을 때 난 아이들을 자리에 세우고 한국말과 영어를 섞어가며 된통 혼냈다. — 이때 깨달은 것이 있다. 욕은 역시 한국욕이 감칠맛이 난다는 것이다. 인도에서 느끼는건 욕뿐인것 같다. —

[이놈이 시키들!!!!! 어디 배운게 없어 강도질이야!!!]

등짝을 한대씩 때려주고 돌려보내니 아이들은 분에 차 씩씩 거리며 노려보았다.
　난 더 독하게 노려보며 말했다.

[경찰서 가고 싶어? 빨리 안가면 더 맞는다]

아직 열 살도 되지 않은 아이들이었다. 점점 구걸도 통하지 않는 관광객들에게 갖은 협박까지 일삼는 아이들을 어른들은 그저 방관할 뿐이다. 아니, 어쩌면 사는 것이 어려워 무언의 동조를 하고 있는지도 모른다.

아이들의 잘못을 방관하는 것은 잔인하고 위험한 것이다.

이런 문제는 인도의 시골마을에만 해당되는 것이 아니다.

아이들의 인격형성에 필요한 영양분을 제대로 공급하지 못하는 어른들의 문제는 사회적인 이슈를 넘어 미래사회에 가장 큰 문제가 될 것이다.

힘없는 아이들의 뒷모습을 보며… 한편으로 돈을 주진 않아도 스파게티는 먹여 보낼 것을 그랬다는 생각이 들었다.

스파게티의 스자만 들어도 입맛을 다시는 아이들의 모습이 내내 생각나서 마음이 아렸고, 그 후로 스파게티를 볼 때마다 내 옹졸함을 탓하게 된다.

세상은 먹을 것으로 넘쳐나고 음식물폐기물로 국제적인 몸살을 앓고 있는데 먹을 게 없어 아이들조차 구걸하고 범죄를 저지르는 일이 슬프고 안타깝다.

마지막 감정

인도는 신비롭다. 그리고 재미있다.

많은 나라를 가도 인도만큼 재밌는 나라는 드물다.

하지만 애석한 것은 서울에 돌아와 추억할 때 드는 느낌이라는 것이다.

난 인도에 있을 때 지긋지긋하다는 말을 입에 달고 살았고, 매일 사기 당할까봐 전전긍긍했고, 위험에 빠질까봐 잔뜩 긴장해 있었다.

불쌍해도 너무 불쌍한 사람은 넘치고 넘쳤지만 다들 나보다 열심히 사는 데에 대한 죄책감도 들었다. 하다못해 거지도 최선을 다해 불쌍하게 보여 한 푼이라도 더 얻어내려 노력하니 말이다.

또한 나는 설사와 복통을 달고 살았고 무려 십키로가 빠졌다.

하지만 그럼에도 불구하고 난 인도를 추억하고 가끔 상상 속에서 그곳에 있다. 그리고 머지않아 다시 가고 싶다.

　그만큼 매력적적인 곳이다.

　나는 그곳에서 한 뼘은 자란 것 같다. 생전 처음이었던 여행은 내게 자신감을 주었고 많은 깨달음을 심으며 내안에 있던 마음의 병을 서서히 치료했다.

　그리고 보금자리로 돌아왔을 때 가슴에 있던 회의감과 허탈감은 사라지고 희망으로 가득해졌다.

KOTAO
꼬따오

감성생활

감성생활 - 꼬따오

'꼬'란 태국어로 섬이란 뜻이다. 그래서 태국의 섬들은 꼬사무이, 꼬팡안 등 '꼬'라는 단어로 시작된다. 꼬따오의 따오는 거북이란 뜻으로 결국 꼬따오는 거북이 섬이 된다. 이유는 섬모양이 거북이 등껍질 같기도 하고, 실제로 현재는 개체수가 많이 줄었지만 과거엔 바다거북이가 많았기 때문이기도 해서 그런 이름을 갖게 되었다고 한다.

내가 태국의 수많은 섬들 중 따오섬을 선택한 이유는 그때만 해도 잘 알려지지 않았기도 했지만 꼬따오라는 어감 때문이었다. 부르기 쉽고 내가 좋아하는 카메라 브랜드인 코닥을 연상하게 해 친근했기 때문이었다.

꼬따오는 방콕에서 패키지 티켓을 쉽게 구할 수 있기 때문에 가는 방법은 어렵지 않다. 하지만 공교롭게도 내게 그다지 도움이 되지 않는 모험심 탓에 보통 선택하는 룸프라야 패키지 티켓(버스와 꼬따오행 고속보트)이 아닌 춤폰행 버스와 슬로우보트를 이용했다. 문제는 버스가 새벽에 도착해 긴장감으로 한참 기다렸다는 것과 참을 수 없는 배멀미였다.

#. 배멀미

고속보트는 한 시간 반이면 꼬따오에 도착할 수 있었지만 슬로우보트는 네 시간이나 걸렸다. 배가 떠난 지 삼십분이 지나자 속이 울렁거리기 시작했고, 출렁이는 바다처럼 위액이 거침없이 요동쳤다. 나는 안내원에게 가서 멀미약을 부탁했지만 그는 알아듣지 못했고 리얼한 바디랭귀지로 목과 배를 두 손으로 잡은 채 그에게 말했다.

[메디슨! 메디슨! 푸웨에에엑 메디슨! 푸우웨에엑]

역시 바디랭귀지는 만국공통어이다. 그는 용케 알아듣고 작은 알약 두 알을 주었다.
나는 알약을 넘기고 웨인 알윈의 우스꽝스러운 영화「엘프. 2004」를 보며 실실 웃음을 흘리다 몇 분이 지나지 않아 잠이 들었다.
잠들기 전 속이 그대로 보이는 영롱한 바닷속에서 거북이가 헤엄치는 상상을 하는 순간 생각했다. 그는 과연 내가 말한 멀미약을 이해한 것일까. 왜 이렇게 잠이 올까…

#. 굿나잇 꼬따오

　선착장에 내리자 사람들이 우루루 왼쪽으로 몰려갔다. 아마도 그곳은 싸이리 해변 쪽일 것이다.
　관광객이 주로 찾는 싸이리 해변은 스킨스쿠버 프로그램이 잘되어 있고 번화되었기 때문에 파티분위기를 좋아한다면 매우 적합한 곳이다. 여행자들이 많이 모이기 때문에 밤을 즐기는 사람이 가득하다. 그래서 풀문 파티가 열리는데 꼭 보름에만 열리는 것은 아니고 거의 매일밤 열리는 것 같았다. 활기가 가득하지만 내가 꼬따오를 찾은 이유는 여행에 지친 몸과 마음의 힐링이었기 때문에 한적한 반대편을 택했다.

어디에 숙소가 있는지도 모른 채 산길을 헤매다 보니 멋들어진 리조트가 보였다. 알아본 결과 역시나 비싼 가격에 고개를 가로젓고 무조건 저렴한 곳을 추천해 달라고 했다.

직원은 조금 더 가면 리조트가 하나 있는데 시설은 형편없지만 개인해변이라 아름답다고 추천해주었다.

직원의 말대로 오분 정도 더 가자 두 팔로 바다를 감싸 안은 듯 작고 아름다운 해변을 가진 방갈로가 나타났다. 시설은 직원이 말한 대로 였다. 나무로 얼기설기 지어진데다 낙후된 상태였지만 나에게 그것은 별문제가 되지 않았다. 텐트도 치고 자는데 비바람을 피할 벽과 지붕은 있지 않은가?

모든 것이 마음에 들었던 그곳은 지상낙원 같았다.

이곳이라면 발가벗고 뛰어다녀도 아무도 모를 것 같았다.

난 하루 종일 음악을 듣거나 스노클링을 하고, 해먹에 누워 상념에 젖었다. 배가 고프면 이곳만의 풍부한 맛을 느낄 수 있는 엄청난 양의 코코넛 쉐이크를 시켜 곁에 두고 조금씩 음미하고 이따금

꼬따오의 백만불짜리 노을

씩 주인 여자와 눈빛을 교환하며 실없이 웃곤 했다.

 해변에 노을이 질 때면 전체가 붉게 물든다.
 난 그곳을 거닐다 가장 높은 바위에 기어 올라가 'Peter, Paul and Mary' 버전
의 [The first time ever I saw your face]를 듣는다.

 영화 '와니와 준하 2001'의 삽입곡 [Gone the rainbow]를 들은 후 매료된 그들
의 뮤직비디오를 본적이 있다. 마치 도자기를 빚듯 소중하고 조심스럽게 부르는 노
래가 이곳에 젖어들자 유난히 붉은 노을과 수면위에 떨어진 별들이 여울지며 부드
럽게 바위를 친다. 나는 실오라기만 걸친 채 바위에 눕기도 앉기도 하며 마음껏 빛
을 받았다.
 그리고 이따금 거북이처럼 고개를 한껏 들고 꼬따오의 노을이 내 몸 구석구석 스

며들 수 있도록 내어 주었다. 이렇게 하면 내 얼굴의 주근깨가 조금 더 늘겠지만 멋진 감성을 누릴 수 있다면 그런 것은 중요하지 않았다.

때로는 미용에 관한 여러 가지 예방들이 감성생활의 방해요소가 되곤 한다. 그래서 어느 순간 나는 내 손과 발, 얼굴을 마음껏 쓰기로 했다.
그 때문에 빨리 늙고, 거친 피부를 갖게 될지 모르지만 마음은 다채로운 감성들로 가득할 것이기 때문이다.

테라스에 걸린 해먹에 누워 하도 읽어 너덜너덜해진 시집에 수록된 '알프레드 디 수자'의 시를 읽다 이내 바다를 본다. 그리고 유독 마음에 와 닿았던 구절을 되뇌인다.

[사랑하라 한번도 상처받지 않은 것처럼
.
.
살라. 오늘이 마지막 날인 것처럼… 오늘이 마지막 날인 것처럼… 카르페디엠…]

해먹이 흔들릴 때마다 오래된 나무 기둥에서 삐그덕 거리는 소리가 난다.

[삐그덕 -- 찌이익-- 삐그덕 -- 찌이익--]

오래된 나무집 소리… 해질녘 자장가 같은 파도소리.
거기에 해먹의 율동감이 더해져 잠이 솔솔 온다.

얇아지는 눈꺼풀 사이로 빨간 노을이 눈동자처럼 차오른다.

ROME
로마

성장통

성장통 – 로마

#. 익숙할 수 없는… 그것은 사랑

*

[사랑의 잔상]

사랑이 깃들 때 사람은 아름다워 진다.

손가락 사이로 물결치듯 흐르는 머리카락. 가슴을 두드리는 경쾌한 웃음소리. 감미로운 눈빛 그리고 … 가슴가득 느껴지는 애틋한 hug.
난 그때 은은한 핑크가 감도는 아이보리색을 좋아했다.
원피스를 즐겼고 평소보다 힘이 약해져서 무거운 물건을 들지 못했다. 정확히 말하자면 본능에 지배되어 운동력이 퇴화된 것이었다.
자주 머리카락을 귀 뒤로 넘겼고 주위에 아무도 없어도 귓속말하기를 좋아했다.

언어능력 또한 퇴화되어 종종 혀짧은 소리와 맞춤법에 어긋나는 귀여운 말투를 구사했고 그럴 때마다 사랑스러워 못살겠다는 정인의 눈빛을 확인하며 품에 안겼다.

그것은 어떤 의도도 존재하지 않는 사랑을 받기위한 지극히 자연스러운 본능이었다.

[이별의 잔상]

사랑을 하는 순간엔 이상하게도 이별의 꿈을 자주 꾼다.
가장 행복한 순간에 가장 슬픈 이별을 예감하는 것.
그리고 그 예상이 머지않아 찾아오는 것. 역시 아무 대비도 하지 못한 채 마주하게 된다는 것도 피할 수 없는 사랑의 단편이다.

아침이 되고 누운채로 마치 오래전부터 깨어있던 것처럼 천장을 바라본다. 온몸이 물에 젖은듯 축축하고 무거운 기분. 이미 심장은 골반 쪽으로 내려앉아 힘을 주어도 등이 굽고 음식을 삼키면 한 번 더 삼켜야 넘어가고 물을 먹지 않아도 눈물과 같이 넘어가서인지 목이 메지 않는다.

언덕하나 없는 평지에서도 하루에 몇 번씩 롤러코스터를 타고 곤두박질치고 하나도 숨이 차지 않는데 가슴이 답답하다.

*

난 단 한번도 사랑을 성의 없이 한 순간이 없었던 것 같다. 순간순간 모든 정성을 다해 사랑했고 그래서 누군가 이십대에 가장 잘했던 것이 무엇이냐는 질문을 했을 때 사랑이라 답했다.

연애경험의 횟수를 떠나, 매번 생전 처음인 것 같은 사랑과 이별 누구나 공감할 듯한 인간이 겪는 가장 아름다운 과정일 것이다.

이별이 찾아왔다.

무엇이라도 하지 않으면 머리에 채워둔 나사들이 핑그르르 풀려 그대로 주저앉을 것 같았다. 점점 피폐해지는 감성은 바람 빠진 풍선처럼 삐죽삐죽 솟아있는 신경 끝에 위태롭게 매달려 있었다.

#. 무엇을 버리거나 혹은 무엇을 가지거나

겨울은 느낌마저 춥다.
모든 것이 얼어붙을 듯 여민 외투를 더 세게 움켜쥐고 갤러리를 돌아다니다 훈데르트 바서의 전시를 보게 되었다.
디스플레이부터 모든 것이 훌륭했던 전시였다. 특히 작품과 잘 어울리는 액자와 색채 가득한 작품은 너무도 아름다웠다.
스스로 개명한 그의 이름(프리덴 슈라이히 훈데르트 바서–Friedensreich Hundertwasser)은 평화롭고 풍요로운 곳에 흐르는 백 개의 강이라는 뜻인데 이름처럼 전시 내내 시간이 멈춘 듯 평화로운 느낌이었다.

그 시기 나는 갤러리에서 주관한 공모로 개인전을 하게 되었는데 두 번째 개인전을 앞두고 그동안 모아둔 돈을 모두 털어 떠나기로 마음먹었다.
본격적인 전시준비를 앞두고 많이 보고 공부하고 싶은 마음과 유럽의 낭만을 즐기다보면 쉽사리 나아지지 않는 이별의 상처가 치유될 거란 기대도 있었다.

무엇보다 훈데르트 바서의 작품을 실제로 보고 싶었다.

추진력 하나는 세계일등인 난 일주일 후 유럽으로 가는 비행기를 타고 있었다.
훈데르트 바서와 작품의 영감을 갖기 위해서, 정처 없이 헤매던 나의 시련을 던져버리려.

#. 일등석 유레일패스

무제한 기차를 탈 수 있는 유레일패스는 옆집처럼 국경을 넘어 다니는 재미가 있었다. 말 그대로 무제한이기 때문에 자고 싶을 때도 기차를 탔고 글을 쓰고 싶어도 기차를 탔다. 심지어 화장실을 가고 싶어도 기차를 탔다. 유럽의 화장실은 유료기 때문에 공짜로 해결할 수 있는 것을 택한 것이다. 그리고 왠지 기차를 한 번 더 탈 때마다 돈을 버는 것 같아 기분이 좋았다.

26세 이상이어도 한참이상인 나는 울며 겨자 먹기로 어쩔 수 없이 비싼 1등석 유레일패스를 살 수밖에 없었는데 기차를 탈수록 유치하게도 1등석에 대한 자신감으로 가득 차 물어보지 않아도 되는 1등석의 위치를 역무원과 사람들에게 묻고 다녔다.

[여기 일! 등석이 어디죠? 일! 등석이 이곳이 맞나요? 기차안의 사람들에게도 이곳은 일! 등석만 탈 수 있는 곳이죠?]

일등석에 대한 묘한 우월감은 3유로짜리 샌드위치 하나에도 벌벌 떠는 비루한 배낭 여행자에게 큰 자부심을 안겨주었다.

[일등석을 타는 나는 못사는 게 아니라 안사는 거야.]

중국의 연태를 갔을 때였다.

그곳은 짝퉁시장이 많아 어디서 낫는지 거지도 명품으로 치장하고 다녔다.

그 거지는 신기하게도 구걸을 아주 당당히 하고 있었다.

"십원만줘. 싫어? 싫음 말고." 이런 식이었다.

마치 난 돈이 없어서 구걸하는 게 아니야. 심심해서 하는 것뿐이야. 라는 것 같았다.

나의 유레일패스는 그의 명품 옷과 같았다.

그것만 있으면 비록 궁해도 당당한 자부심을 갖을 수 있었다.

그렇다면 조금은 유치하지만 나쁘지 않다.

차창밖에 지루한 풍경들 속에서 마치 드라마를 보듯 정인이 생각났다.

창밖의 풍경은 다르지만 비슷한 냄새·분위기·온도는 나를 그때로 데리고가 정인과 함께한 시간 속에서처럼 웃기도 찡그리게도 한다. 그러다 알아들을 수 없는 타국의 안내방송이 흘러나오면 모든 것은 산산이 흩어져 버리곤 했다. 그럴 때면 두어 번 눈을 감았다 뜨고 무겁게 침을 한번 넘긴다. 그리고 조금은 무기력한 표정으로 달라질 것 없는 지루한 풍경 속에 시선을 고정시킨다.

#. 훈데르트바서를 찾아서

계획대로 나는 훈데르트 바서의 건물들을 찾아다녔다.

주변에 별다른 관광지가 없어서 그곳까지 가는 것이 때로는 부담스럽기도 했지만 매번 가기를 잘했다는 생각이었다.

독일 다름슈타트 훈데르트바서 아파트 내부

그의 건축 작품을 하나하나 볼 때마다 경이로운 모습에 감탄을 자아냈다. 기하학적인 문양과 곡선으로 설계된 건물의 안팎은 물처럼 부드러운 모습이었다.

효율적이며 획일화된 직각 속에 살아가는 내게 그의 건축물은 내 몸을 물에 실은 듯 편안했다. 난 그의 작품 중 하나인 아파트에 잠입을 하기도 하였는데 거주자만 들어갈 수 있는 출입문에 일행인 듯 따라 들어갔다. 내부도 역시 모난 곳이 없었다. 벽과 바닥이 이어지는 곳도 마치 물이 흐르듯 곡선뿐이었다. 일반적인 창문 대신 그때그때 원하는 풍경의 방향에 크기와 모양이 다른 구멍을 뚫어 놓듯했고 이런 참신하고 재미있는 구상이 마음에 들었다.

1996년에 발표된 '화이트'의 노래 '네모의 꿈'의 가사에는 이런 부분이 있다.

지구본을 보면 우리 사는 지군 둥근데
부속품들은 왜다 온통 네모난 건지 몰라

어쩌면 그건 네모의 꿈일지 몰라

가장 실용적인 선과 선의 만남이 네모들을 만들어 내는 것일 텐데 나는 가끔 이런 직선들에 찔리는 상상을 한다. 그래서 내 작품에서의 선들은 되도록 끊어지지 않고, 곡선을 최대한 유지하고 있다.

둥글둥글한 집과 가구, 페인팅은 비효율적이겠지만 그런 곳에 사는 사람의 감성과 창의성은 굉장한 가치가 있을 것이다.

알록달록한 색과 곡선으로 이루어진 세상. 그곳에 있으면 찰리의 초콜릿 공장(팀 버튼 2005)온 듯한 느낌이 들었다. 어디선가 움파룸파족들이 나타나 한손엔 막대사탕과 다른 한손엔 딸기케익을 들고 내가 좋아하는 반복적인 춤을 출 것만 같았다

상상만으로도 신나고 재미있어 저절로 콧노래가 나왔다.

#. 보는 여행

유럽에는 책에서 단골로 등장하는 유명한 미술관과 박물관이 많이 있다.

영국은 미술관이나 박물관이 무료여서 여유로움을 안겨주었지만. 대부분 유료인 다른 국가의 경우 주머니 가벼운 배낭 여행자로썬 무척 부담되는 입장료였다. 하지만 이번 유럽여행 테마는 보는 여행이었기 때문에 보는 것을 포기할 순 없었다. 때문에 먹는 것과 자는 것에서 아껴야 했고, 그래서 주로 한국인이 운영하는 게스트 하우스를 이용했다.(유럽의 한인게스트하우스는 아침과 저녁을 주는 곳이 많기 때문에 식비로 지출을 줄일 수 있다.)

나의 일정은 주로 아침에 일어나 이른 아침거리의 풍경을 바라보다 오픈시간에

맞추어 입장을 하는 것이다. 그러면 온몸 구석구석 배어든 한기가 녹아들어 오래지 않아 잠이 왔다. 나른해진 기분으로 햇빛 가득한 구석에 앉아 삼십 분쯤 자고 일어난 후 그림도 보고 글도 쓰고 그러다 졸리면 또다시 잤다. 우리나라와 달랐던 이색적인 풍경은 중간 중간 캔버스와 이젤을 들고 와 그림 그리는 사람들이 있었던 것이었다. 자유로운 퍼포먼스 같은 이 모습들은 내가 오래도록 관람하고 때로는 잠을 자는 것이 부끄럽지 않게 했다. 한편으로 우리나라 미술관과 박물관의 벽이 이곳보다는 높은 것 같아 아쉽기도 했다.

난 그곳이 누구나 동네 커피숍에서 커피 한 잔 하는 기분으로 갈 수 있는 곳이기를 바란다. 격식 없이 아이들도 어른도 남녀노소가 편안히 가게 되는 곳 그런 곳이었으면 좋겠다.

#. kiss 하고 싶다.

키스를 해보지 않았다면 그 달콤함과 부드러움은 상상할 수 없을 것이다.

*

여고시절.

친구들 사이에서 나만 키스를 해보지 못했었는데 그 느낌은 판도라 상자의 욕망에 사로잡힌 그런 기분이었다.

두렵지만 꼭 얻고 싶은. 나만 해보지 못해 외톨이가 된 느낌도 있었다.

아무리 구체적인 설명을 들어도 도무지 알 수 없는 그 느낌. 친구들은 과일통조림에 코코넛만 골라내어 입속에 넣고 굴려보라고도 했고, 입속의 혀를 반 접어 쪽쪽 빨아보라고도 했으나 그저 그런 느낌이었다.

어떤 것일까.

내 머릿속은 온통 kiss로 가득 찼고 순간 고개를 들어보니 쥴리앙(미대입시에 주로 쓰이는 석고상)이 보였다. 약간 기울인 고개와 잘생긴 콧날, 난 무의식적으로 그것에 다가가 입술을 대었다.

몽마르뜨 언덕의 Kiss

무디고 차가웠다. 하지만 느낌이 묘해 귀까지 달아올랐던 첫 키스였다.

그래도 잘생긴 훈남에 정열적인 이태리남자와 했으니 나쁘지 않았다.

＊

낭만적인 길 위에선 어디를 가든 어김없이 연인들의 낯 뜨거운 애정행각이 벌어지고 있었다. 동방예의지국에서 온 나도 사실 애정표현에 주변을 살피지 않는 편이지만 마치 로맨스 영화의 엔딩장면을 연상시키듯 저 입술이 누구의 입술인지 뒤섞여버린 그들의 키스는 내 두뺨을 상기시키곤 했다.

아마도 아름다운 유럽의 풍경과 낭만적인 감성은 그들을 키스하게 만드는 것 같다.

이렇게 로맨틱한데 어떻게 키스하지 않을 수 있을까?

난 그들의 키스를 보는 것이 좋았다.

그것은 어떤 육체적인 행위가 아니라 마치 새들이 지져귀듯 감미로운 대화처럼 느껴졌다

만일 정인과 이곳에 왔더라면 나 또한 키스했을 것이다.

아름다운 피렌체의 미켈란젤로언덕에서 파리의 미라보다리에서 하이델베르그의 시인의 길에서도 키스했을 것이다.

동전이 손가락 끝에서 튕겨져 로마의 트레비분수에 떨어진다.

이렇게 하면 이곳에 다시올수 있다고 한다. 난 다시 정인과 이곳으로와 내가 갔던 아름다운 장소에서 키스할 것이다.

그리고 이곳의 여느 연인들처럼 귓가에 사랑한다 속삭이겠지.

#. 짚시트라우마

어두어진 로마에 도착하니 비가 내린다.

밀라노에서의 지하철 해프닝을 생각하며 짚시들이 없는지 기웃거렸다. 어둡기도 해서 두려워졌고 로마의 짚시에 대한 곱지 않은 여행담이 많아서였다.

저녁 무렵 도착한 밀라노에서 지하철을 타려고 승차권판매기 앞에 섰다. 어떻게 하는지 잘 몰라 머뭇거리는 나에게 남루한 옷차림에 짚시가 다가왔다.

그녀의 치아는 곰팡이가 핀 식빵처럼 잔뜩 썩어 보기만 해도 이가 아팠다. 그녀는 표를 뽑는 방법을 알려주겠다며 나에게 돈을 받고 승차권판매기를 이리저리 누르더니 표와 잔돈을 함께 주었다.

순식간에 일어난 일이었다.

뜻하지 않은 호의에 감사하다 말하고 돌아서려는데 나를 툭툭 치며 2유로를 달라고 했다. 난 "왜?"라고 했고 그녀는 "내가 승차권을 뽑아줬으니 수고료를 줘"라고 말했다.

난 "싫어"라고 말했고 그녀는 "그럼 1유로만 줘"라고 말했다.

이제 와서 생각하면 줘버리면 그만이지 싶지만 그런 부조리한 상황이 있을 때마다 융통성 없이 객기를 부리곤 한다. 나는 뻣뻣이 서서 다시 싫다고 말했다. 그녀는 날 잡아먹을 듯 노려보며 알아듣지 못할 말로 내게 저주를 퍼붓는 듯 중얼거렸다.

지지 않으려 나도 눈에 잔뜩 힘을 주고 그녀에게 절대로 주지 않겠다고 말한 후 부리나케 역에 들어갔다. 집시가 쫓아올까봐 가슴이 어찌나 뛰던지 주머니속의 친구가 비상시 쓰라고 사준 스위스제 접이칼을 만지작거리며 콩닥거리는 마음으로 지하철에 올랐다.

그후 집시들은 내게 무서운 존재로 각인되었고 때때로 집시들이 보이면 흠칫 흠칫 놀라고 겁을 먹곤 했다.

로마의 치안이 많이 좋아졌다는 말처럼 밤이었지만 그리 위험하진 않아보였다.
밤하늘의 별은 다 떨어져 버렸는지 어둡기만 한 하늘에 가슴이 먹먹했다. 부슬부
슬 떨어지는 빗방울이 꽁꽁 얼어버린 몸 구석구석 스며 깊이 시렸다.
오래되고 어두운 숙소에 들어와 샤워를 하고 그 건물만큼 오래된 듯한 라디에이
터에 등을 기댄 체 미끄러지듯 앉았다.

이곳은 모든 것이 오래되었다. 세 사람이 들어가면 꽉 차는 엘리베이터도 온힘을
다해 밀어야 괴음을 내며 열리는 두터운 문도… 길가의 조각들과 예전양식의 건물
들도… 그것은 고풍스럽고 멋스럽기도 하였지만 때때로 내겐 짜증이 밀려올 만큼
불편했다.

유럽에 온 한 달이 훌쩍 넘는 기간 동안 난 언제나 그렇듯 즐거운 여행을 하는 것
같아보였지만 곪아터진 슬픔은 한없이 애처로웠고 아름다운 유럽의 풍경들을 모두
무채색으로 기억하게 할 만큼 아프고 혹독했다.
난 끊임없이 나를 다독이고 있었다.
고개를 숙이기만 해도 터져 나오려는 눈물을 애써 삼키는 대신 소리 내어 웃고
즐거워하려고 애쓰고 있었다.
「괜찮아. 괜찮아…」

유럽을 다녀온 이들이라면 칭찬을 아끼지 않는다. 여행을 떠나기 전 내게 이곳은
어디를 가나 음악이 울려 퍼지고 사람들의 미소가 떠나지 않는 환상 속에 파라다
이스 같은 곳이었다. 이곳에서라면 슬픔이 소멸되고 정인에 대한 아픈기억도 새벽
녘 아지랑이처럼 사라져 버릴것이라 기대했지만 마음의 병은 환상속의 파라다이스

도 가슴시리게 춥고 잔혹하리만큼 외로운 곳으로 만들어버렸다.

　누군가는 아름다운 봄을 가장 잔인한 계절이라 하지 않았는가.
　하지만 많은 사람에게 봄은 그저 꽃이 만발하는 아름다운 계절이다.
　내가 가진 상황에 따라 아름다운 곳일 수도 진저리 쳐질 만큼 끔찍한 곳일 수도
있는 것이다.
　외로움은 사람을 춥게 만든다. 그 추움은 깊고 날카로운 잘못하면 손이 베이는
종잇날처럼 날카로운 쓰라림이 느껴지는 것이었다.

　오래된 라디에이터에서 종종 물이 끓어오르는 듯 한 소리가 난다.
　담요를 목 끝까지 끌어올리고 한숨을 쉬니 입김이 보인다. 오늘은 정말 추운 날
이구나 실감하며 옷걸이에 걸린 파카를 꺼내 입고 다시 이불을 덮으니 이제 좀 따
뜻해진다.

　[내일은 좀더 나아질 것이다.]

　잠이 반쯤 든 채로 계속 중얼거렸다.
「괜찮아… 괜찮아.」

　#. 예쁘다

　[예뻐요.]

이태리에서 한국말을 들은 나는 흠칫 놀라 고개를 들었다.

로마의 한 식당에서 오일파스타를 먹고 있는 중이었다.

[뭐라구요?]

이 식당의 종업원인 그는 오일파스타처럼 기름지게 웃으며 말했다.

[예뻐요]

난 눈을 아래로 내리깔고 오일파스타를 바라보았다. 순간 귀까지 달아오른 선홍
빛 얼굴이 민망해 아무 말도 하지 못한채 먹는 일에 집중했다.
  그는 자리로 돌아갔고 그때부터 난 좀 더 고상히 파스타를 먹었다. 우아하게 입
가에 묻은 바질 잎을 닦아내고, 무한리필의 뽕을 뽑겠다 다짐하며 북북 뜯어 쌈장
푸듯 버터를 철썩 얹어 먹던 빵엔 손도 대지 않았다. 가끔씩 아무 관심도 없던 그
에게 눈길이 가고 나도 모르게 동태를 살피고 있었다.

  순진하게도 예쁘다는 말 한마디 때문에 그를 의식하고 있었던 것이다.
  이따금 눈이 마주칠 때마다 그는 윙크를 날렸고 이태리 남자가 느끼하다 하지만
그 느끼함이 왠지 싫지 않았다.
  왜냐면 난 예쁘다는 말을 좋아하기 때문이다.

*

  할머니는 91세에 하늘나라에 가셨다.
  키는 150센티미터도 되지 않고 엣지있게 10도정도 굽은 등과 손을 펴면 가려질
만큼 작은 얼굴에 온통하얀 머리카락을 갖고 있었다.
  할머니는 시골에서 혼자 사셨는데 아무도 여력이 되지 않아 고민하던 아빠를 보

다 못해 내가 자청해서 할머니와 일년가량을 함께 살았다.

때마침 대형작품을 해야 해서 이층 전체를 작업실로 썼는데 목련꽃이 가득 핀 봄 그사이를 걸어 다니는 할머니의 흰머리가 마치 목련꽃 같아 목련꽃할머니라 불렀다.

할머니는 그 말을 좋아하셨다.

난 가끔 목련꽃을 따 할머니 머리에 꽂아주기도 했는데 그럴 때면 어느 것이 목련꽃인지 할머닌지 모를 것같았다.

옛날이야기를 하며 잠이든 할머니의 손톱에 나는 종종 빨간 매니큐어를 발라놓곤했다.

할머니는 잠에서 깨어나 이게 뭐냐고 하셨지만 내내 손톱을 보며 웃으셨다. 난 그럴 때마다 할머니에게

[백살이 되면 여자가 남자 되나? 예쁘게 해야지 할머니] 하며 익살을 부렸는데 그럴때면 할머니는 고개를 끄덕끄덕 하셨더랬다. 할머니도 이쁘다는 말을 좋아하는 것이 분명했다.

할머니는 91세에 돌아가셨다.

본인이 직접 준비하신 사십년도 넘은 전통수의를 입은 할머니의 모습은 감격스러우리만큼 아름다웠다. 난 할머니에게 다가가 손을 어루만졌다. 거친 손톱이 눈에 들어온다. 이렇게 갑자기라는 것을 알았더라면… 이럴 줄 알았더라면 빨간 매니큐어를 발라줄걸 그랬다는 생각이 들었다.

난 할머니 귀에 대고 말했다.

[할머니 사랑해. 예쁘다 오늘.]

*

이런저런 생각을 하다 고개를 드니 그가 서 있었다.
그는 내게 말했다

[나 지금 나갈 수 있는데 같이 놀러 갈래?]

순간 환상이 파삭하고 깨지는 느낌이 들었다.

[싫어]

그는 의아한 듯 물었다.

[왜? 같이 나가서 놀자.]

난 그에게 파스타 값을 지불하며 말했다.

[일이나 열심히 하셔.]

가게를 나서니 햇빛이 찬란하다. 기분이 날아갈듯 가벼웠다.
예쁘다는 말은 이렇게 앤돌핀을 샘솟게 하는 것인가보다.
갓 말을 배운 여자아이부터 돌아가실 날을 기다리는 할머니까지 예쁘다는 말을
싫어하는 여자는 없을 것이다.
그가 정말 내가 예뻐서 그랬는지 즐길 상대가 필요해 던진 미끼였는지는 모르지
만 그의 한마디에 난 하루 종일 자신감이 넘치고 즐거웠다.
이태리 남자들의 적극적인 구애가 실은 정말 가볍고 충동적인 것은 알지만 난 그
것이 그리 나빠 보이진 않았다.

덕분에 나의 하루가 행복했으니 말이다.

#. 저 사람이 좋다.

아침에 일어나 마조레성당으로 갔다.

이태리 남부투어를 신청했기 때문이었다. 로마에서 예약하면 합리적인 가격과 가이드의 쫄깃한 입담으로 알차고 즐거운 시간을 갖을 수 있기에 바티칸 투어와 남부 투어는 아는 사람에겐 꼭 추천하는 코스이다.

처음엔 기차를 타고 가려 했지만 여정이 많이 남은데다 가야 할 곳이 많아서 적절한 선택을 한 것같다.

공기가 찼지만 나름 상쾌했다. 거리의 사람들은 바빠 보였다. 늘, 거리로 나가면 사람들은 어디론가 가고 있다. 어느 나라를 가도 거리의 사람들은 모두 어디론가 가고 있다. 가끔 그게 참 신기할 때가 있다. 이 많은 사람들이 다 어디로 가는 걸까.

나와 그들 사이엔 마치 다른 공간이 존재하는 느낌이 든다.

이층집 창문을 열리고 여자가 소리친다.

출근길인지 양복입은 남자가 서둘러 길을 가다말고 여자를 쳐다보고 여자는 손수건에 쌓인 무언가를 그에게 던지며 꺄르르 웃는다. 아마 키나 지갑 같은 것을 잊었나보다. 남자는 멋쩍게 웃더니 고맙다고 소리치며 서둘러간다. 여자는 남자가 사라질 때까지 그의 뒷모습을 바라보았다.

나는 멀리서 걸어오는 정인의 모습을 바라보는 것이 좋았다. 그래서 일부러 약속 장소에 먼저 가서 몸을 감추고 정인이 걸어오는 모습을 훔쳐보곤 했다. 그렇게 걸

로마의 오렌지빛 골목

어오다 나를 발견하고 뛰어오는 정인의 모습은 젊고 생기 있고 애틋했다.

그 모습이 내겐 연애의 기억 중 가장 아름다운 것이었다.

그래서 종종 그 모습을 시로 쓰거나 그림을 그리기도 했다.

＊

[저 사람이 좋다]

저 사람이 좋다.

저 사람의 매끄러운 살결위로 구르는 내 숨결이

저 사람의 부드러운 음성위에 춤추는 내 감성이

저 사람의 따사로운 손짓에 흔들리는 내 몸짓이

저사람이 좋다.

＊

나의 기억과 여자의 모습이 겹쳐지며 다시 커다란 숨을 삼킨다. 그저 공기일 뿐인데 삼키는 것이 왜 이렇게 부담스러운 건지 모를 일이었다.

#. 상습범의 최후

성당을 가는 길에 있는 슈퍼마켓에 가면 신기하고 재미있는 것이 가득했다. 모든 물건이 생전 처음 보는 물건이니 신기할 수 밖에 없었다. 향신료나 소스에 관심이 많은 나는 그것들을 구경할 때 시간가는 줄을 몰랐고 한국에 돌아가 요리에 넣을 만한 것을 쇼핑했다. 유일하게 즐기는 술인 와인은 본고장답게 다양하고 무척 저렴했다. 하지만 한잔으로 만취가 가능한 나로서는 한 병을 사서 먹기엔 벅차 눈으로만 즐겼다. 한참을 구경하다 나오니 햇빛이 찬란해서 눈이 부셨다.

　마조레성당은 숙소에서 십분도 채 걸리지 않았다. 그래서 나는 그곳에 거의 매일 가곤했다. 커다란 원형 스테인드글라스에서 뿜어져 나오는 색들이 아름답고 화려했다.
　유럽엔 많은 성당이 있다. 가는 곳마다 있는 성당은 크리스찬인 내게 깊은 감동을 안겨주곤 했는데 혼자인 까닭에 무섭고 두렵고 외로울 때마다 성당에 들어가 기도를 했다. 하지만 기도를 하다보면 이상하게도 잠이왔다. 그 버릇은 어려서부터였다.

*

　주일 아침 온가족이 교회에 가면 난 그렇게도 잠에 취해 휘청였지만 왠지 졸면 엄마에게 혼날 것 같아 설교시간동안 잠과의 사투를 벌이곤 했다.
　그러다 설교가 끝나고 기도시간이 오면 왜 그리도 마음이 편안해지던지 이 기도가 끝나지 않기를 기도했다.
　왠지 기도시간엔 내 잠이 허락되는 것 같았다.

*

　성당에 가면 그렇게 따뜻할 수가 없었다. 스산한 유럽의 한기는 뼛속까지 파고들어 나를 꽁꽁 얼어붙게 했다.
　마음이 외로운 까닭인지 비참하기까지 했다.
　그럴 때 주변엔 꼭 성당이 있었고 그곳의 따스함이 왠지 울컥해서 눈을 감고 앉아 기도를 하곤 했다. 하지만 그것도 잠시, 따뜻한 곳에 있으니 나른해져 폭풍 같은 잠이 밀려왔고, 난 잠에 취해 깍지 낀 손을 놓지 않으려 안간힘을 썼다. 그렇게 이십분 정도 자고나면 몸과 마음이 그렇게 가뿐 할 수가 없었다.

라우터브룬넨의 작은 교회

난 그것을 기다렸고 즐겼다.

성당을 보면 반사작용처럼 졸음이 밀려왔다. 난 마치 엄마품을 찾는 아기처럼 턱이 빠져라 하품을 하며 들어갔고 자물쇠가 풀리지 않는지 단단히 깍지를 끼고 앉았다.

이마를 포개진 엄지손가락 아랫부분에 대면 안정적인 자세가 되었고 곧 잠에 들었다. 그렇게 자고 다시 길을 떠나곤 했다. 더 이상 성당은 내게 기도하는 곳이 아닌 낮잠을 즐기는 따뜻한 공간에 지나지 않았다.

그러다 스위스를 여행하던 중 결국 라우터브루넨의 작은 교회에서 일이 터지고 말았다.

장난감 마을에 달콤한 슈가파우더를 뿌려 놓은 듯한 라우터브룬넨을 무척 좋아해서 그 마을에 며칠 묵었다. 그곳에서 난 내내 걸었던 것 같다. 내가 묵은 작은 일인실 방은 무척 비쌌고 주인도 친절하지 않았지만 아름다운 풍경이 그 모든 뒤틀린 감정을 하얀 슈가파우더로 덮어버렸기 때문에 쉽사리 그곳을 떠나기가 힘들었다.

유독 추웠던 어느 날 장난감처럼 작고 예쁜 교회에 들어갔다. 양쪽의 아름다운 색이 조합된 스테인드글라스 창문을 한참을 보다 버릇처럼 잠에 들었다. 하지만 너무 깊이 잠에 들었는지 자물쇠보다 강할 것이라 믿었던 손깍지가 서서히 풀리면서 머리를 세게 박았고 깜짝 놀라 반사적으로 벌떡 일어났지만 다리가 꼬여 넘어지는 바람에 큰 상처를 입었던 것이었다. 다행히 사람은 없었지만 어찌나 아프던지 마치 하나님께서 [요놈~! 여긴 자는 곳이 아니야]하시며 꿀밤을 주신 것 같았다.

덕분에 난 한동안 걷는 것도 힘들만큼 아팠다.

나의 상습행각은 그 후로 유럽을 떠날 때까지 사라지지는 않았지만 항상 잠에 들기전 기도를 했다.

[춥고 졸린 불쌍한 어린양을 용서해주시고 넓은 품으로 품어주세요 하나님… 아멘-]

#. 얼룩진 마키아토

마조레 성당 앞엔 일행들이 모여 있었다.
돌아다닐 땐 보이지 않던 한국 사람이 모이고 보니 많았다.
감격스러웠다.

유럽을 여행하며 내가 만난 한국인은 손에 꼽을 만큼이었다. 겨울이라 그런 건지 내가 택한 코스가 그런 건지 어쩔 때는 사흘 넘게 한국어를 할 수 없는 경우도 있었다. 외국인 친구들이 있었지만 난 영어를 잘하지 못했고, 다행히 무용하듯 현란한 바디랭귀지를 할 수있기 때문에 여차 여차 즐거운 시간을 보내도 한국어로 수다를 떠는 것은 외국어의 그것과는 천지차이였다. 뭔가 헛헛하고 화장실에서 개운치 않은 변을 본 느낌… 이랄까… 이날 한국인을 이렇게 많이 만나서 한국어로 이야기를 할 수 있다는 것만으로도 감격스러웠다.

오늘 우리를 안내할 가이드는 큰 키에 발목까지 오는 검정색 장코트를 입고 곱실거리는 머리카락을 날리며 나타났다.

그의 캐릭터가 너무 특이해서 오늘 가이드 잃어버릴 일은 없겠다 싶었다.

우리는 로마를 떠나 폼페이를 들려 이태리 남부로 가는 일정이었는데 비가 살짝 내려 걱정이 되었다.

첫번째 목적지인 폼페이로 가는 길엔 고속도로를 타야 했는데 박정희가 벤치마킹했다는 이탈리아의 고속도로는 우리나라와 매우 흡사했다.

고속도로의 백미인 휴게소에 도착하고 우아하게 커피 한 잔을 하려 내렸는데 무엇을 먹을지 고민하다 자판기에서 마키아토를 눌렀다. 달고 카라멜 향기가 나는 커피를 기대했지만 이맛저맛도 아닌 그저 쓴 커피였다.

마키아토는 이태리어로 '얼룩지다' 라는 뜻이라는데 난 마키아토하면 캐러멜을 떠올렸기 때문에 충돌된 의미가 실패의 원인이었다.

커피를 좋아하는 나는 유럽여행에서 기대한 것 중 하나가 커피였다. 하지만 유럽의 유명하다는 카페를 찾아다녀도 우리나라 커피가 제일 낫다는 생각이었다. 내 입맛이 문제가 있는 건지 만인이 극찬하던 오스트리아의 카페도 이태리의 카페도 내 입맛을 충족하지 못했다. 하지만 돌아올 때 일본공항에서의 카페라떼는 두달 동안 충족하지 못했던 맛있는 카페인을 단번에 충족시킬 만큼 깊고 진한향과 혀끝이 저릴 만큼 달콤함에 숨도 안 쉬고 원샷했다.

일본 공항라떼의 기억은 내 기억 속에서 영원히 진하고 달콤하다.

결국 이태리 고속도로 휴게소의 마키아토는 쓴 것이라곤 싫어해서 술도 먹지않는 내 유아적 입맛에 의해 결국 쓰레기가 되었다.

#. 수컷의 욕구

다시 버스에 오르자 가이드가 이런저런 설명을 해준다. 난 패키지여행을 좋아하지 않지만 한 가지 좋은 점은 이런 재미있는 설명을 움직이는 차안에서 위험을 무릅쓰고 해주는 가이드가 있다는 것이다.

그의 언변은 무척 정열적이었고 조리 있었다. 나는 갓 입학한 일학년 어린이처럼 두눈 가득 호기심을 담고 경청했다.

이윽고 도착한 폼페이에는 비가내리고 있었다.

교과서에도 나올 만큼 유명한 이곳은 화산이 폭발해서 한순간에 화산재에 묻혀 사라졌던 도시이다.

난 정말 궁금했던 화산재에 덮인 인간화석을 실제로 볼 수 있다는 기대감에 가슴이 두근거렸다.

폼페이는 나폴리에서 20km정도 떨어져 있는 베수비오산 기슭에 위치하고 있다. 위치상 무역이 발달했고 농업과 상업의 중심지였다.

또, 로마 귀족들의 휴양지이기도 했는데 실제 폼페이의 가옥에서 호화로운 벽화나 실내장식을 볼수있었다. 하지만 A.D 79년 베수비오 화산이 폭발하면서 순식간에 매몰되었고 1738년 한 농민의 발견으로 폼베이가 세상에 드러나게 된다.

피할 시간도 없이 폭발한 화산으로 폼페이의 모습은 그때의 모습 그대로 볼 수 있는 역사적으로 중요한 자료가 되었다.

하다못해 화덕에 있는 빵도 그대로였다니 생생한 모습이 신기하기도 하지만 한편으로는 어제와 다름없는 오늘을 살다 날벼락을 맞았다는 생각에 끔찍하기도 했다.

폼페이의 인간화석은 너무도 고통스러웠다. 고통의 재에 쌓인 고통덩어리였다. 단순화된 형태는 어찌 보면 우스꽝스럽기도 했는데 실제로 이런 일이 내게 일어난다면 얼마나 끔찍할지 소름이 끼쳤다.

폼페이에는 창녀촌도 있었는데 폼페이의 돌바닥 중 그곳으로 가는 길은 유독 움푹 파여있었다. 얼마나 인기가 있었으면 바닥이 파일정도로 많은 마차들이 그곳으로 가기위해 달렸을까.

순간 동물원에서 본 개코원숭이가 생각났다. 싫다는 암컷원숭이의 새빨간 엉덩이를 잡고 집요하게 쫓는 원숭이의 눈빛에 마차의 패인 돌바닥이 겹쳐져 인간이든 동물이든 역시 수컷의 성적욕구는 엄청난 것이구나! 느끼며 묘하게 피식거렸다.

폼페이의 인간화석

재미있고 에로틱한 벽화들과 아직도 남아있는 침대, 침대는 생각보다 작아서 신기하기도 의문점이 생기기도 했다.

이렇게 좁은 곳에서… ? 하지만 이내 하기야 우리 부모님 세대에서는 온가족이 좁은 방에 살아도 팔남매까지도 문제 없었다는 것을 보면 공간은 문제가 되지 않겠다 싶다.

창녀촌 옆에는 약국도 있었는데 그것을 알 수 있는 표식은 벽에 커다란 뱀이 그려져 있는 것이었다.

폼페이는 해상무역도시여서 여러나라의 사람들이 드나들었는데 말이 통하지 않았기 때문에 벽화로 알아 보았다 한다.

난 공부 잘하는 학생처럼 가이드에 찰싹 붙어다녔다. 어찌나 재미있게 설명하는지 혼자 왔더라면 폐허된 돌 도시처럼 보았을 것을 그의 입담이 폼페이를 더욱 흥미롭게 만들었다.

원형극장은 예전에 검투를 하던 곳이었다. 벤허에 보면 네로 왕이 엄지손가락을 들었다 났다 하는 그런 곳이라고 보면 되는데 그 잔인한 광경을 보는 것이 오락거리였다니 인간이 얼마나 잔인한 존재인가를 다시금 느끼게 하였다.

현재는 당연히 검투는 하지 않지만 여름이 되면 오페라를 한다고 한다. 원형극장의 구조가 소리를 가두어 오페라를 하면 마이크가 없어도 잘 들린다고 하고 음색이 무척 아름답다고 해서 아쉬움이 많이 남았다.

한여름 밤의 오페라 얼마나 낭만적일까… 모기만 없다면 말이다.

멋지고 낭만적인 오페라를 즐기며 한편에선 웽웽대는 모기를 잡는 사람들을 생각하니 다른 감정의 어울리지 않는 공존에 웃음이 났다.

원형극장의 앉아 내려다보니 주변의 수많은 계단들이 또다시 정인을 떠오르게 했다.

*

　－ 이곳에 계단처럼 많고 높았던 그곳의 계단. －

　올라갈 때마다 수 없이 세었던 계단 중간에 정인을 앉혀 놓고 미친 듯이 쿵쾅거리는 가슴을 억누르며 광장 한 가운데 섰다.

　고백의 날이었다.

　피처럼 짙은 선홍빛의 숄을 날개처럼 휘날리며 난 두 손을 모아 입가에 대고 광장이 울리도록 사랑한다 소리쳤다.

　[사랑해————]

　[정말 정말 사랑해—————]

　몇 번의 외침을 주고 받고 숄처럼 붉어진 얼굴이 부끄러워 두 팔을 활짝 핀 정인에게 달려가 커다란 숄로 감싸고 달콤한 키스를 나누었다.

*

　모든 것이 그때의 그것과 꼭 같지 않더라도 비슷한 형태 속에 숨어있는 기억들은 예고 없이 튀어나와 감정을 어지럽히곤 한다. 이런 것이 이별의 부작용이겠구나 생각하고 애써 미소 짓는다.

　폼페이의 비가 서서히 그친다.

　어두운 구름사이에서 모습을 드러낸 햇빛이 도시에 비치자 모든 곳에 빛이 스민다. 달콤함이 느껴지는 소중한 건빵 속 몇 개 없는 귀한 별사탕을 발견한 것 같았다.

#. 돌아오라 소렌토로

아름다운 저 바다 그리운 그 빛난 햇빛
내 맘 속에 잠시라도 떠날 때가 없도다.
향기로운 꽃 만발한 아름다운 동산에서
내게 준 고귀한 언약 어이하여 잊을까
멀리 떠나버린 벗을 나는 홀로 사모하여
잊지 못할 이곳에서 기다리고 있노라
돌아오라 이곳을 잊지 말고
돌아오라 소렌토로 돌아오라

아말피해안을 따라 포지타노로 간다. 육십 대 중반정도의 중후한 은색 곱슬머리의 운전기사 아저씨는 소렌토와 카프리 섬이 보이자 이태리가곡인 '돌아오라 소렌토로'를 틀어준다. 센스 있는 선곡으로 추억에 젖어든다.

*

여고시절 가창시험의 단골인 '돌아오라 소렌토로'는 한동안 우리교실을 떠나지 않았다. 마치 돌림노래처럼 여기저기서 들려오던 '돌아오라 소렌토로'
무엇보다 이 노래와 가사가 무척 좋았다. 아름다운 가사와 시적인 표현. 감성적인 멜로디가 내 가슴을 울리기 충분했다.
드디어 시험 날
내 차례가 되었다. 그동안 연습한 노래를 목청껏 부르며 선생님 눈치를 힐끗 보니 성공적으로 마칠 수 있겠다는 기대감에 부풀었다.
드디어 마지막 남은 한 소절. 돌아오라 소렌토로
난 온힘을 다해 돌아오라 소렌토로의 언덕으로 돌진했다.

[돌아오라~~소오레에엑~!!!!!!]

　하지만 그 언덕을 넘지 못한채 음이탈을 했고 얼굴이 발개진 채 창피하기도 멋쩍기도 해서 소리 내어 웃었다. 기회를 주고 싶었던 선생님은 다시 해보라고 하셨다. 무려 다섯 번이나…

　하지만 난 '돌라오라 소렌토로'의 언덕을 넘지 못했고 매번 음이탈을 했다. 급기야 창피함에 어찌할바를 몰라 펑펑 울었고 그날의 기억은 굴욕으로 남게 되었다.

　모든 것이 지나면 추억이 되어 돌아오는 것처럼 창피한 그날의 기억이 어찌나 순수한지 절로 웃음이 새어나왔다.

카세트에서 흘러나오는 '돌아오라 소렌토로'를 조용히 따라 부른다.

[돌아오라 이곳을 잊지 말고 돌아오라 소렌토로 돌아오라.]

*

나는 지금 여고시절 넘지 못했던 소렌토로의 언덕을 넘고 있다. 풋풋했던 그날의 기억이 절벽에 심어진 수천그루의 올리브 나무처럼 바람에 흔들린다.

#. 그날이 오면…

포지타노는 마치 그림처럼 절벽을 따라 하얗고 예쁜 건물들이 있다.

골목도 그림 같고 길가의 사람들도 그림 같다. 내가 보고 있는 것이 실제가 아닌 그림 같은 느낌을 갖게 하는 유화 같은 풍경들.

가게안의 아기자기한 소품들과 좁고 귀여운 계단. 떡처럼 찰기 있는 달콤한 젤라 또. 나는 한동안 그것들에 빠져들어 이곳을 투어로 왔다는 것을 처음으로 후회했다. 이런곳은 며칠 묵으면서 즐겼어야 하는데 말이다.

아쉽다.

해가 지고. 다시 뜨고 어떤 새가 지저귀는지 어떤 냄새가 있는지 어떤 맛을 볼 수 있는지, 사람들의 표정은 어떤지 나는 그 사람들에게 어떤 인사를 건넬지 이 모든 것을 경험하기에 단 몇 시간은 너무나 짧기 때문이다.

해변에 갈때면 나는 버릇처럼 가장 먼저 신발을 벗고 모래를 느낀다. 워낙 맨발을 좋아하는데다 그 촉감이 무척 매력적이기 때문이다. 역시 도착하자마자 운동화와 양말을 벗고 아직 차가운 바닷물에 발을 담갔다. 꼭 한국에 있는 것 같았다. 모래는 그곳과 차이가 없어서 그런 것 같다. 한참을 놀다 가게에 걸려 바람에 나부끼는 하얀 옷이 궁금해 그곳으로 갔다. 온통 레이스로 된 속이 아스라이 비치는 하얀 원피스였다.

다음엔 혼자가 아니었으면 좋겠다.

바람에 나부끼는 흰색 레이스 원피스를 입고 머리는 허리까지 길러 느슨하게 땋는다. 정인에겐 하얀 셔츠와 옅은 색감의 바지를 입혀 함께 맨발로 해변을 거닐고 사랑스러운 소품들을 고른 후 미슐랭 가이드에 나온 올리브나무가 멋스럽게 우거진 레스토랑에 들어가 아름다운 대화를 하고 함께 해가지고 뜨는 것을 몇 일간 바라보고 싶다.

쫀득한 젤라또를 먹여주고 무엇이 그렇게 재밌고 즐거운지 해맑게 웃으며 사랑을 속삭이고 싶다.

그날이 오면 혼자가 아닌 영원히 함께 할 정인과 라면 좋겠다.

#. 로마의 휴일

"어떻게 작별을 하죠? 아무 말도 생각이 안 나요" -오드리헵번
"애 쓰지 말아요." -그레 고리 펙

작별이란 것이 그런 것 같다. 아무말도 아무것도 생각나지 않는것.
지나고 나서 생각하면 할말이 너무나 많은것…

오늘은 로마의 마지막 날이다.

아침 일찍 부터 비가 내렸다. 바람까지 불어 우산이 펄럭인다.

아침부터 가라앉은 기분은 달디 단 초콜릿도 쓰게 느껴지게 한다.

부슬부슬 내리는 비는 우산을 쓰기도 쓰지 않기도 애매했다.

여느 날과 다름없이 마조래성당에 들어가 잠깐의 기도를 하고 콜로세움으로 향했다. 길가의 가게를 구경하며 내리막길을 내려가 왼쪽을 보니 티비에서만 보았던 콜로세움이 나타났다.

나는 하마터면 소리를 지를 뻔했다. 옆에 누군가 있다면 손뼉 치며 감탄했을 것 같기도 하다. 누군가 감정을 공유할 수 없다는 것은 혼자 하는 여행의 최대 단점일 것이다. 격한 감동을 추스르려면 바람 새는 풍선소리가 나기 때문이다.

콜로세움은 오백 미터쯤 떨어져 보았을 때의 감동이 가장 큰 것 같다. 실제가 아닌듯한 기분, 비가 잠시 가신 뒤라 먹구름과 파란하늘이 멋스럽게 뒤섞인 배경과 그림 같은 풍경이 잘 찍은 엽서를 손에 들고 있는 것 같았다.

콜로세움 옆쪽으로는 콘스탄티누스 개선문이 있고, 그 옆으로 포노 로마노가 이어져 있었는데 전체적인 배경이 조화롭고 매우 멋스럽다.

멀리가지 않아도 3종 세트를 관람할 수 있다는 것도 마음에 들었다.

나는 어떤 나라를 가거나 어떤 유적물을 볼 땐 그와 관련한 영화를 꼭 챙기는 편이다. 그래서 한국에서 떠날 때 내가 가게 될 곳에 관련된 영화들과 노래를 외장하드에 담아온다. 그것은 여행 준비물 중 가장 중요한 것 중 하나이다.

영화는 이렇게 어떤 곳에 가서 그곳을 좀 더 디테일하게 느끼고 싶을 때 매우 유용한 것같다.

전날 '벤허' 와 '글레디에이터' 를 본 나는 깊은 감동에 큰 기대를 하고 안으로 들어갔다.

하지만 콜로세움에 들어서는 순간 든 느낌은 폐허였다. 엄청난 돌산을 보는 기분이 썩 유쾌하지 않았다. 내가 상상한 글레디에이터에서 표현된 모습과는 거리가 멀었기 때문이었다.

폼페이를 이미 다녀온 나로서는 폼페이에 있는 원형극장의 대형버전을 보는 느낌이었다. -하지만 어떤 이에게는 가슴 벅찬 감동이었을 테니 보는 사람에 따른 차이가 있다.-

무엇보다 내부 구조 설명이 제대로 되어 있지 않았고 영어를 하는 사람을 찾기도 힘들었다. 때마침 내리는 차디찬 빗줄기와 돌고 돌아도 그 자리로 다시 돌아오게 하는 미로 같은 이 건축물이 내 옷과 마음을 기분 나쁘게 적시고 있었다.

이럴 때의 최선은 이곳을 나가는 것이다.

가능한 빨리 그리고 멀리 나를 대피시키자.

콜로세움의 지척에 있는 콘스탄티누스의 개선문은 파리의 개선문의 모델이 되었다고 한다. 우리나라의 독립문은 파리 개선문을 모델로 했으니 이곳의 개선문은 독립문의 할머니 격이다.

조소학도답게 멋진 조각들에 매료되어 비가 내리는 데도 열심히 사진을 찍은 후 포노로마노의 담벼락을 따라 베네치아 광장쪽으로 걸었다. 생각보다 무척 길었던 그 길에서 여전히 애매한 비를 맞으며 우산을 펼 생각조차 하지 않고 걷고 또 걸었다.

목적지는 카피톨리노 미술관이었다.

이상한 날이었다.

길눈이 밝은 나는 웬만해서 길을 헤매지 않는다. 사전조사도 완벽히 하는 편이라 가보지 않은 곳도 가본 것처럼 찾아내곤 한다.

하지만 이 날은 분명 이상했다.

평소 같았다면 금방 찾았을 콜로세움에서도 카피톨리노를 찾는 길에서도 나사 풀린 사람처럼 헤매고 또 헤맸다.

헤매느라 다시 지나온 길을 갈 때는 가슴속이 미식거리고 울컥했다. 내 실수가 참을 수 없이 지겹고 비관적었고, 걸을때 마다 기분나쁘게 질척거리는 비로 미간을 어지럽힌 채 베네치아 광장앞에 서서 고개를 들어올렸다.

비토리오 에마누엘레 2세 기념관 위에 얹혀진 청동 조각상의 웅장함은 위압적으로 나를 짓누르고 버틸 수 없을만큼 무거워진 고개를 바닥으로 떨어뜨린채 생각했다.

내게 어떤 문제가 있는 것일까.

도대체 왜 난 베네치아 광장에서 오분 거리라는 카피톨리노 미술관을 두 시간째 찾지 못하고 다시 돌아 베네치아 광장앞에 서있는것일까.

입만 한번 뻥긋하면 카피톨리노 미술관에 다다를 텐데 왜 난 아무에게도 그곳의 위치를 묻지않고 넋이나간 사람처럼 이곳을 맴돌고 있는 것일까.

날이 점점 어두워진다.

한곳에 모여 있는 경관들에게 다가갔다. 그들은 내 또래의 젊은 경관이었는데 비를 쫄딱 맞은 내가 우스운지 시시덕거리며 나를 보고 있었다.

나는 그들 중 한 사람에게 말했다.

[카피톨리노 미술관이 어디에요]

그들은 영어를 하지 못하는 것 같았다. 나의 질문에 아랑곳 하지 않고 자기들끼리 시시덕대기 바빴다.

나는 무거운 침을 꿀떡 삼키고 다시 물었다.

[카피톨리노 미술관…]

그들은 여전히 웃고 떠드느라 진지하지 못하게 나를 대하고 있었다. 그리고 때때로 내 발음을 흉내 내기도 하였다.
난 울분섞인 목소리로 크게 소리쳤다.

[카피톨리노!!!]

내 표정이 심상치 않다는 것을 느꼈는지 그들 중 한명은 나를 앞서 그곳에 데려다 주었다.
그를 따라 가니 삼분도 걸리지 않는 가까운 곳에 카피톨리노 미술관이 있었다.
그는 난처한 표정으로 날 바라보며 인사를 하고 그의 동료에게로 갔다.
미술관의 문은 닫혀 있었다.
무척 보고 싶었던 미술관이었다. 그곳의 메두사상도 진기한 조각들도 로마에 오면 꼭 가고 싶었던 다섯 곳 중의 하나였다.
나는 돌아서며 바보 같은 두 시간을 원망했다.
일부러 찾고 싶지 않았더라도 오분 거리를 두 시간 넘게 찾지 못한 바보 같은 행동을 이해 할 수가 없었다.

빗줄기는 점점 거세지고 있었다. 바람도 거세게 불어 휘청일 정도였다.
더 이상 우산을 펴지 않을 수가 없었다.
천막이 쳐진 가게 밑에 서서 가방을 열어 우산을 꺼냈다.
선을 곱게 맞추어 갠 아끼는 꽃무늬 패턴의 우산은 정인이 내게 선물한 것이었다. 그것은 내게 무척 소중한 것이어서 내내 아껴두었었다.
버스를 타기위해 우산을 펼치고 횡단보도를 건너 버스정류장에 서서 숙소방향의

그 유명한 콜로세움

버스를 기다렸다.

　순간 거센 바람이 불었다.

　푸덕거리는 우산을 접어야겠다는 생각을 하면서도 접지 않고 머뭇거리는 사이 다시 한 번 거센 바람이 불어 우산이 뒤집혀지면서 우산살이 부러지고 말았다.

　왜 그 순간 이별의 순간이 생각났는지 모르겠다.

　만신창이가 된 꽃무늬 우산이 내 모습 같았는지, 멍청이 같았던 오늘 하루가 화가 나서였는지. 나를 놀리는듯 했던 경관들의 비웃음이 빈정이 상해서였는지 무엇

하나 확실한 것이 없는 모호함 속에서 시선과 폭우에도 아랑곳없이 아이처럼 소리 내어 울고 있었다.

한참을 울고나니 속이 시원하다.

정인과의 이별 후부터 이곳에 와서 지금까지 후련하지 않은 기분으로 로마에서 내내 맞던 애매모호한 비처럼 찝찝한 감정을 안고 다녔다. 감정의 무게는 나의 모든 것을 짓누를 만큼 무거웠다.

통곡 후에 쉽게 멈추지 않는 딸꾹질이 웃음이 났다.

가방에서 초콜릿 하나를 꺼내 입에 넣으니 그 달콤함이 혀끝까지 저렸다. 자꾸만 웃음에 났다. 난 소리 내어 웃었다. 무엇이 그렇게 웃긴지 배가 아플 지경이었다.

우산을 추슬러 휴지통에 넣었다. 갖는다고 해서 망가진 우산은 짐만될 뿐이었다.

난 문제가 있었다. 내가 내 자신에게 솔직하지 못한 문제.

주변에 내가 슬프다는 것을 알리는 것이 너무나 창피하고, 자존심 상해 삼킬수록 짐이되는 감정을 꿀떡 꿀떡 삼켰다.

사실 무척 울고 싶었던 것 같다. 속상한 마음을 아이처럼 솔직하게 표현하고 싶었던 것도 같다. 하지만 가족을 의식하고, 친구를 의식하느라 정작 내 정서 관리를 어리석게 해버린 것이 아닌가 싶다.

아이 때의 자유로웠던 감정표현은 성인이 되어가면서 사회적으로 혹은 관습적으로 억제된다. 그것을 성장 혹은 성숙이라 부르지만 분명 정서의 억압이다. 나도 내 감정을 묵혀둔채 슬픔을 누르고, 기쁨도 누르고, 분노도 누르고, 모든 감정을 누르는 것이 버릇처럼 되어버렸다

묵은 변을 해결하듯 토해놓은 감정들을 보니 생각보다 무척 상쾌했다.

이별은 쓰디쓴 약을 삼키는 것처럼 괴로운 일이지만 그 후에 먹는 달콤한 사탕처럼 분명 다시 사랑은 찾아온다.

그리고 아무 일도 없던 것처럼 지나간 이별을 잊어버린다.

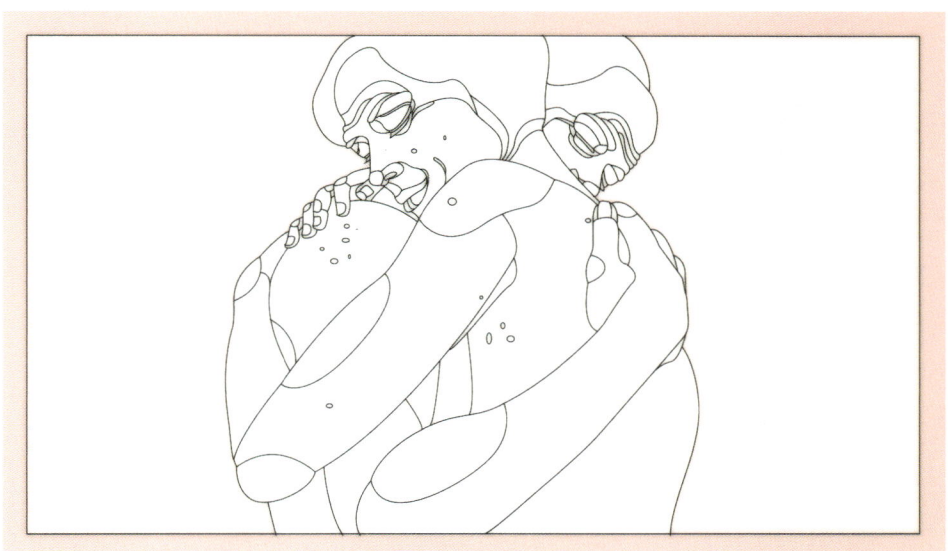

그렇게 나는 성장통을 이겨내고 있었다. 아이처럼.

'그래도 이별은 지나간다.'中 - 달콤한 소금

햇살이 밝아와 내 맘을 비추고
저 햇살에 내 맘 열린다.
사랑하고 헤어지는 일이
내게만 이렇게 아픈 건 아닐지

이별하고 아파하는 일이
바람에 실어 흘려 보낼 순 없는지
그래도 햇살이 비춰 축축이 젖던 내 맘이
빳빳이 다려지고 말려져서 이젠

AYUTTHAYA
아유타야

그녀를 만나다

그녀를 만나다 – 아유타야

#. 준비여행자 Miss Kim

좀 더 나은 여행을 위해 눈빛과 몸짓으로 하는 바디랭귀지는 한계가 있었다. 때문에 영어를 배워야 했고, 무엇보다 여행경비를 마련해야 했기에 두 마리 토끼를 잡을 수 있을 거라 예상한 미군부대에 일자리를 얻어 작은 관광회사에 취직을 했다.

내가 맡은 일은 창구에서 버스표를 파는 일이었는데, 이 일은 단순노동임에도 쉽지 않았었다.

대여섯 평 정도 되는 작은 사무실엔 총 다섯 명이 근무했고, 나와 L씨는 창구에서 사무실엔 할아버지뻘 되는 연배에 세분의 과장님이 계셨다.

우리들의 공통점은 영어에 서투르다는 것이었는데, 평범한 미군일 때는 괜찮았지만 질문이 많거나 항의 전화를 받을 때는 모두 모여 토끼 귀를 하곤 했다.

업무가 끝나면 나와 L씨는 셔틀버스를 타고 용산기지를 돌아다니곤 했는데 그곳

106

의 풍경이 마치 외국 같아서 이미 이 시간을 건너뛰어 여행을 온 것 같았다.

　나는 사실 매일 그만두고 싶은 충동을 느꼈었다.
　손바닥만 한 사무실에서 정말 손바닥만 한 창구를 바라보며 보내는 하루 하루와 시도 때도 없는 할아버지들의 커피 심부름과 잔소리, 매캐한 담배 냄새 그리고 무엇보다 왠지 모를 자격지심이 들었다.
　특히 'miss kim'이라는 호칭 그렇게 싫을 수가 없었다.
　싫다 생각하기 시작하면 모든 게 싫어지듯이 마음에서 싫다하니 모든 것이 좋아 보일리 없었다.
　평생을 한 직장에서 열심히 일하는 사람들도 있는데 나의 첫 사회생활은 불만 투성이였다. 그도 그럴것이 준비되지 않은 마음으로 시작했기 때문에 어떤 직장이었어도 같았을것 같다. 무엇이든 절실히 원할 때 그 소중함을 아는것 같다.

　때로는 좋은 일도 있었다.
　단골손님인 요리사 흑인 할아버지가 퇴근길에 창구에 넣어주시던 아메리칸 스타일의 고칼로리 음식과, 서투른 한글로 편지를 써주던 수줍고 어린 미군들, 점심시간마다 L씨와 치던 탁구, 도서관에서 쪼그려 앉아 시간가는 것도 잊어버리고 보던 미술원서들…
　특히 노먼 록웰(Norman Rockwell)의 화집에 매료되어 나는 틈만나면 도서관으로 달려갔다. 빌릴수 없는것이 아쉬워서 일수업체에서 주는 작은 메모지를 가져가서 모사를 하곤했는데 일상적이고 익살스럽지만 풍자적인 내용을 담고 있어서 나는 그의 그림이 마음에 들었다. 그래서 때때로 업무시간을 잊어버리기도 해 부리나케 달려가기도 했다.

　하지만 아침이 되면 지독히도 가기 싫은 매일 매일이었다. 지하철역에서 부대입

구로 이어진 플라타너스 나뭇길에서 느끼는 계절의 변화는 한없이 서글픈 것이었고 때때로 나는 부대옆의 나무의자에 앉아 한참을 고민하곤 했다. 들어갈것인가 돌아갈것인가에 대해 그리고 이제 겨우 한 달이 지났을 뿐이었다.

하지만 한 달이 지나면 7개월이 남은 것이고, 3달이 지나면 5달이 남고, 7달이 지나면 한 달만 버티면 되는 것이었다.

고맙게도 시간은 의식하지 않은 순간에도 흐른다.

매일 같은 생활에서 적응이 되었는지, 외국인이 와도 더 이상 긴장하지 않았고, 질문을 받으면 입도 떼지 못하고 얼굴만 붉어져 버벅대던 난, 여전히 손짓발짓에 서툴긴 하지만 가벼운 의사소통에 여유롭게 농담도 던지게 되었다.

열심히 일하고 모은 덕분에 경비도 충분했고, 이제 떠날 준비가 되었다.

그러나 싫던 좋던 8개월을 함께한 사람들과 헤어지는 것이 쉽지만은 않았다.

미운정만 잔뜩 들었다고 생각한 할아버지들이 사실 고운 정이었다는 것을 깨달았고, 동고동락한 L씨와의 서운한 이별도 쉽지 않았다.

우리는 마지막으로 셔틀버스를 타고 함께 미군부대를 한 바퀴를 돌면서 많은 이야기를 나누었다. 아마도 다시 돌아올 수 없을 것이다.

신기하게도 지나고 나니, 감옥같이 힘들었던 8개월에는 즐겁고 우스운 추억들만 가득했다.

#. 그녀를 만나다.

집에 돌아와 부모님께 내 여행계획을 말하자. 생각지도 못한 일이 발생했다.

나 혼자 떠나기로 한 여행이었다. 내 여행에 누군가가 함께 한다는 생각을 해보지 못했지만 엄마도 배낭여행을 해보고 싶다 했다.

더 늦기 전에 다리에 힘이 있을 때 내가 하는 유랑 같은 여행을 해보고 싶다는 바람이었다.

그래서 함께 떠나기로 했다.

스페인을 가려던 계획은 태국으로 변경되었고 지나치게 꼼꼼하게 짜인 계획들도 모두 틀어져 엉망이 되어버렸지만 엄마와 떠나는 것이 나쁘진 않을 것 같았다.

어쨌든 우리는 급하긴 했지만 여행을 떠날 준비를 무사히 끝냈고 엄마는 남은 두 남자를 위해 두어 달 먹을 밑반찬과 곰국을 끓여 놓으셨다.

이렇게 엄마와의 태국일주 배낭여행이 시작되었다.

방콕공항에 내리면 방콕으로 가는 것이 의례지만 여행의 시작을 혼란스럽고 어수선한 방콕에서 보내고 싶지 않았고 이리저리 알아보던 중 1시간 30분 거리에 있는 도시인 아유타야로 가기로 했다.

아유타야는 방콕 근교의 역사도시인데 아유타야 왕조의 성대했던 모습을 간직한 소도시이다.

새벽에 도착해 첫차를 타려면 4시간을 공항에서 보내야 했는데 딱딱한 공항의자에서 새우잠이 든 엄마를 보며 방콕으로 가는 것이 옳았나 싶으면서 괜실히 미안해졌다.

그렇게 4시간이 지나고 우리는 11바트짜리 기차를 탔다.

기차는 단거리 구간이어서 그런지 목욕 갔다 오는 사람, 아침 일찍 직장을 가는 사람 등 서민들의 모습을 볼 수 있었다.

창밖으로 동이 트기 시작했고…

모든 것을 불태우는 듯 붉은, 하지만 고요한… 태어나 처음으로 그렇게 정열적이고 에너지 가득한 일출은 처음이었다. 붉은 일출은 모든 것이 뒤섞여 버린 빈센트 반 고흐의 하늘 같았지만 그것의 느낌은 혼돈이 아닌 평온이었다.

일출을 바라보는 엄마의 눈에 붉은 태양이 스며들어 문득 가슴가득 꿈을 품은 양갈래 머리의 여고생이 그려졌다.

그리고 애틋한 생각이 든다.

여고생이었던 엄마가 아이를 둘이나 낳은 나이에도 아이같이 의존적인 삶을 살고있는 나는 다른 이들과 마찬가지로 자아실현을 위해 끊임없이 노력하고 투자한다.

엄마의 꿈은 무엇이었을까. 젊은시절의 꿈이 무엇이었는지는 잘 모르겠지만 가정을 이룬 후 자식은 엄마의 또 다른 자아가 되었다.

우리는 자라나며 말로 형용할 수 없을 만큼 기쁨을 주기도 했지만, 때로는 도망쳐버리고 싶을 만큼 괴롭게 하기도했다. 하지만, 사랑하기 때문에 내가 내 꿈을 위해 그러는 것처럼 엄마는 포기하지 않았다.

작품을 만들 때는 손끝이 저릴 정도의 희열을 느끼기도 하고 절망에 둘려 쌓여 어찌할 바를 몰라 아이처럼 엉엉 울어버리기도 한다. 미혼이고, 아이를 낳아 기른 적이 없음에도 작품을 만드는 일이 자식을 키우는 느낌이 아닐까 생각한 적이 있다.

반응의 원인은 단 한가지이다 내가 만들어내려는 작품에 대한 애착이 여러 가지 감정들의 영향을 받아 역동하는 것이다.

그렇지만 중요한 것은 이러한 감정들 때문에 정서적으로 안정되지 못하는 삶을 살고 있음에도 이것을 포기하지도 할 수도 없다는 것이다.

부모 마음이라는 것이 이렇지 않을까. 눈에 넣어도 아프지 않을 것 같다는 격한 표현도 아깝지 않을 만큼 사랑하지만 죽는 순간까지도 끊이지 않는 고민과 고통을 안겨주기도 하는 존재… 분명 다르겠지만 닮지 않았을까 싶다.

난 붉은 태양이 차창가득 떠오르던 그날 새벽 엄마의 눈에서 꿈도 많고, 욕심도 많은 '그녀'를 보게 되었다.

그녀의 눈은 지금 이 순간 뜨거운 열정으로 내 가슴을 울리고 있었다.

그리고 태어나 처음으로 나의엄마가 아닌 동행으로 받아들이기 시작했다.

[태국여행 후에도 우리는 몇 번의 배낭여행을 함께했는데, 이 경험은 무엇보다 소중한 추억이 되었다. 엄마와 둘만의 여행은 모녀관계를 넘어서 친밀하고 동등한 인격체로 받아드릴 수 있는 기회가 되기 때문이다.]

#. 시원함을 느끼려면 더워야 한다.

가방은 항공기에 허락된 20kg씩이었다. 둘 다 작은 키의 소유자였기 때문에 38리터의 배낭에 침낭과 물 컵을 대롱대롱 매달아 휘청거리며 거리를 걷고 있었다.

차오프라야 강가로 아침 일찍 장을 보러 나온 사람들과 태국식 인사를 나누고 땜목같은 커다란 배에 많은 사람들과 가축, 개들과 함께 동승을 했다. 우리는 아유타야의 한적하고 아름다운 아침을 만끽하며 셔터를 누르고 사람들과 어울려 시시덕대었다.

수많은 단점들이 있음에도 매력을 느끼는 몇 가지의 장점들 때문에 나는 배낭여행을 즐긴다. 그리고 오늘도 역시 배낭여행의 단점이 먼저 나를 엄습하고 있었다.

사진에 심취했던 난 카메라와 렌즈를 종류별로 챙겨온 탓에 어깨와 허리가 끊어질듯 아팠다. 게다가 배낭여행이 처음인 엄마가 걱정되어 무거운 것들을 배낭에 끼워 넣은 덕분에 배낭은 삼십키로를 육박하고 있었고, 숨이 막힐 만큼 더운 날씨도 한몫을 했다.

엎친 데 덮친 격이랄까. 우리가 알아둔 게스트하우스는 공사 중이었다.

이미 목구멍까지 말라붙게한 지독한 더위와 살인적인 짐들로 맨바닥에 털썩 주저앉아버렸다.

그때 한 사람이 우리에게 다가왔다.

툭툭이라는 삼륜차의 운전사인 그는 작고 깡마른 체격을 가진 중년남성이었다.

그는 친절하게 웃으며 다가와 자신이 아는 게스트 하우스가 있다며 그곳으로 데려다 주겠다고 했다. 하지만 인도를 여행하며 생긴 친절에 대한 뿌리 깊은 불신이 있었기 때문에 짜증 섞인 말투로 -노를 외쳤다.

그는 또다시 내게 말했다.

[그곳은 새로 생긴 곳이고, 아유타야에서 가장 좋은 게스트 하우스야. 게다가 가격도 저렴해]

난 올 것이 왔다는 생각을 했다.

[그래 그게 너희들의 전형적인 수법인걸. 내가 알지 그럼.]

난 다시 -노를 외쳤다.

그는 포기하지 않고 다시 말했다.

[이 근처에는 게스트 하우스가 별로 없고 시설도 좋지 않아. 그곳은 정말 좋으니 그곳으로 가는게 좋을 거라고 생각해]

발등이 익을 만큼 내려쬐는 태양

이미 배터리가 방전된 엄마와 나는 찬 공기가 콧속으로 들어올 수 있는 곳이라면 어디라도 좋았다.

난 그에게 말했다.

[좋아 그곳으로 가자. 하지만 네 말과 다른 점이 있거나 내가 맘에 들지 않으면 난 네게 차비를 줄 수 없고 우릴 다시 이곳으로 데려다 주어야 해.]

그에게 몇 번을 다짐받고서야 우리는 툭툭에 올라탔다.

툭툭을 타고 아유타야의 거리를 보며 십 분 정도를 달렸을까. 덜그럭 거리며 엔진소리가 꺼졌다.

나는 툭툭의 커튼을 살짝 들고 얼굴을 내밀어 힐끗 보았다. 형편없다면 한바탕 전쟁을 치르리라 다짐하는 앙칼진 눈빛 앞에 펼쳐진 게스트 하우스는 그야말로 낙원 같은 곳이었다.

태국식 목조주택들이 들어서있는 정리 잘된 정원이 너무나 아름다웠다. 난 얼른 뛰어내려 집을 둘러보았는데 한 채씩 되어있는 목조주택엔 화장실, 양쪽으로 잘 정리된 침대 두개, 시원한 바람이 횡횡 잘도 나오는 에어컨까지 모자랄 것이 없었다.

날씨가 시원하다면 에어컨의 숨 트이는 청량함을 알 수 있었을까. 새삼 창밖더위가 감사하게 느껴진다.

아름다운 태국식 정원은 감탄이 나올 정도였고 테라스에 앉으면 새소리도 들을 수 있었다. 게다가 오픈기념 세일을 하고있어 가격까지 저렴하였다. 종전에 가려던 시멘트건물 안의 허름한 게스트하우스와 비할 수 없는 로맨틱함에 홀딱 반해 손뼉을 치며 좋아했고, 그에게 감사를 전했다.

그리고 아유타야에 거주할 동안 그의 안내를 받으며 다니기로 했다.

나만한 자녀가 있는 집안의 가장인 그는 생계를 위해 가이드겸 툭툭 운전기사를 하고 있지만 지금같은 비수기에는 영 신통치 않다고 했다.

우리는 서로 아주 필요한시기에 잘 만난 인연인 듯했다.

나처럼 비수기에 오는 여행자가 그에게 반가운 손님이 아닐 수 없고 그 덕에 그는 며칠동안은 손님을 찾아 더운 거리를 헤매지 않아도 될 터였다. 또 우리는 의심을 품고 검열해가며 가이드를 찾아 해매지 않아도 된다. 내 인식 속엔 이미 그는 친절하고 정직한 가이드로 자리 잡았기 때문이다.

어쨌든 우리는 아유타야에 있을 오일동안 서로에게 믿을 수 있는 사람이 되기로 약속했다.

짐을 풀고 밖으로 나와 거리를 걸었다.

툭툭 운전기사에게 추천받은 새우요리집을 가볼 참이었다. 여행을 할 때는 잠과 음식에 많은 돈을 쓰지 않지만 한 도시에서 한두 번쯤은 고급요리를 즐긴다. 가난한 배낭여행자의 사정상 매끼니를 그렇게 먹을 수는 없기 때문이다. 로마에 가면 로마법을 따르듯 엄마는 날 따라왔으니 내 여행스타일로 즐겨야 했다.

#. 만수무량의 episode

햇빛이 쨍쨍해서 더위에 허덕거리며 새우요리집으로 가던 중 갑자기 천둥번개가 치더니 소나기가 내렸다.

머리위에서 양동이로 물을 들이붓는 것처럼 날벼락을 맞은 우리는 이왕에 맞은 비를 즐기기 시작했다.

부슬비가 아니라 폭우 수준이어서 수압 좋은 샤워기로 시원한 샤워를 즐기는듯 했다.

불현듯 비에 대한 episode가 생각났다 마치 데자뷰 처럼…

〈비〉

• episode 1

여고시절 주름이 많았던 하늘빛 교복
여름에 비가 오는 날이면 하늘빛 비와 내 교복이 겹쳐져 투명인간이 될것만 같았다. 그래서 커다란 비닐봉지에 가방을 꽁꽁 싸매 가슴에 안고 비를 맞으며 집에 가곤 했는데, 하늘이 뚫린듯 세찬 폭우속을 달리면 가슴속까지 시원한 느낌이 들었다. 그래서 창밖에 폭우가 내리면 밖에 나가고 싶어 엉덩이가 들썩거렸다.
덕분에 여름이면 감기를 달고 살았고, 엄마는 주름많은 내 교복을 다리느라 한숨을 짓곤 했다.

• episode 2

내가 나온 대학은 교문부터 경사가 심한 오르막길이 이어졌는데 비가 많이 내리는 날엔 교문에서 신발을 벗어 손에 들고 천천히 물장구를 치며 오르곤 했다. 발가락사이에 느껴지는 빗물의 흐름과 아스팔트의 거친 느낌이 아직도 생생하다.
그럴 때면 'Aphrodite's Child'의 [rain and tears]를 듣곤 했는데 모든 것이 정지해 버린 고요함속의 싱그러운 촉감이 마음을 두드리고 진동 섞인 빗소리가 귓가에 속삭이는 듯하다. 나긋한 멜로디로 온 세상이 찰랑찰랑 잠긴다.

사람은 추억을 먹고 산다는 말이 맞는 것 같다. 수많은 에피소드들로 가득한 삶속에서 비슷한 상황이 될 때, 다시 여고시절로 들어가 빗속을 달리기도 하고 'rain and tears' 를 들으며 길을 걷기도 한다.

비를 맞으며 한 첫 사랑의 가슴 아린 이별도 생각나고, 비를 맞고 버스를 기다리던 내게 우산을 같이 쓰자던 까까머리 남자애도 생각이 난다.

상념에 잠기는 것 그것으로 웃기도 울기도 하는 아주 개인적인 시간들 그 가운데 우리모녀가 함께 있었다. 엄마는 어떤 에피소드를 그리며 이 비를 맞았을까? 이곳에 있는 수 많은 사람들의 에피소드가 몽실몽실 떠올라 날아다니다 시원한 비와함께 내린다.

비가 오면 생각하게 될 또 다른 episode가 하나 생겼다는 생각에 기분이 좋다. 무엇보다 내가 함께 연상하게 될 사람이 엄마라는 것이 감사했다.

#. 혼자가 아니라는 것

태국에 와서 무엇보다 좋은 점은 나무들마다 주렁주렁 피어난 꽃과 아침잠을 깨우는 새소리였다. 자연이 주는 감성은 마음을 정화시켜준다.

바쁜 삶속에서 시간에 쫓겨 부리나케 일어나야하는 도심과 다른 환경이 감사했다.

도심에 살면서도 잠에서 깨어나면 눈을 감은채 발을 길게 뻗어 창문을 연다. 그리고 천천히 눈을 떠 십분 정도 차창 밖의 나뭇잎을 바라본다. 그러면 짜증이 가시고 상쾌한 마음으로 하루를 시작할 수 있었다. 만일 이 시간이 망가지면 하루종일 짜증스럽고 찝찝한 기분이 들어 부드럽게 기상하는 것은 일과 중 가장 중요하게 생각하는 부분이다.

아침에 일어나면 부스스한 모습으로 엄마와 장에 가곤했다.

장이라고 해봤자 자전거에 실고 나온 아침대용 음식들이 전부지만 시장에 나와 복작거리는 사람들과 섞이고 그들과 같은 음식과 태국식 인사를 나누면 우리는 그다지 이방인 같지 않았다. 그저 장보러 나온 사람 중 하나일 뿐이다.

혼자 여행할 때 난 한순간도 내가 이방인이 아니라는 생각을 한 적이 없었다. 즐거움 속에서도. 내가 자각하지 못하는 긴장감으로 날 둘러매고 있었다. 하지만 이곳에선 이방인 같지 않다.

어떤 조건도 혼자와 다르지 않았다. 아니 다르지 않다고 생각했다. 영어를 하지 못하는 엄마는 동행자일 뿐 어떤 상황 속에서도 처리해야 할 사람은 나였기 때문이었다.

하지만 난 혼자일 때보다 외롭지도 무섭지도 걱정되지도 않았다. 엄마랑 있으니까 모든 게 괜찮다는 느낌. 마치 다시 어린 시절로 돌아가 엄마를 잃어버릴까 손 꼭 잡고 다니는 느낌이 들었다.

우리는 바나나 잎속에 찹쌀을 넣어 찐 찰밥과, 고기꼬치를 샀다. 상상도 못할 만큼 저렴한 가격과 입에 척척 달라붙은 맛깔스러움에 반해 매일 자전거 아주머니를 찾았다. 그리고 길가에 간판도 없는 허름한 빵집엔 호텔베이커리 저리가라 할 정도로 놀라운 맛의 도넛이 있었는데 하루가 지나도 부드럽고 맛있던 그것은 영원히 보관해서 한국 가져가 먹고 싶을 정도였다. 우리는 두 손 가득 장을 보고 아침식사 용과 구경하면서 먹을 음식을 포장해서 가방에 넣고, 숙소로 돌아와 찰밥과 꼬치구이를 바닥에 차려놓고 한국에서 공수한 튜브식 고추장을 케첩처럼 꼬치구이에 쭈욱 짜니 그럴듯했다. 젓가락도 필요 없이 맨손으로 천원도 안 되는 만찬을 즐기며 만족스러운 아침식사였는지 웃음이 마르지 않았다.

나는 내내 자전거아줌마를 흉내 내며 엄마를 웃겼고 우리는 웃느라 밥이 입으로 들어가는지 코로 들어가는지 모를 지경이었다.

　사람들은 혼자 여행을 즐기는 내가 신기하다고 할 때가 있다.

　사실 혼자 다니는 게 좋지만은 않다. 긴장도 많이 해야 하고 두렵고, 당황할 때도 많다. 외롭기는 얼마나 외로운지 길동무를 만나면 좋지만 길동무마저 없어 하루 종일 한국말을 입 밖으로 낼 수 없어지면 세상에 외로움이 가장 무섭다는 것을 가슴 깊이 느낄수 있게된다.

　하지만 난 일부러 그 외로움을 느끼기 위해 홀로 떠난다.

　지독한 외로움 속에선 아무것에 영향 받지 않고 비로소 내모습을 자세히 관찰할 수 있게 되기 때문이다. 어떻게 보면 하나의 트레이닝인 셈이다.

　처음으로 여행에서 옆에 누군가가 있다는 것을 느꼈을 때 상당한 불편함이 느껴지곤 했지만. 그 사람이 엄마라는 것과 언제나 보호받던 대상이라는 것으로 엄청난 위안을 느꼈다.

　혼자가 아니라는 것.

　그것은… ?

#. 폐허속의 아유타야

우리나라의 경주와 비슷한 느낌의 아유타야
태국에는 아유타야 수코타이 등 비롯한 역사를 간직한 도시들이 많다.
우리는 아유타야를 기점으로 북쪽으로 올라가고 있었기 때문에 근방에 있는 역

사도시들을 목전에 두고 있었고 태국 역사에
대한 공부가 필요했다.

사실 역사도시에서 볼 것이라곤 탑과 불상이
대부분인데 공부를 하지 않으면 그저 돌덩이
에 지나지 않을 것이 분명하기 때문에 유물을
볼 때는 반드시 공부가 필요하다.

난 사람들이 작품을 감상하는 방법에 대해
물으면 아주 개인적인 소견이지만 아무런 정
보가 없는 상태에서 느낌으로 먼저보고 그 다
음에 정보를 받아들이는 것이 좋겠다고 한다.

남편이 그리워 매일 밤 편지를 쓰는 아내

아는 만큼 보이는 것은 분명한 사실이지만. 작품감상에서는 그것이 방해가 될 수
도 있기 때문이다.

그러나 역사적인 이야기를 담고 있는 유적 군에서는 역시 아는 만큼 보였다.

우리는 한국에서 준비해온 이런저런 자료들을 읽고 함께 다음날의 계획을 준비
했다. 그리고 엄마는 아빠에게 편지를 썼다. 여행을 떠나온 후 하루도 거르지 않는
일과였다.

그 편지는 여행기 같은 것이었는데 인터넷을 할 수 있을때마다 편지들을 정리해
이메일을 보내곤했다.

그러면 아빠도 우리와 함께 여행을 하고 있는 기분일 것이라 했다.

평생을 좋은날도 싫은 날도 있었겠지만 당연함으로 묶인 부부라는 관계가 처음
으로 분리되면서 당연함이 아닌 소중함으로 서로를 그리는 상황이 매우 드라마틱
하고 감동적이었다.

가끔은 부부도 떨어져 있는 것이 좋겠다는 생각을 했다.

투어가 시작되는 아침부터 찜통이었다.

이런 날씨에 폭우라도 잠깐 와 준다면 덜할 텐데 얼굴의 주름들이 총동원 된 듯 잔뜩 찌푸린 표정으로 뚝뚝에 올라탔다.

우리가 늦장을 부린 탓에 툭툭 기사는 땡볕에서 십 분이나 기다려야 했지만 그의 얼굴엔 언제나 미소만 가득하다.

미안한 미소를 지으며 아침인사인 '싸와디 카'를 외쳤다.

그리고 꽁꽁 얼린 음료를 건네니 그가 활짝 웃었다. 그의 주름도 총동원되어 쪼글쪼글 구겨진 미소가 참 익살스러웠다.

우리는 십분 가량 서서 음료를 마시며 서로의 안부를 묻고 계획을 나누었다.

아유타야는 태국 역사를 통틀어 가장 번성했던 왕조였다.

방콕으로 64km 북쪽의 차오프라야 강 하류에 위치한 도시인데 1350년 개건되어 400년 이상 동남아시아의 막강한 권력을 자랑했고, 34명의 왕이 통치했다

아유타야는 교역이 활발했기 때문에 유럽까지도 진출했었다고 한다.

하지만 새롭게 등장한 버마(미얀마)의 공격으로 1767년 파괴되었고, 그 후 세력을 재정비해 결국 버마를 몰아냈지만, 수도가 방콕으로 이전되면서, 폐허로 남게 된다.

아유타야를 침략한 버마는 태국인들의 사기를 떨어뜨리기 위해 그들의 사원에 들어가 불상을 참수하고 금불상은 녹여서 가져가 버렸다고 한다.

대표적인 예로, 아유타야의 대표적 관광지인 '왓 프라 마하탓(Wat Phra Mahathat)'에는 보리수나무가 불상의 두상을 감싸고 있는 모습을 볼 수 있는데 버마가 침략했을 때 참수된 불상의 머리를 보리수나무가 자라면서 감쌌다고 한다.

'위대한 유물을 모신 사원'이라는 이름처럼 정말 위대한 유물 혹은 증거물이 아닐 수 없다.

여기저기 허물어지고 복원되지 않은 폐허 같은 유적 군에서 전쟁 속에서 그들이

느꼈을 참담함이 가슴 저리게 다가온다.

우리는 말없이 앉아 그리 볼 것이 없는 폐허 같은 돌무덤을 바라보았다.

역사는 아픔을 담고 있다. 어느 나라든 전쟁을 겪었었고 현재 겪고 있는 나라도 있다.

그 안의 흔적들을 보면 그 상처가 얼마나 깊고 아프고 끔찍했었는지를 가늠할 수 있었다.

전쟁은 누구를 위한 것인가.

태국인들의 아픈 역사는 복원의 필요성도 무력화시킬 만큼 기억하고 또 기억해야 할 만큼 아픈 것이었음에 틀림없다.

이에 반하여 '왓 푸 카오 텅(Wat Phu Kho Thong)'은 버마의 버엥농왕이 1569년 아유타야를 점령한 기념으로 버마의 건축 양식인 몬 양식으로 건축된 사원이다

침략자들의 흔적이 유명한 관광지가 되고 후에 그것으로 인해 이익창출이 되는 아이러니한 모습은 세계 각지에서도 찾아볼 수 있다.

인도에 남아있던 영국식 건축물들과 음식이라던지 베트남 호치민에 남아있는 프랑스 양식의 거대한 건축물들, 어떻게 보면 아픈 역사의 산물을 제거하지 않은 채 남겨두었다는 것에 대해 한편으로는 관대한 것인가 다른 한편으로는 두고두고 곱씹으며 치욕을 되새김하려는 의도인건가 의중은 모르지만 어쨌든 세월의 흐름 속에서 그 역사의 당사자가 아닌 사람들 에게는 그저 멋진 눈요기일 뿐이다.

나는 사실 우리나라의 치욕의 역사인 경복궁에 있던 조선총독부를 일본이 모든 비용을 지불하고 가져간다고 했음에도 철거 한 것에 대해 안타까운 마음을 가진 사람 중에 하나였다.

차라리 그 건물을 이전하여 보존했더라면 역사적인 교육면에서 더 좋았을 것 같

다. 아픈 역사든 자랑스러운 역사든 있지 않은 일이 될 수 없는 것이 역사이고, 그렇기 때문에 보존은 필요하다고 생각하기 때문이다.

#. 한 그릇의 행복덮밥

아유타야는 관광지를 찾아다니지 않아도 될 만큼 곳곳이 유적이었다.

하루 동안 스파르타식으로 관광지를 쫓아 다니다보니 이제 볼만치 보았고 은근한 식상함마저 느껴졌다. 더 이상 가이드북에 그려진 중요 별표 도를 찾아다니는 것이 무의미 했고, 툭툭 드라이브를 하며, 맛있는 식당과 시장을 찾아다니고, 태국 현지인과의 만남이 더 설레고 재밌었다.

땡볕에 돌아다니니 자주 허기가 졌다. 더위가 심하면 식욕이 떨어진다던데 떨어지기는커녕 우리는 항상 배가 고팠다.

헝그리를 외치던 내게 툭툭 기사는 자신이 자주 가는 식당이 있다며 가격도 싸고 맛있다고 했다. 그는 이 동네 토박이답게 동네를 잘알고 있었는데 좁은 골목을 지나 도착한 식당은 그저 허름하고 평범한 야외식당이었다.

대박집인지 사람이 많아 합석을 했는데 다섯 살 정도 되는 오동통한 여자아기가 할아버지처럼 보이는 남자에게 밥을 받아먹고 있었다.

툭툭 기사는 그 사람과 이야기를 하더니 그 여자아기가 늦둥이 딸이란다.

아이는 빨갛고 작은 앵두 같은 입술로 아기 새처럼 잘도 먹고, 아빠는 그 모습이 사랑스러워 얼굴에 웃음이 떠나질 않는다.

주름이 가득한 늙은 아버지의 미소에 가슴이 따뜻했다. 엄마는 그들을 보며 미소를 짓고, 나도 미소를 띠고 엄마를 바라본다.

따뜻한 감정의 기류가 우리를 감싸 모두를 미소 짓게 하고 있었다.

모르는 사람과의 합석이 낯설다기보다 정겹고 따뜻했고, 한 그릇에 천원도 하지 않는 덮밥은 어찌나 맛있던지 밥알 한 톨 남기지 않고 깨끗이 비웠다.

점점 개인적이 되어가는 사회 속에서 사람 냄새나는 시장의 밥 한 그릇에 커다란 행복을 안고 우리는 한참동안이나 그 자리를 떠나지 못했다.

#. 쿨한 헤어짐

헤어짐은 언제나 아쉽다.

길게 보면 누구를 만나게 되던 헤어짐이란 반드시 존재하게 된다.

오늘은 우리와 며칠 동안 함께한 툭툭 기사와의 헤어짐이 있는 날이다.

그와의 첫 만남에서 난 그를 여행 중에 만났던 사기꾼처럼 생각했었다. 하지만 우리는 공생관계가 되었고, 며칠을 함께했다. 그 시간 속에서 그의 삶을 보았고 그를 믿게 되었다. 이제 조금 정이드니 헤어짐이 다가온다.

여행이라는 것이 그런 것 같다. 여행 속에 영원은 없다. 헤어짐만이 존재한다. 그리고 그 헤어짐은 매우 쿨하다. 난 쿨한 헤어짐이 너무도 어색하여 주인의 뒷모습을 보며 끙끙대는 강아지마냥 가슴앓이를 하곤 했다.

그리고 쿨한헤어짐을 맞게 될 때마다 커다란 허탈감을 느끼곤 했다. 나에게 아직 헤어짐을 자연스러움으로 받아들이기엔 정이 많은 것 같다.

이른 아침 짐을 싸는 손길이 더디다.
헤어짐을 맞닥뜨리는 순간이 다가오는 것이 유쾌하지 않은 까닭이었다.
수코타이행 버스를 타러 가는 툭툭 안에서 난 단한마디도 하지 않았다.
마지막 작별인사조차도 건낼 수 없었고, 만약 입을 떼면 그 순간 서운함에 와락 눈물이 날것만 같았다.

우리는 마지막 사진을 우릴 위해 고생한 툭툭과 툭툭 기사와 찍었다. 난 그동안의 수고비와 예쁘게 포장한 팔찌를 그에게 내밀었다. 그의 딸을 위한 것이었다.

많은 말이 필요하지 않은 시간이었다.

#. 수코타이 그리고 자전거

모든 타는 것 특히 내가 운전을 해야 하는 것은 쉽지 않다. 아마 나의 평생의 숙제가 되지 않을까 싶을 만큼.

스물세 살이 되서야 자전거를 배웠지만 무조건 직진만 할 수 있는 정도였다. 운전도 마찬가지여서 장롱면허를 칠 년째 유지 중이다.

겁도 많고 위기대처 능력이 현저히 떨어지는지 앞에 무엇이 나타나면 일부러 넘어지곤 한다.

우리가 수코타이를 가는 이유는 단 하나다.

유네스코에 등재된 수코타이 역사공원을 둘러보려는 것이다. 이곳에 오는 많은 관광객의 목적 또한 그럴 것이다.

수코타이 역사공원엔 유적지들이 모여 있어 공원 내부가 마치 박물관처럼 잘되어있다. 사실 유적지라는 느낌보다는 어떠한 테마를 가진 수목원 같은 느낌에 가깝다.

넓디넓은 수코타이 역사공원은 자전거로 돌아보는 것이 효과적인데, 만약 자전거를 선택하지 않는다면 십 분도 되지 않아 후회할 것이 분명하다. 자전거 운전이 미숙해 걱정이 되었지만. 엄마가 자전거를 매우 잘 타기 때문에 뒤에 졸졸 쫓아 다니면 될 것 같았다.

수코타이 왕조는 태국의 첫 왕조이다. 12세기 무렵이라고 하니 생각보다 그리 오래된 나라는 아니구나 했고, 어깨에 힘을 주며 오랜 역사를 자랑하는 우리나라에 대한 애국심을 고취시켰다.

우리는 수코타이 역사공원을 버스 한 번이면 가는 곳에 숙소를 잡았다.

야시장 근처여서 위치상 마음에 들었다.

엄마와 난 도시를 옮기는 첫날은 언제나 파티를 했다.

여행 내내 덥다보니 여느 엄마와 딸처럼 우리는 지겹게 다투곤 했고 갈등도 많았다. 파티는 어쩌면 말 없이도 불편한 감정들이 해소할 수 있는 시간이었던 것 같다.

우리는 야시장을 돌며 맛있고 신기한 음식들을 사서 집에 돌아왔다.

난 이시간이 무척 기대되었고 재미있었다. 맛있는 음식과 과일들을 침대에 가득 풀어놓고 먹으며 앞으로 어떻게 여행을 할지 집에 있는 가족들은 어떻게 하고 있을지 엄마의 들어도 질리지 않는 옛날이야기를 안주삼아 침대에 누워 깔깔거리며 다음날 스케줄은 멀찌감치 미뤄놓고 도시의 첫날을 즐기곤 했다.

야시장에선 먹고 싶은 것을 잔뜩 사도 만원이 넘지 않았다.

한국에선 비싸서 만지지도 않는 망고와 망고스틴 오줌 냄새나는 두리안, 숯불향이 진하게 배인 커다란 등갈비구이와 다양한 꼬치구이.

밤늦도록 반짝이는 야시장에 친절하고 순박한 사람들의 표정이 언제나 날 들뜨게 했다.

시장은 어느 나라나 비슷한 것 같다.

활기차게 열심히 제몫을 하는 사람으로 가득한 곳.

✳

재수시절 난 심한 압박감으로 괴로워하곤 했다. 몸이 강한편이 아니어서 밤늦게 미술학원이 마치면 긴장이 풀려 쓰러지기 일쑤였고 아빤 언제나 날 데리러 오곤 했다. 처해진 환경이 사람을 변화시키는 건지 난 매사에 부정적이고 심각했다. 내 얼굴에 그늘이 가득할 때면 아빠는 노량진 수산시장에 들르곤 했다.

그곳에 가면 제 몫을 하는 사람들로 가득했다. 그들속에선 내가 느끼는 감정 따윈 사치처럼 느껴지곤 했다.

✳

이곳에서도 느낄 수 있었다. 사람들 속에 내가 있다는 것. 이곳은 긍정적인 에너지가 가득한 곳이라는 것.

#. 오바는 금물

자전거는 생각보단 어렵지 않았다.

역시 사서 걱정이었던 것이다. 평지여서 그런지 삐뚤빼뚤 달리긴 했어도 웬만해 선 넘어지지 않았고 자신감은 점점 충만해져갔다.

나무 사이로 통과하기, 미친 듯이 달리다 갑자기 서기. 서서타기 등 개인기를 구 사할 수도 있었다.

일취월장이구나! 를 외치며 역사 공원 내를 휘젓고 다녔다. 사람도 없으니 내 세 상이나 다름없었고, 엔도르핀이 폭발하는 그 순간 폭우까지 내리는데 열정의 질주 를 하며 가슴이 터져버릴 것만 같았다.

하지만 '오바는 금물'!

곧 참담한 순간을 맞이할 수밖에 없었다.

결국 무리하게 커브를 돌다 논두렁의 처박히고 말았던 것이었다.

깔깔 웃으며 달리던 나는 뒤따라오던 엄마를 보며 격한 커브를 틀었지만 순간 휘 청거리며 1미터 아래의 논두렁으로 자전거와 함께 날아갔다.

원두막에 앉아있던 태국사람들은 내가 걱정돼 달려왔고 나는 피가 흐르는 다리 를 부여잡고 엉엉 울면서도 창피해 어찌할 바를 몰랐다.

비가 와서 질척거려 일어설 때마다 늪에 빠지듯 넘어지는 짜증은 보너스였다.

다시 한 번 뼈저리게 느꼈다.

오바는 금물.!!

#. 여행의 기억

역사공원 지도를 가지고 자전거를 타고 다니며 발길 닿는 데로 보았다. 사실 내게 지도는 별로 소용이 없었다. 어차피 지도대로 가지 않을 것이 분명했기 때문이었다.

왕실사원이었다는 왓 마하탓의 불상은 경이로울 정도로 멋있었고, 수코타이왕조의 건물들 중 가장 크다. 역사공원에 들어가자마자 위치하고 있어서 계획적으로 많은 시간을 들여 보기도 하였지만 크기와 디테일도 멋지고 물결이 흐르는 듯한 불상의 몸과 표정이 보는 사람마저 편안하게 만들어준다.

특히 손끝은 무척 부드러운 곡선과 색감이었다.

시간이 흘러 부서지기도 하였지만 남아있는 탑(째띠)도 예전의 수코타이 왕조의 위상을 보여주고 있었다. 몇 개 남지않은 뾰족한 탑들이 예전에는 200개도 넘게 있었다니, 다시금 어릴적 로망이었던 백튜더 퓨쳐의 타임머신이 생각났다.

내게 그것만 있다면…!

200개가 넘었다는 탑들과 부서지지 않은 수코타이의 모습을 상상하니 아쉬운 마음이 가득했다.

태국은 아열대성 기후기 때문에 해가 쨍쨍하다가도 갑자기 소나기가 내리곤 했다. 그리고 몇 분 지나지 않아 언제 그랬냐는 듯 다시 맑아진다.
우리는 멈추지 않았다. 햇빛이 쨍쨍하다 소나기가 내리면 그대로 달려 흠뻑 젖곤

했지만, 이내 햇볕이 나서 금세 말랐다.

어떻게 보면 희망적인 기후 같기도 하다 생각했다.

곧 다시 맑아질 것을 알고 있기 때문에 그 안에서 무척 자유로워 졌기 때문이다. 비를 맞으면서 달리는 기분, 가슴속까지 시원한 그 느낌을 글로 표현하지 못하는 것이 아쉽지만 내가 느낀 감정과 비슷한 음악이 있다.

[Ryuichi Sakamoto의 rain]

그 음률은 수코타이공원을 달릴 때의 느낌과 가장 닮아있다. 격정적이면서도 휘 갈기는 듯한 도입부분이 폭우 속에서 밟던 힘찬 페달과 닮아있고, 가느다란 바이올린부분은 비를 피해 나뭇잎아래로 숨어든 새들의 지져김 처럼 가냘프다. 두둘기 는 듯한 피아노 부분은 얼굴에 떨어지는 굵은 빗방울 같다.

자전거는 쉬지 않고 달렸다. 수많은 유적지의 이름을 외우고 불상들을 찾아가 사진 찍기 보다 지금 이 순간 이 바람과 이 풍경들을 가슴에 기억하는 것이 중요했다.

다시 평범한 일상으로 돌아갔을 때 가끔 여행이 주는 선물들이 있다.

여행 중에 즐겨듣던 음악이나 스쳐지나가는 냄새·기온·바람의 촉감들은 다시 시간을 돌려 그때로 데려다주곤 한다.

그래서 나는 여행할 때 듣는 음악 선택에 공을 들이고, 온도나 냄새들을 기억하려고 애쓴다.

수코타이의 기억은 자전거 바람 그리고, 비였다.

자전거를 타고 비를 맞으며 바람을 가르는 느낌. 그것은 무척 열정적인 시간이었다.

주변의 유적지들은 색감으로 가득하다. 디테일 하지 않은 잔상, 마치 수채화로

그려진 추상화처럼 말이다. 축축이 젖은 나무의 초록빛, 연못에 떨어지는 빗방울의 원형, 붉은 갈색 빛 흙길과 내 발길을 붙잡는 듯한 질척거림, 가끔씩 나무에 붙어 있는 파란 도마뱀의 두드러진 보색.

　무엇보다도 알아들을 수 없지만 즐거운 사람들의 목소리… 웃음소리.
　여행은 그렇게 기억되는 것이었다.

LUANG NAMTHA
루앙남타

그것이
무엇이라도

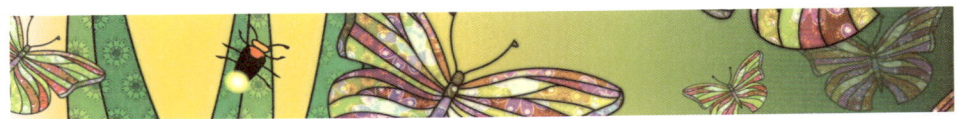

그것이 무엇이라도 - 루앙남타

#. 꼬리뼈

선택의 순간은 한치 차이인 것 같다.

잘못된 선택이 평생 후회가 될 수 있듯 베트남에서 선택한 국경루트는 살면서 가장 고되었던 순간으로 영원히 기억할 것이다.

최악의 버스여행은 시간을 하루 거슬러 하노이에서 시작되었다.

떠나기 전 우리는 하노이 국립 미술관에 갔다. 인물화나 민중화를 좋아하는 나는 사회주의 국가인 베트남 사실주의 회화의 거친 느낌과 표현이 마음에 들었다. 한껏 고무되어 감상하며, 라오스로 떠날 생각에 가슴이 설렜다.

사실 베트남의 자연경관에 대해 말하자면 끝이 나지 않을 만큼의 감동과 아름다움이 있었지만 눈만 뜨면 달려드는 사기꾼과 불친절하기 이를 데 없는 냉랭함, 귀가 찢어질 듯한 오토바이 굉음에 질려 하루빨리 떠나고 싶은 마음뿐이었다.

하지만 공교롭게도 베트남은 순순히 날 보내주지 않았다. 라오스행 버스시간에 맞춰 서둘러 미술관을 나서는데 계단에서 미끄러져 꼬리뼈가 심하게 다치고 말았던 것이다. 한동안 일어나지도 못할 만큼 깊은 고통은 걷는 것도 불편할 만큼 괴로웠다.

24시간이 소요되는 버스이동을 이런 상태로 앉아간다는 것이 끔찍했지만 다른 방법은 없었다.

그렇게 최악의 국경 넘기가 시작되었다.

#. 만원버스

다시 말하지만… 이 코스는 절대 추천하지 않는다. 젊어서 고생은 사서도 한다는 신념을 갖고 있다면 어쩔 수 없지만 오랜 시간 상념에 젖을 여유는 고사하고 그저 지겹고 고된 이동이기 때문이다.

도태기 시장 같은 시끌벅적하고 오래된 버스에 타니 단 한 자리도 남지 않은 말 그대로 만원버스였다. 버스가 얼마나 오래되었는지 쿠션도 엉망인 의자에 앉아 짐을 내렸다. 꼬리뼈의 진한 고통 때문에 엉덩이를 온전히 의자에 댈 수 없어 비스듬하게 앉으니 고통이 덜했지만 똥덜닭인 어린애 같은 포즈가 민망하기 그지없었다. 엄마는 걱정이 되면서도 우스운지 웃는 것같기도 우는 것 같기도 한 애매모호한 표정으로 [어쩜좋아…] 라고 말했다.

다섯 시간이 지나고 한계가 왔다.
고통이 심해져 도저히 앉아 있을 수 없었다. 엄마 무릎을 베고 누웠지만 너무 좁

아 다리는 밖으로 나와 있었고 사람들이 지날 때마다 거치적거렸다. 뒤에선 아기가 진저리를 치며 울어대고 앞자리의 아저씨는 연신 담배를 펴서 난 마른침을 꿀떡 꿀떡 넘기며 인상을 잔뜩 찌푸렸다. 하지만 신기하게도 그 와중에 코를 골며 자는 사람도 애정이 한껏 무르익은 연인도 있었다.

열 시간 후, 뒤에서 누가 오바이트를 했는지 역한 냄새가 진동을 했다. 비유가 약한 나도 덩달아 꽥꽥거리고 사람들 또한 아우성쳐서 길가에 버스를 잠시 세웠다. 바람을 쐬고 잠시 걸으니 한결 나았고, 신기하게도 꼬리뼈가 포기를 했는지 심하게 아프지는 않았다.

엄마와 난 턱까지 드리워진 다크서클로 길가에 앉아 다신 이런 짓을 하지말자 다짐했다.

한바퀴 돌고 돌아오니 버스 앞 도롯가에 여행자들이 옹기종기 모여 앉아 있었다.

각기 다른 곳에서 온 여행자들은 별이 자기나라 말로 무엇인지 혹은 인구가 몇인지 묻거나 지나왔던 여행지에 대한 이야기를 쏟아 내었다. 마침 보름이어서 달도 밝아 분위기가 좋았던 우리는 베트남에서 겪었던 일화들을 쏟아내기 시작했다.

하지만 안타깝게도 좋지 않은 이야기가 대부분이었다. 주로 사기를 당했거나 농락당하거나 바가지를 쓴 베트남에서 흔히 겪는 이야기들이었다. 그러면서도 모두가 인정하는 것은 천혜의 자연환경이었다.

　나는 베트남 사람이 조금 더 친절하고 정직하다면 그들이 태국 못지않은 관광국이 되기에 모자람이 없다고 생각한다. 그만큼 베트남은 볼 것도 할 것도 많은 나라이기 때문이다.

　#. 의심하기 말기

　라오스에서 매번 손해를 봤던 이유는 베트남과 정반대였던 그들의 선의를 의심해서 생긴 것이었다.
　처음 인도여행을 마치고 한국에 돌아왔을 때 한동안 나는 한시도 가방을 땅에 내려놓지 않았다. 일행이 있어도 가방을 들고 화장실에 갈 정도였는데 그것은 여행 중에 생긴 불신 때문이었다.

　베트남에서도 인도에서처럼 매번 조심해야 될 것 투성이었다. 순간 순간 사기당하지 않을까. 소매치기가 있지 않을까. 신경을 곤두세우고 흥정을 할 때도 깎고 보자는 식이었다. 하지만 나의 불신은 베트남에 두고 왔어야 했다.

　라오스에 도착하고 아름답기로 유명한 방비엥의 동굴에 갔을 때였다. 랜턴과 모자를 구입하라는 주민의 말에 분명 위에가면 더 싸거나 안에 조명이 설치되어 있는데 돈 벌려고 저러는 것이라 짐작하고 쿨하게 거절했다. 그들은 우리에게 꼭 가져가야 된다고 했지만 오히려 더 의심스러워 그들을 떨쳐냈다.
　하지만 정작 험한 산을 올라가 동굴 앞에 가니 그곳엔 정말 아무것도 없었다. 손이 닿지 않은듯 미지의 모습을 간직한 신비로운 동굴은 천정 작은 틈사이의 빛 외

엔 칠흑같이 깜깜했고, 그런 원시적인 모습이 나의 모험심을 마구 자극했다. 하지만 올라온 길이 너무 험했기 때문에 다시 내려갔다 온다는 것은 상상할 수도 없었다. 궁여지책으로 핸드폰의 랜턴을 사용했지만 베터리가 곧 방전 될 것 같아 결국 동굴을 거의 보지 못하고 내려올 수 밖에 없었다. 낭패 중에 낭패였으며 후회가 막심했다.

이것 말고도 사소한 의심으로 벌어진 어처구니없는 일들이 적지 않게 있었지만 내게 라오스를 그대로 받아들이게 한곳은 루앙남타였다.

루앙남타를 가는 유일한 이유인 남하보호구역은 엄격한 관리로 하루에 들어갈 수 있는 인원이 제한되어있고 여행사를 통한 트레킹만 가능하다. 내가 그곳에 가고 싶었던 이유는 때 묻지 않은 원시림을 동경해서였기도 했고 호랑이 · 원숭이 등 야생동물이 사는 정글이었기 때문이다.

우리는 한밤중에 루앙남타에 도착했다. 버스에서 친해진 사람들과 정류장에 내려 지도에 보이는 데로 오분 정도만 걸어가면 될 것 같았다. 호주인 가족, 미국인 아저씨, 일본인 두 명, 엄마와 나, 어두웠지만 일행이 있어서 무섭지는 않았다. 배낭을 매고 발걸음을 옮기려는데 한사람이 다가와 말했다.

[거기 엄청 멀어. 15키로는 가야돼. 싸게 해줄게 차 타고 가]

우리는 말도 안되는 그의 말에 지도를 보여주며

[오분만 걸어가면 되니까 우리는 타지 않고 걸어갈 거야. 그러니까 가!]

그는 손을 휘저으며 말했다

[아니야. 버스정류장 옮겼어. 엄청 머니까 타고가. 싸게 해줄게]

　우리는 베트남에서 익히 들었던 수법일 것이라 생각하며 어두운 거리를 줄지어 걸었다. 그는 트럭짐칸을 개조한 작은 차를 몰고 우리 뒤를 쫓았다. 그리고 중간 중간 걱정스런 눈초리로 타고 가라고 했다.
　하지만 우리는 그를 무시한 채 한참을 걸었다.

　길 양옆 논 위엔 반딧불이 어찌나 많은지 크리스마스 전구를 달아 놓은 것처럼 반짝이고 아름다웠다. 나는 그것을 태어나 처음 보았기 때문에 처음엔 논 위에 야생동물 피해를 방지하기 위한 전구라 생각했지만 엄마는 반딧불을 알고 있었고 우리는 반딧불이 각국의 언어로 무엇인지 서로 물어보며 즐겁게 길을 걸었다. 마치 별속을 걷는 듯 한 아름다운 풍경에 호주인부부의 아이들은 방방 뛰며 즐거워했다. 나도 무거운 배낭을 주체하지 못해 휘둘리며 아이들과 반딧불이 속을 뛰어다녔다.

　얼마나 걸었을까. 삼십분이 지났을까. 여기가 어딘지도 모르겠고 아이는 힘들어서 칭얼대기 시작했다. 이십키로가 넘는 배낭을 맨 어른들도 지치긴 마찬가지였다.
　버스정류장부터 우리를 쫓아온 남자는 다시 말했다.

[정말 거짓말 아니야. 아직도 한참 남았어. 어서 타고 가.]

　지칠 대로 지친 우리는 코앞이라도 타야할 상황이었기 때문에 하는 수없이 트럭에 몸을 실었다. 의심스러운 상황이었지만 한편으로는 그의 말이 사실일까 싶기도 했다. 자기 분량의 짐을 매고 걸었던 아이들도 지쳐서 금세 곯아 떨어지고 그러고도 한참을 달린 후 우리는 시내에 도착할 수 있었다.
　그의 말대로 정말 지도가 잘못된 것이었다.

계속 걸었거나 그가 우리를 포기하고 가버렸다면 정말 끔찍한 상황이 될 뻔했기에 우리는 그에게 거듭 감사함을 표했다.

무턱대고 의심하면 안되는 것을 뼈저리게 느낀 밤이었다.
한밤중이 되어서야 호스텔에 짐을 풀고 쓰러지듯 잠에 들었다.

#. 스콜

다음날 아침 시장에 갔다.

나는 한국에서 전형적인 저녁 형 인간이다. 깊은 새벽 잔잔한 음악을 들으며 작품을 하는 시간은 매우 로맨틱하고 소중하다. 또한 모든 스트레스가 사라지는 치유적인 시간이기도 하다. 새벽을 넘어 햇볕이 창문으로 스며들고 자려하지 않아도 무의식적으로 잠깐 잠깐 의식을 잃어버릴 때 비로소 이불속에 들어가 불과 십분도 지나지 않아 꿈속으로 빠져 버린다.

하지만 여행을 할 때는 정반대이다.
여행을 할 때 저녁 형을 유지한다면 손해가 많기 때문이다. 새벽해가 떠오르기 전 이미 일어나 나갈 채비를 하고 바깥 풍경이 밝아올 때 쯤 장에 간다.
아침 장은 활기가 가득하고 주민들의 삶을 가까이서 볼 수 있기 때문이다.

장에는 없는 것이 없고, 정도 넘친다. 사람들 얼굴엔 웃음이 가득하고 등에 업은 아기들은 칭얼거림 없이 엄마 등의 진동에 몸을 맞춘다. 우리는 길가 자판에 앉아 굽는 달콤한 코코넛 빵 한 봉지를 사서 오물거리며 장을 누빈다. 역시 어느 나라든지 장엔 먹을 것이 많다.

　시장을 한바퀴 돌고 배
가 불러진 우리는 남하보
호구역 트레킹을 하기 위
해 여행사를 갔다. 바가지
없이 가격이 고정되어 있
고 사람이 추가될수록 값
이 줄어드는 식이었다.
　예를 들어 십만 원이라
면 둘이가도 십만 원, 여섯

스프맛이 나는 코코넛빵

이 가도 십만 원이었다. 하지만 사람을 구할 수가 없어서 고민이 되었고 일단 명단
에 이름을 올려 놓았다.
　시내구경을 하고 커피 한 잔을 하러 레스토랑에 들어가자마자 장대비가 내렸다.

　열대지방에서 자주 일어나는 스콜현상은 번개가 수 차례친 후 거센 소나기가 내
리는 것을 말하는데 무척 더운 날씨에 스콜은 매우 반갑기도 한 것이었다. 불을 내
뿜을 듯 타오르는 길을 축축하게 적셔 더위를 가시게 하는 역할을 하기 때문이다.
　나는 오히려 햇볕 쨍쨍한 날씨에 번개가 칠 때면 마치 신호처럼 반갑기도 했다.
　창문 없이 원두막 식으로 지어진 레스토랑에 앉아 비오는 풍경을 보니 엄마가 맥
주가 마시고 싶다고 했다. 바삭바삭 갓 튀겨낸 튀김을 가운데 놓고 한 잔하니 가슴
속까지 시원했다. 관광객이 많지 않은 시기라 인원이 오길 기다리는 것은 무리인
것 같았다. 나는 전날 밤 함께 루앙남타에 온 사람들을 찾기로 했다.

#. 영업사원

*

남에게 바라지도 남이 나에게 바라는 것도 좋아하지 않던 내가 했던 아르바이트 중에 외국인 관광객을 대상으로 하는 사진사가 있었다.

그냥 사진사가 아닌 투어에 따라다니며 일명 파파라치 컷을 찍어 마지막 날 인화한 사진을 파는 일이었는데 사진을 팔기위해 며칠 함께 다니며 간이며 쓸개며 다 빼주어야 하는 완벽한 서비스직이었다.

나는 이 일이 내가 미쳐있던 사진촬영의 욕구를 충족할 수 있는 동시에 좋아하는 여행도 하는 일석이조의 단순한 일인 줄 알았지만 사실 매우 고된 일이었다. 호텔에 도착하면 가방도 내려 주어야 하고 운전기사와 가이드의 눈치도 봐야했다. 그리고 마지막 날엔 호소 가득한 눈빛으로 사진 구매를 설득해야 하는 고난위도의 일이기도 했다. 그리고 한편으로는 자존감이 무너지는 괴로운 일이기도 했다. 무엇보다 아르바이트에 가장 큰 문제는 개인적인 혹은 성별로 나뉜 방이 주어지지 않아 아저씨들과 한방을 써야 했다는 것이다. 여러 명이긴 했지만 어색하고 두려워서 로비에서 새우잠을 잘수 밖에 없었다. 결코 순탄치 않았던 사진사 알바가 내게 남긴 것은 적극적인 영업정신이었다.

*

나는 함께 온 이들을 찾아 영업을 하기로 했다.

[루앙남타에 왜 왔어??]

[그냥 루앙프라방 가는 길에 들렀어. ~]

[노노노 그러면 안되지~~ 루앙남타에 최고의 볼거리인 남하보호구역을 꼭봐야

되~~ 그곳은 제한구역이라 특별한 사람만 들어갈 수 있어. 마침 내가 팀을 만들고 있으니 사람이 많다면 더 저렴하게 들어갈 수 있을거야.]

나는 뒤죽박죽인 영어로 열심히 설득했고 신기하게도 내 말을 따라준 그들과 결국 남하보호구역 투어를 하기로 결정했다.
같은 버스를 타고 온 후 흩어진 그들을 찾기가 쉽진 않았지만 워낙 작은 동네라 오며가며 만났고 투어인원은 모두 아홉명이었다.
무척 저렴한 가격에 투어를 할 수 있게 되어 기뻤다.

#. 남하보호구역

호주인 가족에는 아이가 두명 있었는데 여섯 살, 여덟 살의 개구쟁이들이었다. 그들은 홈스쿨교육을 시킨다고 했다. 즉 학교에 보내지 않고 여행을 하거나 자체 교육을 시키는 것이다. 그것이 가능한 이유 중 하나는 그들이 교사이기 때문인 것 같기도 했다.

커다란 에메랄드를 눈에 박아 놓은 것처럼 아름다운 아이들을 보고 있노라면 우주의 은하수를 보는 것 같았다.

[보석을 잃어버렸어 아름다운 에메랄드가 어디로 갔을까?]

호기심 어린 눈초리로 나를 바라보는 아이들에게 나는 '네가 훔쳐갔구나~!' 하며 눈을 가져가려 위협했고 아이들은 자지러지며 도망갔다. 그 후로 내가 [내 보석이 어디로갔지?] 라고 말하기만 해도 자지러지게 웃으며 내게 매달리거나 도망쳤다.

아이들은 커다란 지도를 펼치고 자신들이 여행한 도시를 열심히 설명해 주었는데 확신에 찬 설명에 홈스쿨교육이 제법 괜찮은 것이겠다 싶었다. 물론 부모님의 계획적이고 자체적인 프로그램이 있다는 전제에서 말이다.

다음날 우리는 작은 미니버스를 타고 원주민 마을에 잠시 들렀다 본격적인 트레킹을 시작했다. 커다란 반달칼을 가진 가이드는 아직 누구도 지나가지 않은 듯 풀과 나무가 무성한 숲에 길을 만들면서 앞서갔고 우리는 그를 따라갔다. 축축한 돌틈 사이에서 작은 도마뱀이 지나가자 나는 그것을 잽싸게 잡아서 아이들에게 하나씩 주었다. 아이들은 도마뱀을 가지고 놀며 걸어가고 나도 내 몫의 도마뱀을 하나 더 잡아서 손에 쥐었다. 작고 귀여운 도마뱀의 촉감은 촉촉했고 약간은 거칠었다. 한국에 가져가 키우고 싶을 만큼 매력적이었지만 이 넓은 정글이 도마뱀의 집이니 곧 놓아주었다.

한참을 걷다 점심을 먹으려 나뭇잎으로 돗자리를 만들었는데 머리위로 양손을 합친 크기만 한 커다란 나비가 훨훨 날아 다녔다. 나는 그렇게 큰 나비를 본적이 없어 약간은 두렵기도 했는데 앞장서서 미국인 할아버지가 훨훨 날며 주변을 뛰어다니자 덩달아 신이나 그를 따라서 나비처럼 나는 시늉을 하며 나무에 올라가거나 돌위에서 뛰어내렸다.

다시 트레킹이 시작되자 습한 날씨에 온몸이 젖고 힘이 들었다. 멀리서 동물의 소리가 들려 가이드에게 물었다.

[저건 맹수의 소리가 아닌가요?? 만일 호랑이나 곰이 나타나면 어떡해요??]

그는 뒤돌아 내게 합장을 하고 인사를 하며 말했다.

[저 소리는 원숭이의 것이에요. 그리고 맹수는 안 나타나길 기도하고 있어요.]

순간 멍해진 나는 피식 웃음이 났다. 그리고 마음속으로 말했다.

[하나님 제발 맹수가 나타나지 않게 해주세요.]

삼십분 정도 지났을까 거센 소나기가 내렸다. 길이 질퍽거려 골칫덩이가 된 고무신발을 벗는 것이 낫겠다 싶어 맨발로 걸었다. 지칠대로 지친 일행들은 잠시 쉬어 가기로 했고 엄마는 누워버렸다. 호주 아줌마는 가방에서 초콜릿 봉지를 꺼내어 엄마에게 건넸고 당분을 섭취해서인지 금방 기력을 찾았다. 가이드는 엄청나게 커다란 접시모양 나뭇잎을 베어와 우리에게 하나씩 주었는데 이것은 우산보다 훨씬 나았고 재미도 있어 아이들이 무척 좋아했다. 그로부터 두 시간이 지나자 정상이 가까워 오고 있었다.

험한 산길 탓에 부상자도 속출했다. 호주 아줌마는 비탈진 곳에서 미끄러져 엉덩이가 까졌고 나는 발목을 접질려 쩔뚝거렸고 비교적 고령인 엄마와 미국할아버지는 두 눈이 풀린 채 사력을 다하고 있었다. 아이들은 자기도 힘들면서 할아버지와 엄마를 살뜰히 챙겨 어른스러움이 느껴졌다.

모두 힘든 상황에서 나는 괜히 사람들을 모았나란 생각이 들었고, 심하게 다친 호주 아줌마는 진담 반 농담 반으로 네가 오자고 해서 이렇게 된거라며 핀잔을 주었다. 불편하고 미안한 마음으로 다신 이러지 말아야지 다짐을 하며 복잡한 마음을 토닥였다.

이윽고 정상에 다다르고 우리는 부둥켜안고 환호를 했다. 화전을 일구는 탓에 내리막길엔 나무가 없이 썰매장처럼 민둥산이었다. 아이들은 비를 맞아 포근해진 흙에 미끄러지며 내려가고 나와 엄마도 무척 재미있고 신이 나서 뛰어 내려갔다. 한참을 내려가자 커다란 물소가 물구덩이에 앉아있었다.

진흙 웅덩이에서 머드팩을 즐기는 물소

마을이 가까워졌다는 신호인 것 같아 무척 반가웠다. 끝이 없는 고무나무 밭은 장관이어서 신기루처럼 느껴질 정도였다. 나는 고무나무가 이렇게 아름다운 것인지 몰랐다. 숲이라는 것이 이렇게 깊이 있고 입체적인 느낌을 주는지도 몰랐다. 그것은 망상 속에 그리던 장소처럼 비현실적이었고 그저 하염없이 숲사이를 뛰어다니고 싶은 마음뿐이었다.

뒤를 돌아 우리가 넘어온 산을 보니 까마득하다. 신기하고 즐거운 만큼 고되었고 고된 만큼 팀을 만든 내게 쏟아진 원망에 손에 쥔 도마뱀만큼 작아진 자존감으로 속상했다. 하지만 최대한 티내지 않고 태연히 그들을 대하려 노력했다.

작은 마을에 다다르고 수돗가에서 만신창이가 된 몸을 씻었다. 온몸이 쑤시고 아팠고 다리는 후들거렸다. 아이들은 후들거리는 다리를 좌우로 흔들며 게다리춤을 추었다. 게다리춤을 추는것은 학습에 의한 것도 아니니 내 생각에 이것은 아마도 본능적인 춤사위인 것 같다. 그것도 전 세계적인.

우리는 원주민 마을을 배경으로 멋진 사진을 찍고 헤어졌다.

밤이 되고 샤워를 한 후 엄마와 오늘 있었던 불편한 마음에 대한 이야기를 나누었다. 그때 누군가 문을 두드렸다.

방문너머엔 호주 가족이 있었다. 그들은 작은 선물을 주며 산행 중 원망해서 미안하다고 했다. 너무 힘들어서 그랬다며 좋은 추억을 만들어주어 감사하다고 말했다. 나는 아이들을 한 번씩 꼭 안아주며 사랑한다고 말해주고 나의 보석 에메랄드를 잘 간직해달라고 말했다.

아이들은 헤어짐이 서운했는지 내게 안겨 울음을 터트렸고 나도 그만 눈물이 났다.

그들이 해준 사과에 마음이 눈 녹듯 녹아 그날따라 망고가 더 달고 맛있었다.

#. 그것이 무엇이라도

눈앞의 흙빛 강이 고요히 흐른다.

어떤 미련도 없는 쿨한 흐름이 오히려 원망스럽기도 해 달디 단 코코넛 쉐이크에서 사카린의 오묘한 쓴맛이 나는 것 같았다.

미숫가루를 휘저은 듯 탁한 이 강을 건너면 나는 다시 이곳으로 돌아오기 힘들겠지. 그저 상상하고 꿈꾸며 느낄 수 밖에 없는 마음속의 그리움이 될 테지.

나는 그렇게 정겨웠던 라오스를 떠나지 못한 채 카페에 앉아 몇 대의 배를 보내며 망설이고 있었다.

그것이 무엇이든.

울창한 고무나무 숲도, 두손에 움켜쥔 도마뱀도, 발밑의 들꽃도, 처음 본 사람과 무심한 표정의 물소조차

그것이 무엇이든 따뜻했던 라오스를 떠나는 것은 쉽지 않은 일이었다.

#. 출입국 관리소

카페에 접한 강을 건너면 태국 치앙콩에 다다른다.

라오스와 태국은 강을 사이에 두고 나뉘어 있다. 남이섬 가듯 보트에 몸을 실고 오 분도 안되어 갈 수 있는 두 나라의 경제 차이는 생각보다 컸고 건물부터가 달랐다.

처음 베트남에서 국경을 건너 라오스의 출입국 관리소에 갔을 때 촛불을 켜놓아 라오스의 전력 상태를 짐작할 수 있었는데 이곳에서는 건물로 경제 차이를 엿볼 수 있다.

길게 늘어선 줄 끝에 잇고 보니 처음 출입국 심사를 받았던 기억이 난다.

*

벌게진 얼굴로 줄을 잇고 선 나는 마치 링위에 복서처럼 카운트를 받는 것 같았다. 한사람이 줄때마다 내려앉는 심장은 이미 발끝에 질척거리고 있었다.

아마 지금 내가 옷안 쪽에 마약을 넣고 통과한대도 그때보다 떨리진 않을 것 같다. 미소라고는 찾아볼 수 없는 심사대 직원의 표정에선 불안한 위기감마저 느껴졌다. 난생 처음 많은 외국인을 봐서 긴장한 이유도 있었겠지만 내면적인 문제와 성향 때문이기도 했다.

나는 무척 소극적인 아이였다. 친한 사람사이에선 재치꾼이였지만 알지 못하는

무리들 사이에선 스스로를 고립시키곤 했다. 고등학교시절 그 문제는 특히 심해져 그것 때문에 사람을 돕지 못하고 자책을 하기도 했고 음식점에서 물을 달라는 요구도 쉽지 않았다. 대학생이 되어서 교수님이 출석을 부를 때도 어찌나 심장이 떨리는지 어떤 악센트여야 할지 몇 글자로 대답해야 할지를 고민했고 혼자있을때 연습을 하기도 했다.

단지 -네-라는 고민할 필요없는 이 말을 하기도 어려웠던 내가 혼자 처음 여행을 갔을 때 나는 모든지 혼자 해결해야 했다. 음식점에서 주문하는 것도. 길을 물어봐야 하는 것도. 처음 본 사람과 가까워져야 하는 것도 모든 혼자 해야 하는 상황에 익숙해지기 힘들었지만 할 수밖에 없었고 여행을 거듭하면서 변해갔다. 서서히 치유가 되었던 것 같다.

지금은 스스럼없이 처음 본 사람과 말도 잘하고 음식점에서 넉살좋게 웃으며 반찬을 더 달라고도 한다. 지하철에서 무거운 것을 드는 할머니를 만나면 다가가 도와줄 수도 있고 가끔 컴플레인을 하기도 한다.

이것은 평범하지만 내겐 무척 큰 변화이다.

*

벌벌 떨며 여권을 내밀던 소심한 스무 살 소녀가 자기 차례가 되자 여유롭게 여권을 내밀며 말한다.

[즐거운 하루인가요?]

그는 도장을 쾅쾅 찍으며 밝은 미소로 답한다.

요즘은 사회성이 부족해 대인관계에 어려움을 겪는 사람이 많은 것같다. 원인은 여러 가지가 있겠지만 본인이 가장 힘들 것이다. 그것은 스스로 해결할 수 밖에 없고, 그러기에 간단하지 않은 문제이기 때문이다. 또한 누구도 마음을 열 때까지 설득하지도 기다려 주지도 않는다. 그래서 소외되고 고립되어지는 것이다. 난 그런 사람을 보면 혼자 여행을 가보라고 한다. 그리고 분명 변하리라 확신한다.

여행을 하면 사람과 더불어 사는 법을 배우고 조금 더 활기차고 긍정적으로 살 수 있는 방법을 배울 수 있다.

#. 마약왕

목적지인 치앙라이는 라오스 미얀마와 국경이 가까운 골든트라이앵글 최북단에 위치하고 있다. 누구나 한번쯤 들어본 골든트라이앵글은 아편의 최대 재배지이자 소비까지 이루어지는 곳인 만큼 악명 높다. 실제로 뉴욕의 아편 유입량에 70%에 다다른다니 실로 엄청난 것이다. 게다가 쿤사시절엔 정부에 대항하는 자체적인 군대와 첨단무기가 있었다니 그것 또한 놀라운 사실이다.

하지만 얼마 전 마약왕 나오칸이 중국에서 처형되면서 쇠퇴의 길을 걷게될것이라는 추측이 나오고 있다.
쿤사는 골든트라이앵글에서 마약왕국을 건설했던 희대의 마약왕이었다. 그는 나이가 들어 조직을 이끌 수 없게 되자 미얀마에 투항했고, 젊은 세력이었던 나오칸이 그 자리를 접수했는데 최근 중국이 라오스와 협공작전으로 그를 체포했다. 마약왕으로 군림했던 그들의 화려하고 파란만장한 인생과 달리 최후는 평범하고 나약한 인간일 뿐이었다. 쿤사는 죽는 순간까지도 암살을 두려워했고 죽어서도 시신의 처치가 불안해 화장을 해달라고 했다 한다. 나오칸 또한 사형의 순간 가족의 걱정을 했다고 한다. 그들의 인생이 어떻게 처음 악의 길로 접어들었는지에 대해 각자 안타까운 사연이 있겠지만 그로인해 희생된 사람과 골든 트라이앵글의 악행이 합리화 될 수는 없을 것이다.

나오칸이 사형장에 들어갈 때 인터뷰에서 그는 마지막으로 이런 말을 했다고 한다.

[부모와 가족 생각에 잠을 이루지 못했다.
자식들이 자신처럼 되지 말고 공부를 열심히 하기를 바란다.]

어쨌든 아직도 미얀마와 라오스에서 마약이 거래되고 있다지만 태국은 표면적으로는 사라졌다고 말할 수 있다.

또한 태국에서 마약에 대한 법규는 상당히 무겁다. 태국에서 마약처벌은 외국인도 피할 수 없기 때문에 조심해야할 사항이기도 하다.

#. 마사지-- 타이마사지

* 타이마사지 *

하늘하늘 움직이는 커튼을 걷어 올리자 향긋한 아로마 향이 몸을 휘감는다. 향에 취하고 조명에 취해 들어간 내부엔 두터운 요가 깔려있고 정갈하게 개운 편한 옷이 준비되어있다.

은은한 향이 감도는 차를 한잔하고 있노라면 마사지사가 들어와 합장하며 말한다.

[싸와디 카 -]

마사지 하면 태국이다. 요새 우리나라에도 타이마사지가 많이 있지만 현지는 무척 저렴하고 기술도 좋아 나는 태국에 갈 때면 꼭 마사지를 받는다.

처음 태국에 갔을 때 두달 동안 거의 매일 마사지를 받았었다. 밥은 안 먹고 마사지만 받을 정도로 심취해 있었는데 그 때문에 여행에서 돌아와서 한동안 심한 몸살을 앓았다.

장예모 감독의 영화 홍등[1991]에서 송련(공리)은 봉건적인 진씨 가문에 네 번째 첩으로 시집을 가게 된다. 많은 첩 중 간택이 되는 날엔 감옥 같은 높은 담벼락이 있는 처소에 홍등이 켜지고 마사지를 받는데 처음엔 익숙지 않아도 곧 매료되고 만다. 때문에 간택이 되지 않은 날에는 여지없이 마사지 몸살을 앓는다.
처음 영화를 접했을 때는 왜 몸살을 앓는지 이해할 수 없었지만 마사지몸살은 실로 무척 괴로운 것이었다. 온몸이 쑤시고 아파 잠을 이루기도 힘이 든다.
그래서 좋아하는 것이지만 일주일에 한두 번밖에 할 수도 할 용기도 없었다.

치앙라이에 도착한 후 우리는 바로 마사지를 받으러 갔다. 여러 나라의 마사지 중 특히 태국의 마사지를 좋아하는 이유는 무척 에너지 적이며 유연하고 몸적인 유희를 느낄 수 있기 때문이다. 마치 춤을 추듯 마사지사와 한 몸이 되는 것이 기분 좋다.
마사지를 받을 때는 여자는 남자에게 남자는 여자에게 받는 것이 좋다고 한다. 그래야 기의 흐름이 조화가 잘된다고 하는데 나는 몸이 많이 닿아서 그런지 남자는 조금 껄끄러워 힘센 아주머니를 선호한다.

구석구석 부드러우면서 시원한 마사지에 잠이 슬슬 왔지만 잠이 들기에 이 고급스런 촉감이 안타까워 눈을 부릅뜨고 시계의 분침을 바라본다.
[아… 벌써 오분이 줄었어…]
[아… 삽십분이나 지나다니…]
[이제 겨우 오분남았어…]

시간이라는 것은 때때로 무척 야속하다.

아쉬움을 뒤로하고 숙소로 돌아갔다. 마침 스콜이 있어 빗속을 뛰어다니니 상쾌한 기분이 들었다.

* 태국의 온천 *

뜨거운 물에 몸을 담그면 온몸이 간질거리며 세포들이 민감해 짐을 느낀다. 특히 아주 추운 겨울의 노천온천에서 그런 현상을 느끼게 되는데 아주 기분 좋은 느낌이다.

온천을 즐기는 나는 다른 나라에 갈 때 온천이 있다면 꼭 들르는 편인데 나라마다 이색적이고 분위기도 다르다.

태국에도 온천이 많이 있는데 태국의 온천은 물이 좋아서 먼 거리라도 찾아가게 된다. 그중 가장 좋았던 곳은 치앙마이의 산깜팽 온천이었다.

산캄팽 온천은 우리처럼 대중탕이 아닌 들어가면 욕조가 있고 물을 받는 식이어서 위생적이고 유황냄새도 무척 짙다. 공원 식으로 조성되어있는 가운데에는 시냇물이 흐르고 그곳에 달걀바구니를 걸어두면 머지않아 잘 삶아진 계란을 먹을 수 있다.

또한 산캄팽에는 며칠 묵으며 쉴 수 있는 방갈로도 있는데 휴식을 즐기기에 안성맞춤이다. 방갈로 안에는 개인욕조가 있어 온천을 마음껏 즐길 수 있다고 한다.

하지만 물의 질로만 보자면 롱아룬 온천이 더 좋다고 한다.

사실 태국인은 온천을 그다지 즐기지 않는다고 한다. 태국의 온천은 주로 중국인이나 일본인이 개발한다고 하고 롱아룬 온천도 한국인이 개발했다고 하니 재미있는 일이다.

나는 물이 더 좋은 것 보다 시설이 좋은 쪽이 좋아서 산캄팽을 택했지만 롱아룬 온천이 태국에서 제일 물이 좋다고 하니 가보는 것도 좋을 것 같다. 시설에 대해서는 기대하지 않는 것이 현명하다.

또한 다양한 목욕용품이 있는데 오일과 소금제품이 무척 좋다. 게다가 비싸지 않아 부담스럽지 않은 선물용으로도 좋다.

치앙라이에도 온천이 있는데 싼캄팽 온천처럼 조성이 잘되어있지는 않지만 물이 좋다.
선택의 여지가 없어서 민박집 주인이 추천해준 곳으로 갔다.
욕실에 들어가 물을 받고 담그고 식히기를 반복하니 피로가 가신다. 벽에는 도마뱀이 붙어있는데 나는 그것을 잡고 싶어 발가벗은 채로 뜀박질을 했지만 민첩한 도마뱀이 둔한 내손에 잡힐 리가 없었다.

밖으로 나오니 한바탕 스콜이 지나간 후라 촉촉하고 시원했다. 의자에 앉아 엄마는 땀을 식히고 나는 커다란 나무에 붙어있는 도마뱀을 잡으려 혈안이 되어있었다.
동남아 지역에는 도마뱀이 많다. 나는 그것이 너무 귀여워 눈앞에 나타나기만 하면 잡으려했고 언밸런스한 걸음걸이를 흉내 내기도 했다.

도마뱀은 축축한 것이 좋은지 온천에 특히 많으니 한 마리 잡아보는것도 나쁘지 않을 것 같다. 하지만 도마뱀도 사랑하는 가족이 있을테니 금방 놓아주어야한다.

#. 백색사원

    태국 최고의 시각예술가인 찰름차이(Chalermchai Kositpipat)의 꿈에서 어머니가 지옥에서 고통을 당하니 사원을 지어 죄를 씻어달라고 했다. 그는 정부에 건의를 해서 결국 사원을 짓게 되었고 치앙라이를 찾는 여행자들이 꼭 들리는 관광지가 되었다. 나 역시 이곳에 온 이유가 백색사원 왓 롱쿤을 보기 위해서였다. 종전에 이미 엄마와 태국 종단을 한 적이 있지만 그때는 사원의 완성도가 낮아 치앙라이는 보류했었다. 아직도 공사중이고 앞으로 60~70년은 더 짓는다고 하지만 그때까지 기다릴 수는 없는 노릇이어서 치앙라이로 목적지를 정했다.

태국의 미술에 대해 잠시 이야기하자면 불교문화의 영향이 있지만 놀라운 수준이었다. 작업적인 디테일과 완성도는 보는 내내 놀라움을 금치 못했고 기술적인 부분이나 매채활용에 있어서도 신선했다. 사실 태국에 가기 전에 그곳에서 활동하는 작가의 작품을 볼 기회가 없어 기대도가 낮았지만 실제는 달랐고 후에 박람회에서 접한 태국작가의 역량은 상당한 수준이었다.

왓 롱쿤은 한마디로 기적이었다. 그곳에 내리는 순간 모든 것이 허구처럼 느껴지는 비이상적인 건축물은 기적처럼 아름다웠다. 종교를 떠나 어떤 의미도 끼어들지 못할 만큼 형태적으로 아름다운 작품이었던 왓롱쿤은 그것하나만 보기위해 치앙라이를 간다해도 아깝지 않을 만큼 멋지다.

이 사원이 완성되려면 아직도 한참 있어야 한다는 말을 들으니 회갑때 이곳으로 여행을 와야겠다는 생각이 들었다.

스콜이 오려는지 먹구름이 몰리기 시작한다. 어둑어둑해진 하늘아래 왓롱쿤의 백색이 도드라져 한층 더 비현실적이다. 투두둑 빗방울이 떨어지기 시작하자 차에 올라타 출발한다.

멀어지는 백색사원이 유난히 반짝이며 아름답게 사라진다.

SAPA
싸파

호접지몽

호접지몽 - 싸파

#. 험난한 환영식

베트남 국경, 출입국 관리소엔 마치 우릴 기다리고 있었던 듯 호객꾼이 가득했다.

우리는 상해를 시작으로 윈난 성 지역을 지나 베트남 북단의 고산지대 사파에 가기 위해 먼 길을 달려왔다. 하지만 베트남의 아름다운 자연에 대한 설레임을 순식간에 불안함과 두려움으로 바꿔버린 창밖의 무리들은 위협적인 눈초리로 우리를 바라보고 있었고 밖으로 나가는 것에 대해 한참을 망설이게 했다.

일단 환전을 한 후 나가니 역시나 가장 만만해 보였는지 기다렸다는 듯 엄마와 내 주위에 몰려들어 환전을 하라고 닦달을 했다. 이미 했다고 하니 앞길을 방해하며 희롱했다. 가방을 툭툭 치기도 하고 끈을 잡아당기기도 하고 어깨를 스치며 시시덕대기도 했다. 손가락으로 성적인 묘사를 하며 애써 무시하려는 우리에게 들이 대기도 했다.

　잔뜩 겁을 먹은 엄마의 불안한 눈빛이 걱정돼 나라도 겁을 먹지 않았다는 것을 어필해야 할 것 같아 당당히 경찰을 부르겠다고 했더니 그중 한명이 실실 웃으며 근처를 순찰하던 경찰을 데려왔다. 하지만 그들은 내 앞에서 도리어 경찰을 위협했고 그는 도움의 눈빛을 보내던 우리를 외면한 채 자신은 잘 모르겠다고 하며 사라졌다.
　이런 어이없는 상황이 당황스러워 무작정 엄마의 손을 잡고 골목 쪽으로 걸었다.
　그들은 우리의 뒤를 쫓으며 계속 딴죽을 걸다 짓궂은 장난에도 반응이 없는 우리가 재미없어졌는지 다시 관리소 쪽으로 갔다.

　다행히 길가에 세워진 미니버스 중 사파행이 있어 바로 탈 수 있었다. 좌석에 앉아 가방을 내려놓은 지 한참이 지났고 그곳이 그림자도 보이지 않을 만큼 멀어졌음에도 일치감치 콩팥 뒤에 숨어버린 심장은 쉴 새 없이 쿵쾅거렸다.
　참으로 거친 환영식에 아닐 수 없었다.

　#. 호접지몽

　험한 산골짜기를 달리고 달려 구름하나를 넘으니 산속마을 사파가 나타났다. 물결치는 다랭이논과 고산족들이 필름처럼 스쳐 지나가자 안개 자욱한 몽환적인 도시에 도착했다.
　우리는 차에서 내려 메모해둔 호텔로 갔다. 아름다운 추억을 위해 내내 고민하던 곳이었다.

싸파의 이른 아침

여정이 많이 남아 주머니 사정이 좋지 않았지만 가장 좋은 전망을 가진 호텔에 가장 좋은 전망의 방을 구했다.

그곳은 마음껏 상념을 즐기기에 모자람이 없었다. 자린고비인 내게 평상시라면 있을 수 없는 일이었지만 이곳에서 돈 쓸것은 이것뿐이라는 생각에 아끼지 않았다. 방에 들어가니 고풍스러운 원목가구가 멋스럽게 배치되어있고 무엇보다 테라스 너머 사파의 전경이 가림 없이 보였다. 그곳엔 등나무로 엮인 소파 두개와 테이블하나가 있었는데 아침이 밝아올때쯤 나가 커피한잔으로 하루를 시작하곤 했다.

습기가 많은 마을답게 그리 춥지 않은 날씨에도 몸이 스산하여 따뜻한 물로 샤워를 하고 잠이 들면 그렇게 좋을 수가 없었다. 역시 돈이 좋긴 좋은 것이란 생각을 지울 수가 없었다.

눈을 부비며 테라스로 나오니 엄마는 벌써 일어나 안개낀 도시를 내려다보고 있었다. 부지런한 고산족들이 사파의 아침을 깨우고 개들이 자유롭게 길을 누빈다. 문득 개고기를 많이 먹는다는 이곳에서 저 개들은 무슨 용기일까란 생각이 든다.

아직 이른 아침이어서 관광객이 많지 않은 사파 본연의 모습은 무척이나 신비로웠다. 그림처럼 아름다운 풍경에 도저히 앉아서만 바라볼 수 없었던 우리는 간편하게 나와 산에 갔다.

안개에 가려져 조금만 멀어져도 엄마가 보이지 않았다. 경사가 높지 않은 산에서 미끄러져 내려가는 바람에 옷은 만신창이가 되었지만 좁은 논둑과 높은 산 그리고 나지막한 언덕들이 너무도 몽환적이어서 꿈을 꾸는 것인지 깨어있는 것인지 혼동되었다.

호접지몽(장자의 꿈)에서 꿈에서 깨어난 장자는 자신이 나비가 되어 날아다니는 것인지 나비가 자신이 되는 꿈을 꾸는 것인지 알 수 없다 했다. 모든 것이 모호하며 경계라는 의미조차 사라지고 결국 무아지경이 되어 하염없이 무언가를 쫓고 있는 것처럼. 나는 마치 나비가 된 듯 안개 속을 휘저으며 뛰어다녔다.

이곳에서는 끝을 모를 만큼 굴러도 아프지 않고 결국 바닥이라는 것은 존재하지도 않는 것 같았다. 내가 바닥에 부딪힐 리는 없지 않겠냐는 환상으로 스스럼없이 미끄러져 내려가거나 기어 올라가는 것을 반복했다. 안개 속을 걸어가니 고산족들이 하나둘 나타났다. 그들은 우리를 보고 순수하고 신비한 미소를 보냈고 우리는 마치 꿈속에서 산신령을 만난 듯 설레어하며 손을 흔들었다.

나는 고산족에 대해 깊은 매력을 느꼈었다. 그들의 색감과 눈빛, 무리의 통일성은 나에게 커다란 호기심과 영감을 주곤 했다.

처음 그들에게 매료된 것은 대학시절 '스티브 맥커리'의 사진집을 본 이후였다. 그책은 당시 학생으로서 사기에 부담스러운 가격이었지만 나는 그것을 소장하기 위해 일주일동안 아무것도 사먹지 않았을 만큼 소유욕을 느꼈었다.
그리고 그 후 몇년 동안 동남아나 중국남부를 여행할 때면 험한 길도 마다하지 않고 그들을 찾아 나서서곤했다. 하지만 대부분 문명화된 모습에 실망하지 않을 수 없었는데 그 모습은 박물관이나 민속촌에서도 볼 수 있겠다 싶을 정도였다.

예를 들면 산속깊이 사는 목이긴 종족(카렌족) 마을에서 와코루 속옷이나 나이키 신발을 신은 그런 모습이었다.

그들이 문명을 받아들인 것에 내가 아쉬움을 느낀다면 문명 속에 살아가는 사람으로서 과도한 이기심일 테지만 아쉬움을 감출 수는 없었다.

하지만 사파의 산속에서 본 고산족은 정말 그대로였다. 그들의 모습도 삶의 모습도 문명과 거리가 먼 스티브 맥커리의 사진집을 넘기고 있는 듯 한 그대로의 모습.

그랬기 때문에 꿈을 꾸고 있는 것처럼 느꼈던 것 같다.

우리는 그곳에서 완벽히 분리된 채 그들을 관람하는 꿈같은 체험을 하고 있었다.

그곳을 되돌아 나온 건지 꿈에서 깨어난 건지 모를 몽롱한 정신으로 사파타운의 커피전문점에 들어갔다.

배가 고파졌기 때문이다. 고산족이 사는 그곳엔 우리가 먹을 만한 것이 없었다.

카페에서 흘러나오는 팝송을 들으며 터키햄이 듬뿍 들어간 샌드위치와 달콤한 설탕 쨈이 줄줄 흐르는 페스트리, 깊은 향을 가진 이태리원두의 커피를 마시며 창밖을 본다.

싸파의 고산족

　길가엔 커다란 배낭을 맨 관광객을 졸졸 쫓아다니며 구걸하는 또 다른 고산족이
있었다. 나는 그들 중 한 여자아이와 눈이 마주쳤고 왠지 모르지만 황급히 고개를
돌렸다. 아마도 꿈을 깨기 싫었던 것 같다.

　다시 아이를 쳐다보았다. 아이는 여전히 여행객의 배낭을 잡고 구걸하고 있었다.
그리고 그 주위엔 그런 무리들이 적지 않았다.
어쩌면 이것이 진짜이고 산에서 보았던 그들은 환상이었을지 모른다고
생각될 만큼 괴리감은 꽤나 불쾌했다.

BERN
베른

올리브 그린

올리브 그린 - 베른

#. 감정이 낳는 후회

[당신은 이 메이커를 좋아하나봐요.]

베른으로 가는 기차 안.

옆자리에 앉은 남자에게 말을 건넸다. 그는 텅 빈 기차 안에서 노트북을 들고 이리저리 배회하다 내 옆자리에 자리를 잡고 동양여자가 신기한지 십 분째 나를 힐끔힐끔 쳐다보고 있었다. 그러다 눈이 마주치면 어색하게 웃었고, 그런 상황이 민망해서 던진 말이었다.

그는 기다렸다는 듯 최신기종인 A사의 기기들을 늘어놓고 자랑하기 시작했다. 모두 최신형의 고급 기종이었고 내 호응에 자신감을 얻었는지 자신의 직업까지 자랑스럽게 설명했지만 안타깝게도 나는 이해하지 못한 채 텅 빈 감탄사만 내뱉었다. 그는 내 상황을 알아챘는지 아주 천천히 자신은 중요한 세미나가 있어서 베른에 가는 중이라고 했다. 그는 자신을 순수 스위스인이라고 강조해서 말했는데 스위스인이 혈통에 대한 자부심이 있는 것을 처음 알았다.

그래서 나도 순수 한국인이고 왕족의 혈통을 물려받았다고 하니 그의 얼굴에 화색이 돌았다. 그는 나를 한국공주라고 했다. 듣기 나쁘지 않아 부정하진 않았고 그렇게 이어진 대화가 생각보다 재미있어서 베른에 내려 커피 한 잔을 하기로 했다.

그는 사파이어처럼 새파란 눈동자를 가졌는데 눈동자 외에는 그다지 호감이 느껴질 인상이 아니었다. 작지 않은 키였지만 너무 호리호리해서 바람이 불면 전봇대를 잡아야 버틸 것 같았고 마치 뒤에서 누가 쫓아 오듯 급히 말하고 더듬었다. 나는 그에게 딱히 할 이야기가 없었고 그렇다고 일어나서 가기도 멋쩍어서 그의 파란 눈을 정면으로 바라보며 말했다 .

[당신의 눈은 정말 아름다워요. 마치 사파이어처럼 멋진 색이네요.]

의미 없는 칭찬한마디였지만 그는 무척 기쁜 듯. 혹은 칭찬 때문에 내게 급격히 호감이 느껴진 듯 테이블에 팔꿈치를 대고 약간은 느끼하게 웃으며 말했다.

[당신도 아름다워요.]

이상하고 서먹한 몇 분이 지나고 그는 수줍게 웃고 있었다. 나는 내내 실수했다는 생각이 머릿속을 맴돌았고 빨리 그에게서 벗어나야 할 것 같았다. 말 한마디가 오해를 불러일으킨 것 같아 미안하기도 했다. 나는 자리에서 일어나 열두시의 신데렐라처럼 서둘렀다.

[가야겠어요.]

당황했는지 그는 서둘러 명함을 주었고 베른에 있게 되면 연락하라고 했다. 하지만 명함안의 번호들은 너무도 생소해서 내게는 그림과 다르지 않았고, 결국 그것은 쓸모없는 종이조각에 불과했다. 후에 들은 이야기로는 스위스인은 자국에 대한 자부심이 강하다고 한다. 유럽의 다른 나라에 비해 풍요롭고 복지가 잘되어있기 때문에 그렇지 않나 싶다.

하지만 거만스러울 만큼 자신만만한 그의 태도가 비위에 거슬려 결정적인 한마디를 던졌다.

[스위스 어로 '감사합니다' 가 뭐에요?]

스위스 고유 언어가 없다는 것을 겨냥해 한말이었다. 그는 자랑스럽게 독일어 이태리어 프랑스어로 말을 해주었고 로망슈어라는(몇 번씩이나 들어도 알아듣지 못했던) 언어가 있지만 거의 쓰지 않는다고 했다. 또한 스위스는 지역에 따라 다른 언어를 쓴다고도 했다.

나는 내 행동이 너무 유치해서 손발이 오그라들것만 같았지만, 그의 말을 끝까지 듣지도 않고 미리 준비한 질문을 했다.

[아뇨. 그건 다른 나라 말이구요. 스위스인만 쓰는 스위스인만의 언어는 없나요?]

그는 무례한 나로인해 의기소침해 진 것 같았고, 나는 분위기가 좋지 않아졌음을 직감하고 어색한 웃음을 띄며 말했다.

[우리나라 말로 '감사합니다' 는 이렇게 말해요. '감 사 합 니 다']

그는 내가 웃으며 우리나라 말을 가르쳐주니 단순하게도 즐거워하며 '감사합니다'를 따라 말했다. 나는 묘한 우월감을 느꼈고 내가 고유의 언어가 있는 한국인이라는 게 새삼 자랑스럽기도 했지만 한편으로 그냥 수용해 주면 될 것을 지나치지 못하고 굴욕을 안겨주고서야 직성이 풀리는 나의 유치하고도 미성숙함이 한없이 어리석게 느껴졌다.

사람은 누구나 참고 넘기지 못하는 감정들이 있다. 어떤 이는 무시당하는 것을 못 참고, 또 어떤 이는 억울한 상황을 못 견뎌 한다. 나도 이렇게 가끔 넘어가지 못할 때가 있다.

*

스무 살 중반쯤 기회가 되어 선이라는 것을 보았는데 그는 나보다 나이가 꽤 많은 사회적으로 성공한 사람이었다. 사실 그의 배경에 혹하지 않을 수는 없었지만 끊이지 않는 잘난 척에 신물이 날 지경이었다.

하지만 소개시켜준 사람의 면이 있어 감정을 매장시킨 채 '하하 호호' 웃어주었다.

그는 고분고분한 내가 마음에 들었는지 자신의 선의 역사에 대해 무용담처럼 읊기 시작했다.

[oo그룹의 몇째 딸과 선을 보았어요. 별로였어요. 그 후 oo그룹의 몇째 딸과도 선을 보았지만 그녀 또한 그저 그랬어요.]

내 가슴속에 단단히 매장해둔 감정은 급기야 터져 나왔고, 나는 그에게 내가 화가 났다는 것을 최대한 들키지 않게 느린 말투로 가식적인 웃음을 띠고 말했다.

[그나저나 어떡해요. 저는 평범한 김씨 집안 막내딸인데…]

그러자 그는 사람 좋게 껄껄 웃으며 말했다.

[에이 제가 그런 거 따지면 당신을 만났겠어요?]

순간 비뚤어진 마음에서 어떻게든 그를 굴욕의 구렁텅이에 던져버리겠다는 단호한 다짐이 섰고 그가 집 앞에서 내게 마음을 내보이자 때가 왔다고 생각했다.

[당신과 있어서 오늘 너무 즐거웠어요. 우리 진지하게 만나볼래요?]

나는 기다렸다는 듯이 말했다.

[미안하지만… 싫어요. 그리고 전 오늘 하루 종일 전혀! 즐겁지 않았어요.]

그의 터질듯 빨개진 얼굴을 바라보며 나는 무척이나 통쾌했지만 한편으로는 허탈했고, 나도 모르게 감추어둔 열등감을 확인한 것 같아 기분이 좋지 않았다. 사실 그는 별뜻없이 한 말이었을지도 모르는데 말이다.

불편한 감정을 해소하려 다른 이에게 전가시키는 경우, 쉽게 말해 내가 누군가에게 기분 나쁘다고 그 마음을 좋지 않은 방식으로 표현한다면 그것은 오히려 더 큰 짐이 되는 것 같다. 그리고 그 모든 것은 나의 콤플렉스에서 비롯한 것일지도 모른다. 결국 다시 한 번 나의 부족함을 확인 사살하는 셈인것이다.

때때로 이런 지나치지 못하는 감정 때문에 후회를 한다.

뒤돌아 생각하면 그들 또한 관심 받고, 인정받고 싶어 하는 외로움의 옷을 입은 인간일 뿐이었는데 말이다.

　#. 올리브그린

　스위스의 수도 베른은 이끼를 머금은 듯 고풍스러운 초록을 머금고 아침을 연다. 오래된 길가와 건물이 시간을 말해주고 있었지만 지저분하거나 낙후되었다는 느낌보다는 고급스럽고 단정한 멋이 느껴졌다.

　나는 언 손을 녹이려 뜨거운 커피를 한 잔 샀다.

　커피를 두 손에 포개 쥐고 오래된 돌계단을 하나 하나 세면서 걸었다. 숫자연습을 하는 아이처럼 계단을 보니 무의식적으로 숫자를 세게 된다.

　도시는 올리브그린에 물을 많이 타서 칠한 것처럼 전체적으로 아주 은은한 초록빛이 느껴진다. 그런 느낌은 아름다운 아레(Aare)강 때문인지도 모르겠다.

　아레(Aare)강은 알프스의 눈이 녹아 생긴 강이라고 한다.

　에메랄드 보석을 물에 가득 풀어놓은 듯, 투명하고 아름다운 색감이 도시전체를 물들이고, 그 위로 간간히 배치되어있는 아치형의 다리가 오래된 도시 베른을 한층 더 운치 있게 만든다.

　나는 다리중앙에 서서 하염없이 아레(Aare)강을 내려다보았다. 조금은 쓸쓸한 기분이다.

　순간 오래 전 지인의 이야기가 떠올랐다.

　[외로움은 옷처럼 입는 거야. 그것은 옷을 입는 것처럼 일상적이고 당연한 것이지.]

그의 말이 귓가에 맴돈다. 외로움이란 그렇게 자연스러운 것이구나. 내가 지금 느끼는 쓸쓸함도 옷을 입는 것처럼 일상적인 것이구나. 생각하니 쓸쓸함이 나쁘지 않았다.

다리위에서 바라보는 아레(Aare)강은 그림처럼 아름다웠다. 그처럼 아름다운 색이 세상에 존재한다는 것을 감사할만큼…
나는 그 색을 좀 더 가까이 느끼고 싶어 오래된 길을 따라 내려갔고, 강가에 다다랐을 때 주저 없이 강물에 발을 담갔다.
머리끝이 쭈뼛 설만큼 차가운 강물이 온몸에 전달되자 몸속의 피가 모두 교체 된 듯 싱그러운 느낌이 들었고, 내 몸도 은은한 올리브 그린으로 생기 있게 물들어갔다.
아레(Aare)강의 물살은 힘이 가득했고 무척 맑았다. 이 생명력 가득한 물처럼 섬세한 내 감성을 건강하게 마주할 수 있으리라.

아침이 지나고 정오가 다가오자 거리에 사람들이 많아진다. 싱그럽고 아름다웠던 이른 산책의 여유로움이 사라질까봐 서둘러 기차역으로 갔다.

#. 쓰디쓴 커피 한 모금과 달디 단 케이크 한 조각

사람들이 왜 스위스를 극찬하는지 스위스에 가면 고개를 한 번 끄덕이고 스위스를 떠나 다른 나라로 가면 두 번 끄덕인다.

자연경관을 해치지 않는 아기자기하게 예쁜 마을들과 평화로운 평원, 세련된 사람과 깨끗한 거리 안전한 치안은 유럽에 속한 나라 중 혼자 여행 다니기 가장 적합한 곳이지 않을까 싶다.

나는 한밤중이 되어서야 융프라우의 베이스캠프인 인터라켄에 짐을 풀었다.
베른에서 여유로운 산책을 즐기고 여기저기 기웃대느라 밤늦게야 인터라켄에 도착했기 때문이었다. 게다가 숙소를 못 찾아 한밤중에 혼자 불빛 하나없는 깜깜한 거리를 배회하는 위험천만한 일을 저질렀다. 하지만 스위스이기에 그렇게 무섭진 않았다.

다음날 일어나자마자 창문의 커튼을 걷으니 장엄한 알프스 산이 위엄을 자랑했다. 나는 그렇게 큰 산이 눈앞에 있다는 것이 믿겨지지 않았다. 밤에 도착해서 아무것도 보이지 않았기 때문이다. 전날 밤 한동안 해맨 곳이 공원이었다는 것도 아침이 돼서야 알았다.

너무 일찍 일어났는지 거리엔 인적이 드물었다. 가벼운 복장으로 민박집에서 먹을 것을 조금 챙겨 산책을 했다.

　빙하가 녹은 물이라는 강가 벤치에 앉아 영롱한 색에 취하고 따사로운 빛에 취해 상념에 잠겼다. 물위에 떠다니는 오리는 가족을 데리고 어디론가 바삐 가고 있다.

　오리가 바쁠 일이 있나 싶기도 하지만 나름대로 할 일이 있을 것이란 생각에 뒤뚱거리며 자신의 가족을 살뜰히 챙기는 것이 대견하게 느껴진다.

　살아있는 것은 무엇이든 자기가 할 몫이라는 것이 있는 것 같다. 그런 이치들은 때때로 무척 신선하게 다가온다.

　추워서 카페에 들어가 커피를 한 잔 주문했다. 역시 스위스의 물가는 살인적이다. 나는 배알이 꼬이는 듯 아까움을 느꼈다. 케이크도 먹고 싶었지만 이 가격이면 길가 노점에서 샌드위치를 두 개는 먹을 수 있겠다는 생각이 들어 애꿎은 케이크 진열대만 물끄러미 바라보았다.

　그러다 이런 상상을 해 보았다.

　나는 지금 한국에서 스위스풍의 아주 잘 꾸며놓은 유명하고 이색적인 카페에 왔다고. 그런 상황이라면 나는 이 돈을 아깝게 생각할까?

　어쩌면 그 가치가 당연하고 기분을 즐기기 위해 주저하지 않고 케이크를 주문하지 않았을까. 그렇게 생각하니 멋진 배경의 케이크와 커피가 터무니없이 비싸게 느껴지진 않았다. 인테리어를 아무리 잘해도 이보다는 못할 테니 말이다.

　나는 내내 눈여겨보던 초콜릿 케이크를 주문했다.

　그리고 쓰디쓴 커피 한 모금을 입속에 머금은 채 달디단 케이크 한 조각을 입속에 넣고 오물거렸다. 엄청나게 달면서도 쓴맛이 어울어진 마치 원액을 먹는듯한 진한 식감은 몸서리가 쳐질 만큼 감동적이었다.

　그날의 카페에서 느꼈던 달콤 쌉싸름한 맛은 아마도 평생 잊을 수 없을 것 같다.

#. 구름위의 산책

안내소의 연세가 지긋한 아저씨는 화면을 가르키며 융프라우에 가면 아무것도 볼 수 없을 것이라 말했다. 화면에는 구름이 가득해 산인지 바다인지도 구분이 안가는 영상이 떠있었다.

나는 그러면 어떻게 하냐고 물었고 혹시 구름이 걷힐지도 모르니 쉴트호른으로 가는 게 좋겠다고 했다.

보통 사람들은 융프라우를 가지만 스위스인은 쉴트호른을 더 사랑한다고도 했다.

나는 어쩔 수 없이 쉴트호른으로 가는 기차에 탔다.

하지만 쉴트호른의 영상도 융프라우와 별반 다르지 않았고 기대와 다른 모습에 실망했다.

✻

예전에 한라산의 백록담을 보려고 삼십분 동안 바위틈에서 떨었던 기억이 난다.

나는 그때 등반하는 내내 기도를 했었다. 백록담을 보여 달라고.

하지만 기진맥진해서 오른 백록담에는 안개가 자욱했고 무척 실망했다. 칼날 같은 바람에 서있기도 힘들어서 바람을 막을 수 있는 돌 틈에 몸을 숨기고 무작정 기다렸다. 삼십 분 정도가 지나자 사람들이 우르르 뛰어올라 갔고 나도 벌떡 일어나 따라갔다. 그리고 그 어렵다는 백록담을 볼 수 있었다. 하지만 삼십 초가 지나자 다시 안개 속으로 꼭꼭 숨어버렸다.

177

　여담으로 한 할아버지가 백두산천지를 보기위해 백두산에 일곱 번을 등반했지만 단 한 번도 천지를 보지 못하셨다고 한다. 이북이 고향이신 일흔이 훌쩍 넘은 할아버지는 이번 한번만 올라가보고 보여주지 않으면 다신 백두산에 오지 않으실 거라 하셨고 결국 보지 못하셨다고 한다.

　산이라는 것은 이처럼 쉽게 보여주지 않는 것 같다…

*

　쉴트호른으로 가는 케이블카의 창밖은 구름이 잔뜩 껴서 아무것도 보이지 않았다. 이미 포기한 나는 케이블카 아래로 보이는 마을을 바라보며 깊은 한숨을 내쉬었고, 옅어지기는커녕 점점 더 짙어지는 구름이 야속하기만 했다.

하지만 탄식도 잠시 짙게 깔린 구름을 지나자 마치 다른 세계로 간 듯 햇빛이 쨍쨍해 지더니 쉴트호른의 봉우리들이 보이기 시작했다. 사람들은 환호성을 질렀고 나도 뛸 듯이 기뻤다. 마치 가을처럼 공활한 하늘과 산허리에 융단처럼 깔린 구름, 천만리 전부터 시작된 것 같은 웅장한 쉴트호른의 봉우리가 꿈을 꾸듯 환상적이었다.

내가 이것을 보지 못했다면 얼마나 아쉬웠을까 싶을 만큼 볼 수 있다는 것에 대한 감사함을 내내 중얼거릴 만큼 끝이 보이지 않는 크고 작은 봉우리들의 향연은 정말 장관이었다. 바로 내려가기가 아쉬워서 전망대에 있는 회전 식당에서 커피 한 잔을 시키고 창밖을 바라본다.

꿈에도 잊히지 않을 풍경을 혹시나 잊어버릴까봐 눈을 깜빡이는 시간조차도 아쉬웠다. 창밖에는 마음놓고 뛰어내려도 다치지 않을 것처럼 포근한 눈이 봉우리에 앉아있다.

나는 기막힐 정도로 멋진 절경에 넋을 잃고 바라보며 가만히 고개를 끄덕였다. 사람들이 스위스에 가면 왜 고개를 끄덕이는지 비로소 통감하는 순간이었다.

이렇게 생각하면
이렇고,
그렇게 생각하면
그런...

이렇게 생각하면 이렇고, 그렇게 생각하면 그런…
- 자이살메르

#. 흙빛도시

인도 라자스탄 주에 있는 자이살메르는 사막 낙타투어가 시작되는 곳이다. 여행자들은 보통 이곳에 숙소를 잡고 패키지를 예약해서 사막으로 떠난다. 자이살메르라는 지명 자체가 매력적인 색채감으로 다가왔던 나에게 이곳은 오렌지패턴을 얹힌 자줏빛을 연상케 했는데 실제로 와보니 흙빛도시였다. 하지만 그렇다고 해서 실망스런 느낌은 아니었다.

오리엔탈 풍의 인테리어가 인상적인 숙소는 방이 둥글고, 들어가 앉아 성 밖을 내려다 볼 수 있는 턱이 넓은 창문이 하나있었다. 벽은 잘 다듬어진 돌로 되어있어서 고풍스러운 느낌이 났다.

옥상으로 올라가니 의자를 세 개쯤 놓으면 꽉 찰 작고 둥근 테라스가 있고 성 그

림 그릴 때 흔히 그리는 돌기모양의 난간이 있었다.

그 너머로 한눈에 자이살메르가 내려다 보였다. 왜 이곳을 골드시티라고 하는지 비로소 느껴지는 풍경이었다. 잠시 일행들과 이야기를 나눈 후 아무도 없는 그곳에 의자를 가지고 가서 한참동안 상념에 잠겼다. 해가 지고 하나 둘 불이 켜진다.

밤하늘에 별이 집집마다 들어가 불을 밝힌 듯 환한 빛으로 도시 전체가 반짝이고 고즈넉한 분위기에 취해 생강차 한 잔을 주문했다. 완벽히 어울리는 알싸한 생강차와 흙빛도시 그리고 재즈풍의 음악 속에서 행복이 느껴진다.

믹서로 간듯 부스러진 빗방울이 흙빛도시에 소리 없이 스며들고 한껏 취한 나는 이국적인 감성을 놓치고 싶지 않아 침낭을 뒤집어쓴 채 한참동안 그곳에 취해있었다.

하지만 가뜩이나 더러운 침낭이 가랑비에 젖자 나는 은근히 신경이 쓰였는지 몸을 단단히 감싸며 위로했다.

[분명 내가 뒤집어쓴 오리털침낭은 비를 맞아 좋지 않은 냄새가 나겠지. 하지만 지금 내게 그것은 중요한 것이 아니야.]

#. 낙타부인

이른 아침 지프를 타고 마른 벌판을 한참 달려가자 낙타들이 기다리고 있었다.

낙타 등이 생각보다 높아서 겁이 났고, 더군다나 쌍봉이 아닌 외봉낙타라서 두려움은 극에 달했다.

낙타에서 떨어지면 크게 다치거나 불구가 될지도 모르니 말이다.

크게 숨을 몰아쉰 후 낙타에게 성큼성큼 걸어갔지만 막상 낙타의 등을 보니 얼음처럼 얼어서 움직일 수가 없었다.

낙타는 기분이 좋지 않은지 연신 주둥이를 푸드덕거리며 뒤로 침을 뱉었다. 여러모로 쉽지 않았지만 다행인지 몇 번 비명을 지르고서 낙타를 탈 수 있었다.

우리는 끝이 보이지 않는 마른 벌판을 일렬로 따라갔다.

지쳐 쓰러진 내 낙타

삼십 분쯤 흐르자 달라지지 않는 매마른 풍경에 지루해졌고 타다보니 생각보다 무섭지도 않았다. 나는 내 낙타를 잡고 가는 길잡이에게 낙타를 달리게 할 수 있냐고 물었다. 길잡이는 들판에 자란 가시나무를 꺾어 주며 낙타 모는 법을 가르쳐 주었다. 어차피 낙타가 길을 알아서 이탈할 일은 없다고 했다. 나는 길잡이에게 받은 가시나무로 낙타의 궁둥이를 후려쳤다. 그러자 낙타는 갑자기 달리기 시작했고 처음엔 당황했지만 재미가 들려서인지 끊임없이 후려치며 달렸다.

본건 있어서 [하야~! 하야~!]소리까지 내뱉으며 한참 달리다 보니 너무 멀리 떨어져서 일행들이 점처럼 보였다.

그렇게 걸음을 멈추고 일행을 기다리다 그들이 오면 다시 달리기를 반복했다.

나는 적정거리를 유지한 채 낙타를 몰았다. 다른 낙타들이 나를 따라 덩달아 달려서 길잡이들이 진정시키느라 진땀을 뺐기 때문이었다.

아무것도 없는 사막에서 낙타를 타고 달리는 기분은 날아갈듯 즐거웠다. 금세 적응해서 평원의 칭기즈 칸처럼 한손으로만 고삐를 잡고 달리는 개인기까지 선보였다.

낙타에 대한 두려움은 온데 간데 없고, 사막을 접수한 자유로운 방랑자처럼 무게를 잡으며 의기양양한 낙타부인이 되었다.

[내가 탔던 낙타는 우리 일행이 탄 낙타 중 가장 말을 잘 듣는 낙타였다고 한다. 그만큼 낙타몰이꾼이 아끼는 낙타이기도 했는데 가시나무로 후려치며 뺑뺑이를 돌린 내가 미웠을 것 같기도 하다. 무엇보다 저녁밥도 먹지 않고 말 그대로 죽은 듯이 늘어져 침을 질질 흘리며 잠만 자던 낙타와 낙타주인에게 늦게나마 사과하고 싶다.]

#. 비현실적 풍경

한참을 달리다보니 어느덧 사막 한가운데였다. 초입엔 그저 벌판 같아 실망스러웠는데 한참을 들어가니 비로소 사진에서만 보던 모래언덕이 나왔다.
난생 처음 보는 사막의 모습은 비현실적이었다.
나는 낙타에서 내리자마자 신발을 벗어 던지고 모래 언덕꼭대기까지 뛰어올라갔다. 그리고 절벽처럼 깎아지른 언덕 밑으로 미친 듯이 뛰어 내려갔다. 모래 속으로 푹푹 빠지는 발바닥의 촉감에 기분이 날듯 즐거워 다시 언덕꼭대기로 기어 올라가 바닥으로 달음박질치기를 반복하자 멀리 일행들이 의아하게 쳐다보았다.

짐도 풀기 전에 희한한 짓을 하는 내가 이상하기도 했을 것이다. 하지만 아랑곳하지 않고 목구멍에서 비릿한 쇠냄새가 올라올 때까지 반복했다. 가끔 주변에 둥글둥글한 낙타똥을 발견하기도 했는데 이상하게도 더럽거나 불쾌하지 않았다. 오히려 그것을 가지고 노는 방법을 생각하곤 했다. 그리고 후에 안 사실이지만 매우 유용한 것이기도 했다.
나는 종종 일부러 넘어지거나 구르거나 누워서 날갯짓을 하기도 했다. 모래는 무척 고와서 질감이 부드러웠다. 곁에 아무도 없다면 발가벗고 구르고 싶을 만큼 매력적인 촉감에 일찌감치 신발을 벗어던지고 신을 생각도 하지 않았다.

모래언덕에 앉아 아무리 지어도 부스러지고 마는 두꺼비집을 짓던 나는 모래위에 물방울이 떨어지자 하늘을 올려다보며 고개를 갸웃거렸다.

[사막에도 비가 오나. . ?]

#. 비내리는 사막

밤에 되고 별이 그렇게도 아름답다는 자이살메르 사막의 하늘엔 별그림자도 보이지 않았다. 모닥불을 피어놓고 길잡이들은 밀가루 반죽을 박수치듯 빚어서 짜빠띠(밀가루떡)를 구웠다.
그런데 가만히 불 피우는 것을 보니 우리가 타고 온 낙타의 그것이었다.
사방 천지에 배설해 놓은 그것은 훌륭한 땔감이 된다고 하고 그들말에 의하면 그것으로 굽는 짜빠띠가 맛이 훨씬 좋다고 했다. 듣다보니 그럴 것 같기도 하다.
사실 무척 맛이 좋기도 하였다. 왠지 더 구수한 거 같기도 하고. 배가 고팠는지 낙타 배설물 때문이었는지는 모르지만…

모닥불의 따뜻하고 안락한 기운이 둥글게 모여 앉은 이들 사이를 감싸고 가장 연장자인 길잡이가 노래를 시작했다.
커리가 담겨있던 냄비가 북이 되고 그릇은 심벌즈가 되어 구슬픈 가락이 사막에 울려 퍼진다. 밤이 깊어 모든 것이 고요해질 때쯤 그들은 텐트를 쳐주었다. 누더기처럼 여기저기를 기운 텐트 안은 생각보다 안락하고 따뜻해서 언니와 둘이 누우니 아늑하고 좋았다.

그런데 얼마 지나지 않아 텐트위로 무언가 떨어지는 소리가 났다.

[타닥타닥 투드두득]

의문스러워 밖에 나갔는데 장대비와 함께 거센 바람이 불었다. 사막에서 웬일이냐며 안으로 들어가는 순간 텐트가 와르르 무너져버렸다. 길잡이들은 텐트도 없이 노숙을 하다 날벼락을 맞아 내가 항의를 해도 어쩔 수 없다는 반응이었고, 밖에서 자는 그들앞에서 불평하기도 부끄러워 그만두었다.

나는 주위에서 나무막대 네 개를 주워 텐트로 들어갔다. 무너진 텐트를 받치고 있던 언니에게 두개를 주고 반듯이 누워 겨드랑이에 막대를 끼웠다. 그렇게 하니 공간이 생겨 숨이 막히지는 않았다.

우리는 기막히기도 하고 웃기기도 한 이 상황이 웃음이나 한참을 웃었다. 별이 아름답다고 극찬하는 자이살메르. 그것도 사막에서 비라니… 누군가 본다면 재수가 참 없다 할지 모르지만 나는 오히려 재미있었다.

사막에서 이런 장대비를 만나는 것도 흔치않은 경험일 테니 말이다.

나무막대 위에 얹혀진 천막을 빗방울이 두드린다.
나는 손을 뻗어 천막에 댔다. 세찬 빗줄기가 고스란히 손바닥에 느껴진다.
그것은 무척 부드럽고 아름다웠다.

[타닥 타닥 타다다닥]

심장이 뛰는 것처럼 두근거리는 자연스럽고 불규칙한 두드림. 그 순간 지나치게 편안한 기분이 들었다. 마치 엄마 뱃속같은 태중의 느낌. 그것이 기억날 리 만무하지만 왠지 그런느낌 일것같았다.

자이살메르를 떠난 후에도 비가 올때면 밖이 훤히 보이는 투명비닐우산을 쓰고 비를 맞는다.

그렇게 하면 자이살메르 사막의 밤이 고스란히 느껴진다.

[타닥 타닥 타다다닥]

손을 뻗어 우산에 대면 비를 만질 수 있다. 그것은 자이살메르의 그것과 다르지 않았다. 엄마 뱃속에서 처음 엄마의 손길을 느끼는 것만 같았던 사막의 비는 멀리 떨어진 서울 하늘에서도 느낄 수가 있었다.

AMSTERDAM
암스테르담

딸기

탐미 - 암스테르담

#. 왕자님이 사는 나라

네델란드에는 세계적으로 유명한 맥주. 하이네켄의 공장이 있다. 1980년대까지 공장으로 사용되어지던 건물을 관광객을 위한 체험관으로 개조했는데, 암스테르담에 오는 관광객의 필수코스가 되었다. 나는 술을 잘 못해서 아쉬웠지만 애주가라면 좋아할만한 요소가 가득하다.

사실 하이네켄 공장을 찾는 사람들은 최고의 맥주를 맛볼 수 있기 때문에 가지만 나는 그곳에 왕자님이 모여 있다는 말을 듣고 찾아갔다. 그리고 살아있는 조각상처럼 멋진 남자를 앞에두고 발걸음을 옮기지 못한 채 장화신은 고양이의 애처로운 눈빛으로 [베리베리 핸섬] 을 외쳤다. 그는 마치 성자처럼 빛이났다.
내가 불쌍한지 아니면 부담스러웠는지 다정한 포즈로 사진을 찍어주었고, 난 상기된 얼굴로 어색한 웃음을 짓고 있었다.

그제야 아쉬운 발걸음을 옮겼다.

나는 남자든 여자든 매력적인 사람을 좋아한다.

그것은 사랑의 감정이 아니라 어떤 물건을 보고 예쁘다 아름답다 하는 것과 같은 것이다.

감정표현을 마음에 담아두는 것은 목구멍에 걸린 알약처럼 답답해서 남자건 여자건 예쁘거나 멋지면 스스럼없이 다가가 말을 한다.

[당신은 정말 멋지네요~!]

하이네켄 왕자님에게도 "왕자님같아요. 무척 잘생겼네요." "눈이 너무 아름답네요."라는 사심 가득한 표현을 했다.

나에게 하이네켄의 역사나 제조공장의 설비 혹은 맥주 시음따윈 관심 밖이었다.

코발트빛 바다를 담은 눈동자, 햇빛에 반짝이는 금빛 머리카락, 훤칠한 키.

백마 탄 왕자님이 나오는 동화 속처럼 아름다운 사람들을 보기위해 내내 주변을 두리번거렸다.

마주보고 앉아 십 분이고 이십 분이고 찬찬히 보고 싶었다. 길거리에 지나다니는 남자는 죄다 베컴이나 디카프리오처럼 걸음을 떼지 못할 만큼 매력적이다. 며칠을 감지 않았는지 떡진 머리도 유명 헤어 디자이너의 작품같고, 거지

같은 누더기 옷도 의도한 스타일 같다.

역시 잘나고 봐야 한다.

나는 마론 인형처럼 아름다운 그들을 가까이 보고 싶었다.

기회가 된다면 여유롭게 눈썹과 눈, 눈동자는 어떤 무늬를 가지고 있는지. 코와 입모양 턱선 이마, 또는 머리카락에 몇가지 색이 섞여 있는지 보고 싶었다. 이렇게 잠깐 스쳐지나 보는 것으로는 성에 차지 않았다.

나는 때때로 욕구를 채우기 위해 직업을 내세우기도 했다.

파리를 여행할 때 였다.

내내 궁금했던 백인의 눈동자를 자세히 보기 위해 일부러 외국인에게 인기가 많은 게스트하우스에 묵었다.

나는 그림을 그린다며 같은 방 친구들에게 모델을 구한다고 했는데, 문화수준이 높은 곳이라 그런지 모델이 되겠다는 사람이 많았다.

다음날 이른 아침 발코니에 의자를 가져다 놓고 독특한 색의 눈동자를 가진 세 사람을 뽑아 사진도 찍고 마음껏 관찰할 수 있게 허락도 받았다. 나는 그들의 눈동자를 아주 가까이서 자세히 볼수 있었다. 그리고 피부와 콧망울, 입술모양과 손도 원없이 관찰할수 있었다.

보면 볼수록 신기한 나머지 자꾸만 가까이 다가갔고 만져보기도 했는데 처음에는 부끄러워 하기도 했지만 내가 잘 관찰할수 있게 배려해 주었다.

그들은 내가 웃는 표정! 하면 민망할만큼 일그러지도록 웃었고 슬픈표정! 하면 금방이라도 눈물이 흐를 것처럼 슬픈 표정을 연기해주었는데 너무도 진지하게 참여해 주어서 내가 미안할 정도였다.

(고맙게도 여행하며 만났던 다양한 친구들의 희생(?)덕에 나는 두 번째 개인전에서는 모델에 대한

허기짐을 느끼지 않을 수 있었다.)

　　그 후 자신감이 붙었는지 (너무쉽게 허락해주어서) 매력적인 사람을 발견하면 뒤따라가 사진을 찍곤 했고, 그 순간 나는 지극히 탐미적이었다. 재미있는 점은 동양인일 경우 거절당하거나 수락한다 해도 원하는 표정이 나오기 힘들었지만 서양인의 경우 쉽게 수락해주기도 하거니와 굉장히 다양한 표정을 가질 수 있다는 것이었는데 문화차이라는 생각을 하면서도 감정표현이 자연스러운 그들의 문화를 본받을 필요는 있겠다 싶었다.

　　#. 뜨거운 키스

　　국립미술관의 줄은 줄어들 줄을 모른다. 게다가 지금 내 앞엔 너무도 격렬하고 뜨겁게 키스를 나누는 연인이 있다. 나보다 삼십센티는 더 큰 것같은 연인의 키스를 올려다보던 꼬맹이는 사람들 속에 파묻혀 땅을 파고 들어가는 듯한 느낌이었다.

　　한참동안 키스를 하던 여자가 입술을 띠고 고개를 돌려 꼬맹이를 내려다본다. 그녀는 꼬맹이에게 조소를 띄우며 눈빛으로 말하고 다시 보란듯 더 진한 키스를 나눈다.

　　[꼬맹아 키스는 이렇게 하는거야. !]

　　나보다 열살은 어린것 같은 여자의 눈빛이 기분나빠 뒤를 돌아보니 다른 거인들이 부둥켜안고 서로를 탐닉하고있었다. 나는 고개를 떨구고 사람들에게 밟힌 빛바랜 잔디를 바라보았다. 오히려 그것이 친근했다.

나는 한 번도 소매치기를 만난 적이 없다.

경험해보지 못한 부풀어진 두려움속의 그들은 나를 만나면 기다렸다는 듯 거꾸로 들어 올려 탈탈털어 갈것처럼 무서웠고, 그래서 유럽여행에서 소매치기는 내게 가장 경계해야 할 대상이었다.

여행을 떠나기 전 유럽에 소매치기가 들끓는다는 말을 듣고 배트맨처럼 다기능 옷을 만들었는데, 주로 입고 다닐 외투의 안감에 흥부 옷처럼 손바닥만 한 형형색색의 옷감을 대고 안에 큰돈을 넣어 기운 형태였다. 복대처럼 티도 안나고 잃어버릴 일이 없어 안심이 되었고 필요할 때마다 뜯어 쓰면 그만이었다.

손목에 걸수있는 작은 동전지갑엔 십유로 지폐를 백유로씩 돌돌말아 고무줄로 고정시켜 소매속에 넣고 다녔다. 제 아무리 날리는 소매치기라도 내 돈은 절대 못 뺏어가게 고안한 방법이었다.

문제는 뮤지엄 티켓을 사러 간 곳에서 일어났다.

줄을 서서 뮤지엄 티켓을 구입하려고 하는데 돈이 모자라 돌돌말린 지폐를 꺼내 직원한테 주었는데 펴면 말리고 펴면 말리는 통에 진땀을 뺐다. 나는 민망해서 얼굴이 발게지고 직원은 지폐를 펴며 안간힘을 썼다. 그는 괜찮다고 했지만 내내 어이없다는 듯 고개를 가로저었다. 그리고 이따금 동료와 어쩌고 저쩌고 이야기를 하며 웃기도 했다. 창피하고 난감해진 나는 아무렇지도 않은 척 별 내용도 없는 안내 리플렛을 정독하고 있었다.

그는 결국 계산을 완료하고 뮤지엄패스를 건네며 내게 말했다.

[너 중국인이지]

당황했지만 나는 민망한 웃음을 흘리며 말했다.

[아니 일본인이야.]

네델란드 뮤지엄패스

박물관이나 미술관에 관심이 많다면 저렴하고 효율적으로 관람할수 있다.
네델란드 뮤지엄 패스는 박물관 미술관의 무료입장이 가능하다. 유레일 패스와
뮤지엄패스가 있다면 네델란드에서는 무척 질좋은 여행을 할수 있을것이다.

*

17세기 중반 네델란드는 경제적인 황금기를 맞아 문화 예술부분에서도 큰 번영
을 누렸다. 부유한 자본을 갖게 된 사람들은 앞다투어 실내를 장식하기 위한 예술
품을 사들였으며 많은 화가들이 초상화나 풍속, 풍경화를 그렸다. 이후 쇠퇴하고
19세기 후반에 이르러 다시 빛을 본 네델란드 회화는 반 고흐와 같은 천재적 화가
를 배출하지만 네델란드보다는 다른 나라나 주로 서유럽국가에서 활동했다.
단순한 구성이 돋보이는 추상화가 몬드리안(Pieter Cornelis Mondriaan)은 뉴욕과 파
리가 주 무대였고, 고흐(Vincent Van Gogh) 또한 프랑스 남부지방에서 주로 활동했
다.

*

뮤지엄 패스의 또 다른 장점은 언제나 긴 줄을 서야 하는 고흐미술관의 줄을 서
지 않아도 입장이 가능하다는 것이다. 아예 출입구가 따로 되어있어서 왠지 VIP대
접을 받는 듯 기분이 좋았다. 어차피 세곳만 가도 이익이니 부담스럽지 않게 북유
럽 미술에 심취해 보는 것도 좋을 것같다.

나는 영화로도 만들어졌던 [진주귀걸이를 한 소녀 1665년경]를 그린 베르메르나 램브란트 등 북유럽의 초상화를 좋아해서 여유롭게 네델란드의 소도시에 있는 미술관들을 찾아다니며 관람하기도 했다. 도시에 흩어져 있는 미술관들을 찾아다니는 재미도 있었지만 네델란드라는 나라자체가 크지 않기 때문에 부담스러운 여정도 아니었다. 유효기간 또한 일년이라서 기간 중에 다시 방문해도 이용이 가능하고 간곳을 또 가도 무방하다.

#. 그녀를 사세요.

암스테르담 사이사이를 적시는 운하와 아기자기한 건물과 꽃. 어느 곳을 찍어도 그림 같은 그곳은 밤이 되면 전혀 다른 모습으로 바뀐다.

네델란드는 세계최초로 동성결혼이 허용된 마약과 매춘이 자유로운 나라이다. 길가 간판에 'coffeeshop'라고 쓰여 있는 곳은 마약을 사고 팔수 있는 곳인데 우리와 다른 의미로 쓰이는 것이 신기했다. 밤이 되면 건물에 홍등이 켜지고 유리창마다 마네킹처럼 늘씬하고 예쁜 여자들이 흐느적거리며 뇌쇄적인 눈빛을 보낸다. 그 중에는 나이가 들거나 살이 많이 찐 여자도 있었지만 각자 매력이 있었다. 손님을 받을 때는 커튼이 닫히는데 인기가 많은 여자의 경우 줄을 서기도 한다. 하지만 반대의 경우 핑크빛 쇼윈도에 주구장창 앉아 하염없이 흐르는 운하를 바라보는 이도 있었다.

순간 윤락업소에 핑크빛 조명은 어디서 시작이 된 것인지 궁금했다.

우리나라의 분위기와 다를 것이 없는 것 같아 신기하기도 하고 노란조명이나 파란조명은 괴기스러울것이라는 생각도 든다. 붉은계통은 생기도 있어 보이고 흥분작용을 일으키니 적절한 선택인 것 같다.

암스테르담의 꽃시장

매춘이 합법인 이곳에서 직업여성은 일반 노동자와 다를 것이 없다. 그들은 법정 휴일도 갖고 원한다면 언제든 그만둘 수 있으며 권익을 보장하고 보호하는 단체도 있다. 매춘하면 연상되는 인신매매라던지. 감금되어 생활하는 그런 곳이 아니다.

　성매매 법도 있어서 비유럽권의 여성이나 미성년자는 성매매를 할 수 없고 호객 행위도 금지되어있다. 당연히 사진촬영은 금지되어있다.

　마약과 매춘이 공공연하게 이루어지는 이곳을 사람들은 매우 무질서 할 것이라 생각하겠지만 그렇지는 않다. 아마도 네델란드의 선진화된 국민성이 자제하기 힘든 어찌 보면 극단적인 부분의 자유까지도 허락하는 것 같았다.

　하지만 근래에 들어 매춘에 관련된 문제점들이 급증했고 그 때문에 정부는 유흥가 밀집지역을 대단위로 매입하기도 했는데 한해 매춘과 마약으로 벌어들이는 돈이 약 7억유로 우리나라 돈으로 1조원이 넘는다고 하니 꿀처럼 단 돈의 유혹을 네델란드가 잘 해결할 수 있을지 귀추가 주목된다.

　홍등가 사이에 흐르는 운하에는 백조가 무리지어 다닌다. 백조의 의미는 순결인데 이곳에 백조가 있다는 것이 아이러니하다.

　누군가 풀어놓은 것인지 아니면 자연적으로 온 것인지는 알 수 없지만 유리창녀머에서 짙은 화장을 하고 백조를 바라보는 젊은 여성이 묘하게 어울린다.

　그시간 나는 스무살이된 만으로는 아직 미성년자인 남자와 있었다. 하이네켄 공장에서 만난 한국인이었는데 혼자가기에는 두려웠던 밤투어를 함께 하기로 했던것이다.

　어쩌다 보니 우리는 '섹스뮤지엄'에 갔는데 이런 파격적인 박물관이 사람들이 많이 다니는 거리한 가운데 있다는 것이 놀라웠다.

　입구부터 파격적이었던 남성의 거대한 페니스 모형을 보는 순간 당황한 나는 재

안개낀 잔세스칸스

빨리 그의 눈치를 보았는데 어린나이 답지않게 대담스럽게 표현하는 반응에 더 놀
랐다. 하지만 내가 당황하는 모습을 보이면 서로 민망해질것 같아서 벌게진 얼굴
로 과장된 조형물들을 보며 매우 어색하게 소리내어 웃었다. 마치 말도안된다듯
이…

음악처럼 여기저기서 들려오는 격렬한 신음소리가 귓속을 파고들고 음침한 조명
과 한시도 눈을 땔 수 없는 소름끼칠 만큼 야한 사진들, 성행위를 표현한 우스꽝스
러운 모형들에 어찌할바를 몰라 자연스럽게 그에게서 멀찌감치 떨어졌다.

이곳은 혼자오는 것이 나을 뻔했다.

#. 안개너머 풍차

이른새벽 민박집에서 만난 친구들과 근교의 잔세스칸스라는 풍차마을을 갔다.
네델란드는 영토의 많은 부분이 해발 아래에 있기 때문에 홍수 피해도 많고 토지
가 좁아 간척사업이 발달했는데 과거의 간척사업은 풍차의 풍력을 이용했지만 현
재는 전기로 대체되었다고 한다. 유지하는데도 적지않은 비용이 들기 때문에 천개
가 넘던 풍차들로 장관을 이루었을 잔세스칸스에는 현재 관광목적으로 남겨둔 몇
개만이 과거 이지역 특성을 말해주고 있었다.

잔강변에 위치한 잔세스칸스는 지역특성상 안개가 많다. 그런 까닭인지 이른 아
침에는 대부분 짙은 안개가 껴있는데 그 느낌이 특별해서 한국에서도 가끔씩 안개
가 많고 부슬비가 내릴때면 흐뿌연 잔세스칸스가 떠오르곤 한다.
우유빛 안개는 마을을 덮어 이곳이 어떤 그림을 가지고 있는지 짐작하기 힘들만
큼 뿌옇다.
모래그림처럼 안개의 길을 따라 형태들이 사라졌다 나타나기를 반복하다 아침이
되자 잔강변의 풍차들이 하나씩 모습을 드러냈다.
좁은 길을 따라 걷는 기분은 구름속에 있는 것처럼 붕붕 떠있었다. 나는 길가에
쭈구리고 앉아 촉촉이 젖은 풀잎을 만져보기도 하고 나무를 쓰다듬기도 했다. 웅
덩이에는 주둥이가 샛노란 오리들이 꽥꽥대며 아침을 알리느라 분주했다.
곳곳에 개울이 있어서인지 물위에 떠있는듯 귀여운 집은 저마다 특별한 매력을
가지고 있었다.
한사람을 위한 것처럼 좁은 길엔 검은 빛을 띤 나무가 줄 서 있고 양옆으론 개울
이 흐른다.

겨울이어도 습기가 많아서인지 풀잎이 신선하게 자라 초록빛이 생기있고 개울을

잔세스칸스 마을풍경

건널 수 있게 곳곳에 지어진 아치형 다리가 앙증맞다.

나는 목적지에 상관없이 작고 귀여운 아치형 다리를 건너고 또 건넜다.

이른아침 마을 구석구석을 산책하고 나니 습기 때문인지 몸이 축축하고 으슬으슬해서 근처에 있는 카페에 들어갔다. 나는 따뜻한 카푸치노 한잔을 주문했다.

사실 카푸치노의 거품과 계피향을 그리 좋아하진 않지만 커피 중 가장 보기 좋고 들기 좋아 마시곤 한다. 고운 거품이 올려진 잔을 두 손에 감싸쥐니 따뜻한 온기가 스며 꽁꽁 언 몸이 샤베트처럼 사르르 녹는다.

대학시절 학교앞 카페에서 처음 카푸치노를 접했을 때 퉁퉁한 몸짓에 동그란 엔틱안경을 쓴 아저씨는 카푸치노를 멋스럽게 먹는 방법에 대해 말해 주었다.

커피잔을 손에 감싸쥐고 윗 입술을 깊이 담그면 인중 부분에 묻어나는 고운 거품을 혀로 훑어 먹으라는 그 방법이 그렇게 세련되 보일 수가 없었다. 나는 카푸치노

잔을 들고 윗입술을 깊이 담가 고운 거품을 묻혔다. 그리고 혀끝으로 훑어냈다. 계피향에 코끝이 찡하다.

창밖으로는 잔세스칸스의 한적한 풍경이 보이고, 기대어 앉은 등 뒤 하얀 벽면엔 명도와 크기가 다른 모노톤의 액자가 불규칙하게 배치되어 있다. 세련된 인테리어가 창밖 풍경과 상반되어 같은 공간이 아닌듯 느껴지긴 했지만 나쁘지 않았다.

몸이 따뜻해지자 밖으로 나왔다. 풍차가 잘 보이는 곳에 서서 나는 그것이 움직이는지 눈여겨 보고 있었지만 언뜻언뜻 스치는 안개속에 가려져 가늠하기는 쉽지 않았다. 신기루 처럼 스치는 풍경이 마치 오래된 흑백사진 같았다.

풍차를 본 것은 처음이었는데 예전부터 봐왔던 듯 어색하지 않았다.

OSAKA
오사카

유랑의 유전

유랑의 유전 - 오사카

삐끗하면 굴러떨어질 바위 끝.

아슬아슬 기차에 매달리기. 산정상에서 소리치기.

생소하다는 것은 거리낌도 두려움이 아닌 신나고 흥분되는 것.

아빠는 결혼 전 자유로운 성향을 가진 젊은 청년이었다.

하지만 가장으로서의 책임감과 성실함은 그런 성향을 가슴 뒤편으로 밀어냈다.

아빠를 빼다 닮은 나는 성인이 되면서 자연스럽게 여행을 좋아하게 되었고 모험을 즐기게 되었다. 까닭에 국내든 국외든 일 년을 못 버티고 집을 떠나 유랑자로 살아간다.

여행을 좋아하는 아빠로 인해 어린시절 우리 가족은 종종 훌쩍 떠나곤 했는데 그야말로 유랑이었다. 차안에서 울려퍼지는 질리오라 칭게티(Gigliola Cinquetti)의 '노 노레타(Non ho l'eta)'를 시작으로 목적지도 예약해 둔 호텔도 없이 지도 하나만 들고 갔다.

배가 고프면 맛있는 곳을 찾아 먹고, 보고 싶은 곳이 있다면 들려 즐기고, 잠이오면 잠자리를 찾아드는 끝도 시작도 없는 모호한 여행이었다.

#. 하지매 마시떼

여고시절 나는 간혹 일본인으로 오해를 받곤했다.

머리 규제가 있던 학교 방침에 따라 단발에 일자 앞머리를 하고 곤색 교복과 검정색 각진가죽가방, 굽높은 검정색 에나멜 구두조합에 강박증이 있던 나는 그 교복에는 반드시 그런 조합이어야만 했고, 만일 구두가 망가지거나 가방에 고장나면 똑같은 것으로 다시 사야만 직성이 풀렸다.

그때의 내 모습을 생각하면 일본인 같았겠다 싶기도 하다.

우리반엔 일본외교관 아버지를 둔 친구가 있었는데 말도 안되는 문장을 적은 메모지를 건네며 일본어로 번역해 한글 발음으로 써달라고 부탁했다.
그리고 수첩에 적혀진 일본어를 달달 외웠다.
그것은 비둘기가 더러워, 색깔이 오묘하네, 빨리 달려와 등 서로 연관성이 전혀 없는 이상한 문장들이었다.

나는 때때로 심심하거나 무료하면 상점이나 음식점에 가서 밑도 끝도없이 그것을 말했었고 내가 일본사람인줄 알고 당황하는 종업원들의 모습에 묘한 성취감을 느끼곤 했다.

그런 행동은 어떤 일탈 같은 것이었다.

그 시기 나는 소극적인 성격 탓에 사람관계에 어려움을 겪었고, 나약한 마음이 낯선 사람과의 관계 속에서 매번 어디론가 숨어들게 했었다.

그럴때마다 좌절감으로 괴로웠기 때문에 이 이상한 일탈은 나에게 탈출구 같은 것이었다.

그때의 기억때문인지 일본에 도착한 후 낯선 감정이 느껴지지 않았다. 오히려 익숙하기까지 했다. 나는 버스에 내려 길가에 유카타를 입은 여성들에게 다가가 말했다.

[하지매 마시떼!!]

#. 친절 또 친절

사람들은 일본사람에 대해 수박처럼 속을 알 수 없다고 한다. 나 또한 여행을 하면서 일본인에게 뒤통수를 강타당한 경험이 있어 그들을 잘 믿지 않으려 하지만 그렇지 않을 수도 있다는 가능성을 완전히 배재한 체 마음을 닫는 것이 좋은 방법은 아닐 것 같다.

그래서 어떤 편견도 없이 일본에서 그들의 지나친 친절을 있는 그대로 받아드리기로 했다.

설사 그들이 돌아서는 내 등 뒤로 '빠가야로'를 외친 다해도 말이다.

오랜 역사를 간직한 교토는 시간을 기억하는 도시다. 교토의 아침은 깨끗했다.

패키지여행에 자유여행이 포함된 여행상품의 선택은 탁월했다. 배낭여행의 자유로움과 패키지의 편안함을 모두 누릴 수 있기 때문이다. 시간이 없고 같이 가는 인원이 많을 때는 추천할만하다.

이곳은 인공이다.
길가의 사람들은 딱 봐도 80퍼센트가 관광객인 것 같고 상인이 15퍼센트 정도 되는 것 같다. 현지인은 별로 없는 전형적인 관광지다.
이 부분은 배낭여행을 즐기는 내게 엄청난 목마름으로 다가왔다. 나는 내가 해왔던 여행처럼 이곳에 사는 사람을 만나 그 사람들이 먹고 사는 그대로를 느끼고 싶었기 때문에 아쉬움이 컸다. 반면 여행을 갈때마다 재미있는 설명을 해주길 좋아하는 내게, 내가 알고 있는 것보다 방대하고 재미있는 이야기를 이동시간마다 술술 풀어가는 가이드의 입담이 어찌나 달달한지 이것이 진정 패키지구나 하는 것을 느꼈다.

백년 전 교토의 밤은 어땠을까.
시간을 간직한 오래된 건물과 백년이 훌쩍 넘은 나무, 얼마나 밟고 걸었는지 반들반들 윤이나는 돌바닥이 들려주는 백년전의 밤이 궁금하다.

붉은 등이 하나 둘 골목을 밝히자 길가엔 사람들이 북적인다. 곤색 유카타를 입고 간드러지는 코맹맹이 소리로 '아리가또 고자이마스'를 외치며 배꼽인사를 하는 귀여운 아가씨들과 사나이다운 재스쳐로 통넓은 소매를 펄럭이며 길가를 누비는 사무라이들
밀가루를 뒤집어쓴 듯 하얀 얼굴에 피처럼 붉은 선홍빛 연지를 바른 게이샤들은 게타(나막신)를 신고 또각또각 소리를 내며 어디론가 가고있고 그녀들이 걸친 기모노에 수놓아진 형형색색의 꽃들이 작은 발걸음에 맞추어 흩뿌려지듯 살랑살랑 움

직인다. 아이들은 길가에 모여앉아 돌맹이 놀이를 하며 재잘대는데. 순간 뻑쩍지근한 호령으로 손님을 끄는 상점주인의 자신감 있는 호객소리가 들리자 그가 정성껏 준비해 놓은 음식에서 나는 뽀얀 연기가 골목을 가득 매운다.

사람빼고 모두 옛것인 교토의 거리가운데 서서 바라보니 나는 너무 새것같다.

한참 앞에서 아빠는 역시나 패키지 여행자의 신분을 망각한 채 유랑자처럼 길가를 누비고 엄마는 그런 아빠를 단속하느라 바쁘다. 아마도 아빠는 이번 여행에서 가이드의 속을 꽤나 썩일것이다. 그리고 우리는 그런 아빠를 찾느라 진땀을 뺄것이다. 안 봐도 비디오지만 유랑을 유전 받은 나로서 아빠의 목마름이 이해가 간다. 그저 지금처럼 멀리서 놓치지 않게 바라보아야겠다는 생각뿐이지만 그것이 상당히 어렵다는 것을 잘 알고있다.

#. 금각사의 미

몇년전 문체의 섬세함을 전해듣고 읽은 책 한권이 있었다. 소설 '금각사' 소설속의 섬세하고 매력적인 표현력에 감탄을 했더랬다.
그리고 나도 미조구치가 되어 내안에 절대미를 지닌 나만의 금각사를 만들었다.
하지만 현실의 금각사는 소설의 그것과는 상당한 거리가 있었다.

마시마 유키오의 소설 '킨카쿠지(금각사)'는 열등감에 사로잡힌 심약한 주인공 미조구치가 절대미로 각인된 금각사 내부의 타락을 알고 파괴한다는 줄거리를 가지고 있다. 그는 금각사에 대해 질투와 사랑을 동시에 느끼고 유한적인 아름다움이라면 가장 아름다울 때 파괴해야 한다는 극단적인 성향을 보인다. 그리고 끝내 방

절대미의 금각사

화를 저지르는 탐미주의 소설이다.

  실제사건을 바탕으로한 소설 금각사는 마시마 유키오의 자전적인 소설이기도 하다. 세상에 고립된 작고 허약한 말더듬이 미조구치는 마시마 유키오 본인이기도 하기때문이다. 그는 미숙아로 태어나 심약한 어린시절을 보냈다고 한다. 이 컴플렉스에서 벗어나고자 헬스로 지속적인 관리를 했고 헬스 화보도 찍었다. 포털검색에서 마시마 유키오을 찾아보면 대부분 멋진 근육질 남성인데 사진에서만 보아도 컴플렉스를 느낄수 있었다.
  그의 서정적인 소설은 대부분 약한시절의 것이고 금각사 또한 인간내면의 섬세한 감정표현에 주력한 것이 여실하다.

만일 그가 극우주의자로서 정치활동을 하기보다 집필에 주력했다면 몇번 고배를 마셨던 노벨문학상의 주인공이 되지 않았을까.

어쨌든 그는 극단적인 성향의 극우주의자가 되어 할복자살로 생을 마감한다. 하지만 멋진 예상과 달리 최후는 쉽지않았다고 한다. 창자가 쏟아져 나오는 극한 고통에 데굴데굴 구르느라 혈서도 쓰지 못했고 심지어 혀를 깨물려고도 했다고 한다. 게다가 고통을 덜어주려 목을 베어주어야 하는 파트너가 칼에 미숙해 몇 번을 내리쳤음에도 실패해서 결국 다른사람이 베어 생을 마감할 수 있었는데 참으로 엽기적이 아닐수없다. 한편으로 피식 웃음이 나기도 한다.

현실은 그가 그동안 접한 사무라이의 멋진 자결과는 거리가 멀었을것이다.

그저 고통스러워 극우건, 국가건, 자위대의 궐기건, 다 떠나서 몇분전으로 돌아가 어디론가 도망쳐 버리고 싶었을지도 모른다. 그리고 그깟 목하나 한 번에 못 베는 파트너의 칼을 빼앗아 그의 목을 단칼에 베어버리고 싶을 만큼 밉기도 했을것 같다.

그가 소설에서 그토록 탐구하고 파고들었던 인간이란 결국 그런존재인데…

금각사를 바라본다. 절대미라… 그런것이 있을까. 세상엔 절대적인 것은 없다. 내 눈앞의 금각사는 사실 그다지 아름답진 않았다. 내가 그의 소설을 읽고 매료되어 엄청난 기대를 하고 와서인지 나의감탄사는 그저 묵묵한 한마디였다.

[니가 금각사니 ?]

#. 스파르타 코스

가장 짧은 시간에 가장 효율적이게.

　일본에서 가장 좋아하는 판화가인 '가쓰시카 호쿠사이'의 멋진 그림이 인쇄된 오사카 패스를 손에들고 눈앞의 오사카지도를 뚫어지게 쳐다보고 있었다. 우리에게 주어진 하루라는 시간동안 가장 효율적이게 쉽게 말해 뽕을 뽑을 수 있는 방법을 간구하고 있었다.
　자유여행이 포함된 일정의 하루는 무척 소중한 시간이었다. 박물관을 좋아하는 나로서는 오사카의 넘치는 볼거리가 무척 유혹적이었다. 게다가 엄마아빠를 위한 온천과 뱃놀이까지 있는 환상의 일정은 욕망의 일정이기도 했다.
　이른아침부터 밤까지 한시도 쉬지않고 돌아다녀야 하는 숨막히는 계획앞에서 검지에 힘을 주고 관자놀이를 누르며 이것이 과연 가능할지에 대한 고민에 빠졌다.

*

　오사카 패스를 잠시 소개하자면 하루 동안 오사카의 관람시설과 교통을 자유롭게 이용할 수 있는 티켓이다. 한국에서 구입하면 좀 더 저렴해서 여행을 떠나기전 미리 구입을 했다. 여의치 않다면 일본공항에서도 판매한다고 하니 오사카에 간다면 이용해 보는것도 좋겠다. 잘만 이용하면 무척 저렴하게 여행을 할수있다.

*

　일단은 시간이 오래걸리는 온천은 포기하기로 했다. 어차피 마지막 날 온천이 포함되어 있었기 때문이다. 이른아침 우리는 주택박물관에 갔다.
　주택박물관은 우리나라의 민속촌처럼 만들어진 곳인데 전통복장을 입고 돌아다니며 사진을 찍을 수 있게 되어있다. 그리고 바로옆에 오래된 재래시장인 텐진바

시스지시장이 붙어 있어서 그곳에서 점심을 해결하면 될것 같았다.

아침 일찍 호텔에서 두둑이 식사를 하고 지하철을 타러갔다. 일본의 지하철은 노선에 따라 회사가 달라서 같은 역이라고 해도 우리나라처럼 환승이 쉽지 않다.(여행을 하면서 여러나라의 지하철을 경험했지만 우리나라만큼 깨끗하고 편리한 곳은 드물다.) 우리는 그곳에서 무척 헤맸고 비까지 내려 어려움을 겪었다.

게다가 일본사람들은 영어가 가능한 사람이 드물어서 환승역을 찾기가 쉽지 않았다.

건물 담벼락에 서서 비에 젖어 너덜너덜한 지도를 보는데 자연스럽게 눈이 따라가는 잘생긴 남자가 지나갔다.

나는 사실 지도만 봐도 대략 알 것도 같았지만 이왕이면 다홍치마라고 아줌마한테 묻지 않고 그에게 다가가 물었다. 그는 다행히 영어를 했고 마침 방향이 같아 함께 걷기로 했다. 우산이 없는지 비를 맞아서 내가 우산을 함께 쓰자고 했더니 귀까지 빨개지며 미안해했다. 나는 그에게 공짜라고 하며 너스레를 떨었다.

소방관이 직업인 그는 밤을 새고 집에 가는 중이라고 했다. 어느 나라나 사람사는건 다 똑같은것 같다. 그의 무거운 눈꺼풀을 보니 참 벌어먹고 살기힘들다 싶기도 하다.

돈을 벌고 쓰며 사는건 세계적으로 비슷한 패턴이다. 돈이 없이 사는 곳은 거의 드물기때문이다. 하다못해 첩첩산중의 고산족도 한푼이라도 더 벌기위해 혈안이 되어있으니 우리는 전세계적인 돈의 노예다.

그는 무척 피곤해 보였고 밤새 자랐는지 턱 수염의 잔재들이 자신의 존재를 거칠게 내밀고 있었지만 얼굴이 잘생겨서 그런지 그런것도 멋있어 보였다.

우산을 나눠쓰고 걷다보니 어느덧 지하철역에 도착했다. 같은 역인데 아무리 노선이 다르다 해도 정말 멀다. 고마워서 인사를 하려는데 그가 먼저 우산을 씌어줘서 고맙다고 했다. 그의 친절에 감동이 느껴진다. 다시금 느끼지만 일본인은 정말 친절한것 같다.

하지만 사실 그가 잘생겼고 게다가 친절하기까지 해서 그의 친절이 더 감동적이었는지도 모른다.

#. 코스프레

여행을 갈때면 혼자인 경우가 많지만 나는 관광지에 가면 항상 코스프레를 한다. 기념용으로 찍는 것이지만 그렇게 하면 그 시대를 조금이라도 더 긴밀하게 느낄수 있기 때문이다.

경주에 가면 신라 공주가 되고 공주에 가면 백제 공주가 된다. 중국에 가면 고산족 여인이되고 이태리에선 백작부인이 된다. 때때로 사무라이나 장군복장을 할때도 있다.

이것은 무척 재미있는 경험이다.

역시 코스프레의 나라 일본에는 그런 것이 풍부했다. 박물관에 배치된 전통복장은 다채로운 색상으로 보는 눈을 즐겁게 했다.

나는 옅은 초록빛에 붉은 꽃패턴이 들어간 유카다(일본전통복장. 본디 목욕 후에 입는 옷이고 남색이 일반적인데 현대에는 밝은 색과 패턴이 많고 불꽃놀이나 축제에 많이 입는다.)와 붉은 오비(허리띠)를 하고 반묶음 머리를 길게 내렸다. 일부러 머리도 옛날 여자 느낌이 나게 묶고 간터였다. 제대로 안하면 사실적이지 않아서 김이새기 때문이다. 아빠는 남성복장인 곤색 유카타를 입었는데 정말 일본사람 같았고 상점으로 꾸며논 곳에 들어가 앉으니 마네킹처럼 사실적이었다. 엄마는 자주색 꽃무늬를 입었는데 파마머리라 조금 아쉬웠다. 박물관 내로 들어가니 꾸며놓은 옛날 양식의 건물들과 유카타복장인 관광객들이 어울려져 정말 옛날같다.

우리나라 민속촌에도 무료 한복대여소가 있다면 관광객을 이용한 홍보가 가능할 것 같다. 전통의 한복도 홍보하고 관광객은 무료로 이색체험을 할 수 있는 좋은 기회고 민속촌은 더 현실감 느껴지는 옛날 모습을 같게 될것이기 때문이다.

만일 주택박물관이 평범한 박물관이었다면 나는 그곳까지 찾아가지 않았을 것 같다. 그곳에 가면 거의 모든 관광객이 유카타를 입고 돌아다녀서 그로인해 더욱 현실감있는 에도시대 같기 때문에 그곳을 택했던 것이다. 이처럼 우리나라에도 도입한다면 더욱 재미있는 명소가 될것이다. 단 요금을 받지 않아야 하고 세탁관리가 잘되어야만 활성화가 되기 때문에 국가적인 지원이 필요한 일이기도 하다.

입장만으로도 타임머신을 탄 것 같은 즐거운 경험이었다.

#. 미스터 초밥왕

밖으로 나오니 무척 배가 고팠다. 바로 옆에 시장이 있어 구경도 하고 요기도 할

텐진 바시스지 시장의 마쯔리

겸 들어갔다.

　텐진 바시스지 시장은 총길이 2.8키로미터의 길이를 자랑하는 재래시장이다. 끝에서 끝까지 걸으면 '만보'가 된다고 해 만보장을 찍어주는데 일종은 수료증 같이 생긴것이다. 일본사람들은 이런 재미있는 이벤트를 잘 만드는것 같다.

　시장을 워낙 좋아하는 나는 눈이 휘둥그레져서 시골에서 막 상경한 사람처럼 뱅글뱅글 돌면서 걸었다. 형형색색 예쁘고 재미있는 물건과 먹음직스러운 음식이 가득한 곳이다.

　진열된 상품들은 포장을 어찌나 예쁘게 했는지 안사고 못 배기게 해놨다.

나는 꽃무늬 우산도 여러개 사고 머리핀도 샀다. 서로서로 관심분야가 다른 우리 가족은 흩어졌다 만났다를 반복하면서도 눈을 떼지 못하고 쇼핑에 열중했다. 그러다 줄이 길게 늘어선 초밥집을 발견했고 그곳이 뭔지도 모르면서 줄을 잇고 섰다. 나는 뒷 줄에 선 가족에게 물었다.

[이곳은 맛이 있습니까?]

일본어 회화책에 나온 단어들을 조합해서 만든 이상한 문장으로 물었고 약간 갸우뚱하더니 용케 알아들었는지 엄지를 높게 쳐들었다.

확신을 받은 우리는 즐거운 마음으로 차례를 기다렸다. 한국에서라면 아무리 맛집이라도 줄서서는 먹지 않지만 어린시절 '미스터 초밥왕' 이라는 만화에 심취한 적이 있던 터라 침을 질질흘리는 주인공처럼 입가에 침이 고였다.

십분 정도 지났을까 시장안이 온통 시끌벅적해지더니 어디서 구호를 외치는 소리가 들린다. 같은 동작을 하며 걷는 마쯔리(축제)행렬이었다. 전통복장을 하고 남녀노소 고루 섞여 춤을 추는 모습이 무척이색적이다.

한편으론 놀랍기도 했다. 이렇게 늙은 노인부터 어린 아이까지 자발적으로 행사에 참여한다는 사실과 2.8키로미터의 대장정을 춤을추면서 완주하는데 지친기색 없이 모두 즐기고 있다는 것이다.

그것은 오랜시간 마쯔리(축제)를 유지하는데에서 큰 밑바탕이 되었을 것이다.

마쯔리는 과거 종교적인 의미가 강했지만 현재에는 종교적인 부분보다는 지역 페스티발 적 성격이 강하다고 한다. 또한 마쯔리가 관광객 유치에 공헌을 하고있다니 역사적인 축제 보존이 잘 이루어지고 있다는 것은 국가적으로 매우 가치있는 일일것이다.

두차례의 마쯔리행렬이 지나가자 허기를 달랠 수 있었다.

메뉴판을 보자 엄청난 종류에 어떻게 주문할지 막막했다. 양도 잘 모르는데다가 생소한 단어가 많아서 어려웠다.

대충 아는 것 위주로 주문하고 기다렸다. 우리나라처럼 장국이라던지 락교는 없고 겨자채만 달랑있는것이 왠지 허전했지만 초밥이 나오자 그런 기분은 사라져 버렸다. 두툼하고 잘 숙성되어진 참치뱃살을 입에 넣으니 '미스터 초밥왕'의 쌍코피가 터지면서 동공이 풀리는 전혀 공감되지 않던 과장된 표현과 그 맛이 어떤것인지 이해가 갔다. 통통하고 큰 새우초밥은 전혀 퍽퍽하지 않고 오히려 탱글탱글했고 도미·장어·광어는 담백했다. 처음엔 생각보다 많은양에 어떻게 먹을지 고민했지만 게눈 감추듯 다먹어치우고 배를 두들기며 밖으로 나왔다

사실 나는 회를 잘 먹지 못한다. 날것에 약간의 혐오감을 갖고 있기 때문이다. 그래서 횟집에 가도 살을 익혀먹곤 하는데 이곳의 스시를 맛본 후 스시 마니아가 되어 한국에 돌아와 여러곳의 초밥을 맛보았지만 그 맛을 찾기가 어려웠다. 이태리 여행을 마치고 돌아왔을때 오일 파스타를 한동안 먹으러 다녔지만 끝내 찾지 못했던 것과 같다.

지인의 말로는 우리나라는 활어고 일본에서 맛본것은 숙성된 생선이기 때문이라고 했는데 그런것은 잘 모르겠지만 어떤 맛집을 가도 그 맛을 찾게 되리라는 확신이 들지 않는다

추억은 그 시간속에서 느끼는 감정과 시간이 더해져 포장된다고 한다. 그다지 특별할 것 없던 첫사랑을 사무치듯 애틋하게 기억하는 것도 같은 것이다. 오사카의 초밥도 이태리의 오일 파스타도 지금 다시 먹으면 내 기억속의 그 환상적인 맛일지는 모르겠다.

하지만 깨고 싶지 않다. 다시 돌아가 확인하고 싶지도 않다. 어쨌든 기억속의 초밥은 쌍코피가 터질만큼 진미였기 때문이다.

#. 오사카성

얼마나 발발거리며 돌아다녔는지 가만히 있어도 게다리춤이 나올것 같았다.

새빨간 통속에 들어가 전망을 구경하는 햅파이브는 전망구경은 커녕 오금이 저려 한쪽 구석에 쪼그리고 앉아 밖을 힐끔거리기만 해도 간담이 서늘했고, 마치 스테이크처럼 웰던·미디엄·레어로 나뉘어져 있는 유명하다고 소문난 덜익은 치즈케이크을 맛보며 고개를 갸우뚱거리기도 했다. 오사카성 천수각에서는 애국자가 되어 임진왜란을 일으킨 도요토미 히데요시를 마음껏 조롱하기도 했지만 그의 업적이 일본인들에게 어떤것일지는 알 수 있었고 그의 역량 또한 인정하지 않을 수 없었다.

다시금 느끼는 사실이지만 역사란 무척이나 자기위주의 성격을 띄는 것같다.

아름다운 오사카성을 둘러싼 해자(적의 침입을 막기위해 성을 둘러싼 고랑)와 이어진 돌담의 곡선에서는 일본인의 꼼꼼함과 장인정신을 엿볼 수 있었다. 북경의 자금성에도 해자가 둘러싸고 있지만 오사카 성의 해자가 내게는 더 아름답게 느껴졌다.

멀리서 보는 오사카 성은 더욱 아름다운데 새로 지은 역사박물관 건물에서 보이는 전망은 가슴벅찬 감동을 안겨주었다. 그래서 한동안 그곳을 떠나지 못하기도 했다.

오사카 국립박물관에 대해 잠시 이야기를 하자면 오사카성 옆에 있는 구관에서 NHK건물옆의 큰 빌딩에 새로 개관했는데 시대별로 층마다 꾸며진 구성이 무척 마음에 들었다. 모형과 그림이 허접하지 않고 수준이 높아 보는 내내 만족스러웠다.

이곳도 주택박물관에서처럼 기모노를 입고 돌아다닐 수 있는데 그곳과 달리 유료라 체험하는 사람이 적었다. 주택박물관처럼 무료여서 체험률이 높았다면 모형으로 만들어 놓은 에도시대 거리가 더욱 실감났을 것 같다. 다소 부족한 실제감을 관광객 스스로가 채울 테니 말이다.

조각을 전공한 탓에 나는 박물관 모형의 퀄리티를 매우 주위깊게 본다. 어떻게 보면 직업때문에 생긴 버릇이기도 하다. 그리고 시간이 날때마다 특히 여행을 하고 있다면 여행지에 있는 박물관은 작던 크던 꼭 가보는 편이다. 우리나라의 수준도 매우 높아졌지만 지방에 있는 박물관 중에는 아직도 실소를 금치 못하는 괴상한 모형들이 있다. 마치 놀이공원에 있는 귀신의집처럼 괴상한 것들이다.

자라나는 새싹들의 현장경험은 무척 중요하기 때문에 보다 사실적인 박물관 모형과 빗바랜 옷, 먼지낀 사물들의 교체도 신경을 써야 할것이다.

#. 도톤보리 크루즈

손을 높이 들고 어깨가 빠질듯 격하게 손을 흔든다.

토톤보리의 다채로운 간판

노란색 크루즈가 도톤보리 운하 한복판을 지나고 있다. 휘황찬란한 불빛이 녹아 흐르는 강을 가르며 지나가는 크루즈를 향해 강가 상점에서 사람들이 나와 인사를 한다. 서로 알지 못하는 사이면서 쾌활하게 웃으며 나누는 인사가 어찌나 우스운 지 폭소를 자아낸다.

100퍼센트 일본어로 하는 가이드의 설명은 일본어를 알지 못해도 알아들을 수 있게 온갖 표정과 몸짓을 동원해서 설명한다. 그의 익살이 유쾌하다.

도톤보리 번화가를 지나 한적한 곳에 다다르니 라이브가 울려 퍼지는 분위기 좋은 카페가 보였고 그곳에 배를 돌리는 장소가 있었다.

[우루루 쾅~!!!]

배를 돌려 돌아가려는데 느닷없는 천둥번개가 쳤고 다시 내리는 곳까지 오는동 안 벼락이 5번은 친 것 같다. 가이드는 벼락이 칠때마다 벼락을 맞는 것처럼 우스 꽝스러운 포즈를 취해서 내내 웃음이 끊이지 않았다.

배에서 내리려니 장대비가 쏟아져 우산도 소용이 없었다. 우리는 근처 다코야키 상점으로 뛰어 들어갔고 다음 차례의 사람들이 장대비를 고스란히 맞으며 크루즈 에 타자 놀부처럼 심술 맞은 웃음이 났다.

우리는 크루즈가 출발하는 것을 보고 다코야키를 주문했다. 한국어로 된 안내판 도 있어서 주문하기 어렵진 않았다.

다코야키는 무척 좋아하는 군것질거리라서 한국에서도 곧잘 사먹는다. 바삭하게 누른 표면질감과 슈크림처럼 부드러운 내용물이 잘 어우러지고 고소한 문어의 쫄 깃한 식감이 침샘을 자극한다. 본고장인 일본에서 꼭 먹어보고 싶었던 것 중 하나 였는데 마침 들어간 곳이 유명한 곳인것 같았다.

맛은 있었지만 한국하고 큰 차이는 없었다.

고소한 다꼬야끼에 비오는 풍경을 즐기다 보니 비가 그친다. 다시 거리엔 활기가 가득하고 다채로운 간판이 있어 밤이 깊어도 화려하다.

재미있는 볼거리가 가득한 이곳은 이름도 재미난 도톤보리다.

#. 꿈의 악기

아빠가 없어졌다.

비오는 거리를 얼마나 헤매었는지 진땀이 흐른다. 호기심 많은 아빠로 인해 이런 일이 한번은 일어날거라 생각했지만 막상 당황스럽고 겁이났다.

얼마나 지났는지 발걸음을 멈추고 식은땀인지 비인지 모를 물기를 손등으로 훔쳐닦았다.

아빠는 마음에 드는 장난감을 발견한 어린아이처럼 쇼윈도에 진열된 금빛 관악기를 바라보고 있었다.

눈물이 날것처럼 화가 났었는데 순간 정지된 화면처럼 고요한 느낌이 들었다.

내 눈앞에 서있는 아빠는 내 또래의 젊은 청년의 눈빛을 빛내고 있었다.

(야마하 섹스폰 YTS280) 아빠에게 그것은 꿈의 악기였다. 음악을 좋아했던 아빠의 차를 타면 클래식에서 칸쏘네 까지 다양한 음악을 들었었다. 그 영향으로 나도 자연스럽게 다양한 장르의 음악을 접할 수 있었다.

아빠는 때때로 악기에 대한 욕구를 드러냈지만 고가인데다 배울 시간도 마땅치 않아서인지 흐지부지가 되곤 했다.

이백만 원 정도 되는 꿈의 악기가 아빠의 것이 되기까지는 앞으로도 오랜 시간이 걸릴 것 같다. 세월이 흐르면서 악기도 모델명도 바뀌었지만 고가의 전문적인 악기는 꿈일 뿐이었다.

하지만 사실 이백만 원이라는 돈은 내가 살면서 꿈이라 말할 만큼 어려운 것은 아니었다. 우리 남매는 둘다 미술과 연극을 전공했고 예체능의 특성상 학비 외에도 돈이 많이 들 수 밖에 없었는데 그럴 때마다 아빠는 흔쾌히 지원을 해주셨다. 하지만 악기하나 쉽게 사지 못할 만큼 자신에게는 인색했다. 쇼윈도를 바라보는 아빠의 눈빛에서 세월의 아쉬움이 느껴진다.

만일 다른 무엇도 침범치 못할 자기애를 가진 사람이었더라면 일찍이 퇴직을 하고 뮤지션이 되었을 수도 여행가가 되어 세계를 누볐을 수도 있었을 것이다. 하지만 그랬다면 우리가족은 힘든 삶을 살았을 것이다.

가장은 희생적인 위치이다. 의무와 책임으로 자아를 가슴속 창고에 묻어두고 누군가를 위한 삶을 살게 되니 말이다.

결국 아빠는 야마하 매장을 꽤 오랜 시간 둘러보고 꿈의 악기는 아니지만 십만 원 이 조금 넘는 은장 하모니카를 하나샀다.

창고 속 숨겨놓은 자아가 하모니카만큼 고개를 내미는 것 같아 기뻤다. 그리고 언젠가 꿈의악기를 목에 걸고 자유롭게 연주하는 모습이 그려지며 가슴이 뭉클했다.

꿈의악기를 목에 걸었다는 것은 그때는 어느 정도 자신을 위한 삶을 누리고 있는 것일 테니 말이다.

아빠는 버스에서부터 잠들기 전까지 내내 하모니카를 만지고 음계를 연습하며 호기심 가득한 눈으로 소리를 내고 있었다.

환갑의 나이지만 아이처럼 순수한 모습이 그저 사랑스럽다.

그 순간만큼은 누구의 아빠, 누구의 남편, 누구의 아들이 아닌 그저 자신이었다.

PRAHA
프라하

정

정 – 프라하

#. 불개미

둥근 이마. 부드러운 콧날을 지나 깊은 산속 옹달샘처럼 소담스레 패여 있는 인중을 소용돌이 치듯 굴려나가면 살짝 젖어있는 부드러운 입술에 스치고, 미끄러지듯 다다른 작은 언덕을 지나 곧바로 절벽으로 데굴데굴 굴러 떨어진다.

만약 내가 아주 작은 불개미라면 내 얼굴은 거대한 언덕들이겠지. 그곳은 한없이 미끄러져도 다치지 않을 만큼 보드랍고 푹신할거야. 게다가 향긋한 로션냄새도 나고 때로는 달콤하기도 할테지 무언가를 씹거나, 이야기 할때는 파도치듯 출렁거려 놀이기구를 타듯 즐거울거야.

잠들기 전 나는 반듯이 누워 눈을 감고 얼굴을 아주 천천히 만지며 불개미놀이를 하곤 한다.

234

그 순간 더 할 수 없이 재미난 놀이터에 놀러온 불개미가 되어 몽환적이면서 흥미진진한 놀이터를 누빈다.

체코에 도착하던 날은 몹시 추웠다. 눈이 내려 그대로 얼어버린 빙판을 미끄러지듯 걸으며 풍선이 달린 듯 붕붕 뜬 가슴이 행여 하늘높이 날아가지 않을까하는 노파심이 든다.

내가 체코에 가장 오고 싶었던 이유는 '알 폰스 무하'를 만나는 것이었다. 이미 고인이 된지 한참 지났지만 그의 작품을 실제로 보고 싶었었기 때문이다.

아르누보의 거장인 그의 그림은 일명 달력그림이라 불리는데 오랜 세월이 지났어도 매우 현대적인 느낌이다.

잠깐 아르누보에 관해 말하자면 19세기 말 영국을 기점으로 유럽에 확산된 미술운동이다. 불어로 아르누보는 새로운 예술이란 뜻을 가지고 있는데, 기술발전으로 인해 대량생산이 가능해지자 손으로 생산했던 과거의 수공업과 공예를 동경했고 그것을 장식미술(건축 · 인테리어 · 조각 등)에 접목시켰다. 아르누보 작가들은 자연에서 영감을 얻어 동식물의 곡선과 무늬등 장식적인 구성에 치중했으며 그 시기 유입된 일본문화에도 적지않은 영향을 받았다.

대표적인 작가로는 스페인의 유명한 건축가인 가우디(Antoni Gaudi)와 황금빛의 '키스'를 그린 오스트리아의 클림트(Gustav Klimt), 영국의 삽화가 비어즐리(Aubrey Vincent Beardsley), 내가 그렇게도 사랑하는 알폰스 무하(Alphonse Mucha)가 있다.

내가 그를 좋아했던 이유 중에 하나는 그가 예술가로서 매우 성실한 작업을 했다는 것이다. 작업을 하면서 느꼈던 것 중 하나가 성실히 작업하는 것은 쉽지 않다는 것이었기 때문이다. 그는 그림만 그렸던 것이 아니라 다방면에서 활동을 했다. 특히 영화 포스터나 달력 삽화 등의 작업은 대중적인 인기를 누릴 수 있는 발판이 되었다.

그의 작품은 매우 장식적이며 아름답고 화려하다.

이 세 가지 요소는 대중이 보다 편하게 작품에 다가설 수 있는 요소이기도하다. 마치 물결치듯 아름답고 신비한 여인의 그림. 시대를 아우르는 아름다움의 대명사라 극찬하고 싶다.

가방을 내리자마자 무하박물관으로 갔다.

설레이는 마음으로 박물관에 들어가 재빠르게 다니며 규모를 체크했다. 큰 규모는 아니었지만 스쳐지나가며 본 것을 지우고 다시 처음으로 돌아가 한 작품 한 작품 눈여겨보았다.

무하가 어린 시절을 보낸 브루노엔 더 많은 작품이 있다고 하지만 거기까진 갈수가 없었고 프라하에서 열리는 살바도르달리와 알폰스무하의 상설전과 박물관을 관람하기로 했다.

갤러리에 걸려 진 그림을 눈으로 만진다. 시각보다는 촉각으로 다가오는. 부드러운 곡선을 그리는 그의 손짓을 상상하며 춤을 추듯 생겨나는 선을 느낀다.

신체의 곡선들은 불개미가 노니는 언덕처럼 부드럽고 섬세하다. 나는 그 아름다운 선들을 쓰다듬고 어르면서 보는 것 이상의 감정을 느낀다.

그의 그림은 끊임없이 춤을 추는 오르골 위에 발레리나. 부드러운 선들은 뫼비우스의 끈처럼 시작도 끝도 없는 물결 같은 것이었다.

그런 느낌을 아는가.

아주 배가 고팠을 때 접시에 맛있는 소시지 몇 조각 있는데 먹을 때마다 줄어드

블타바(Vltava) 강의 카를교(karluv Most)

는 조각들이 한없이 애처로운 기분을.

　그렇다고 안 먹을 수도 먹을 수도 없어서 입안에 남은 소시지를 되새김질 하며 목구멍으로 넘겨주지 않으려 애쓰는 심정을.

　무하의 그림을 보는 내내 나는 소시지가 줄어드는 것처럼 애처로워 점점 가까워져오는 출구를 원망스럽게 바라보았다.

　#. 낭만의 프라하

　프라하는 낭만의 도시여서 신혼여행지로 인기가 많다는데 나는 이곳이 조금 무서웠다.

　체코는 유럽으로 치자면 동유럽이고 사람들이 유럽인이라기보다는 러시아계의 슬라브족과 비슷했다.

　나는 이 부분에서 겁을 먹었는데 사람들의 얼굴에 웃음이 가득하고 거리에 음악이 흘러나오는 낭만과 다르게 생각보다 표정이 굳어있고 덩치가 커서 위압감이 느껴졌기 때문이었다.

　많은 인파를 지나 카를교로 갔다. 추운데도 사람들이 많았다. 다리 중간쯤으로 가서 강 아래를 내려다본 후 고개를 들어보니 멀리 프라하 성이 있었다. 안타깝게도 보이는 풍경마다 아름다웠지만 혼자서 격한 감탄을 하기엔 무언가 헛헛했다. 나처럼 혼자 다니는 여행객은 드문 것 같았다. 나는 다리 위를 배회하며 종종 단체사진을 찍으려는 사람들의 사진사를 자청하거나 다리위 화가의 그림이 바람에 날리면 주어주는 등. 집시 여인처럼 하릴없이 서성였다.

그러다 가끔 멋진 풍경이 나타나면 커다란 숨을 꿀떡꿀떡 삼키며 이따금씩 '이 야' 라든지 '엇!' 이라는 소박한 감탄사를 내뱉으며 만족했다.

터벅터벅 걸어 숙소로 돌아오는데 '황조가' 가 생각난다. 내 마음과 정확도 90퍼센트인 이 시를 읊조린다.

펄펄 나는 저 꾀꼬리
암수서로 정답구나.
외로워라 이내몸은
뉘와 함께 돌아갈꼬.

#. 갑과의 동행

청승을 떨며 숙소 입구에 도착하니 한국냄새가 폴폴 나는 남자가 입구를 배회하고 있었다. 조금 전 카를교에서 지나치다 봤던 사람이었다. 혼자인 사람 특히 동양인은 드물어서 유심히 봤던 터였다. 나는 반가운 마음에 다가가 말했다.

[한국 사람이시죠?]
[네]
[반가워요. 이 민박집에서 지내실거에요?]
[네. 그러려고요]
[잘됐다~! 그럼 저랑 같이 다녀요.]

나의 당황스런 헌팅에 그는 쾌활하게 웃으며 흔쾌히 수락했고 숙소에 들어가기 전 맥주 한 잔을 하자고 제안했다.

그는 근처에 맥주가 유명한 집이 있다고 했고 그곳은 내가 지나다니며 멋스러워 점찍어둔 곳이기도 했다.

레스토랑에 들어서니 고풍스러운 느낌이 들었다.
실내는 따뜻했고 혼자가 아니어서 그런지 더 포근하게 느껴졌다. 나는 커피를 한 잔 시키고 그는 체코맥주를 시켰다.
원래 이곳은 '학센' 라는 독일식 돼지족발 요리가 유명하지만 밤에 먹기가 부담스러워 다음기회로 미루었다. 하지만 옆 테이블에 오른 먹음직스런 '학센'을 보자 하지 않으려 해도 아이처럼 자꾸만 눈이 갔다.

나는 감탄을 허락받은 어린아이처럼 조그만 것에도 격한 감탄을 했다. 옆에 사람이 있으니 감정을 표현하는 것이 대범하고 떳떳해져서 마음껏 즐거워하고, 느낌을 이야기하고 크게 감탄하기를 망설이지 않았다.

그리고 내친김에 다음날 네 시간정도 거리에 있는 체스키크롬로브에 가기로 했다. 나는 이미 표를 끊어서 그의 표를 끊을 겸 버스정류장에 갔고 그 근처에 있는 박물관에 들러 그림도 보았다.
나는 그를 갑씨라고 불렀다.
이름 중 갑자가 들어간다는 이유로 난 아직까지 그의 이름은 모르고 그저 갑씨라 부르고 있다. 그가 이름을 가르쳐 주긴 했던 것 같지만 잊어버린지 오래였다.

갑씨는 독일에서 미술을 공부하는 유학생이었다. 같은 직종이어서 말이 잘 통해 이야기는 끝이 없었다. 시간이 늦어져 주인아저씨의 눈치를 보며 들어온 민박집에서 다른 사람들이 깰까봐 숨을 죽인 채 침대로 들어갔다.

젊은 교포가 하는 민박집은 자정이 되면 모든 불을 끄고 인터넷도 차단한다. 이 규칙 때문에 호불호가 갈리지만 그래서 다른 민박집에 비해 관리가 잘 되는 것 같다. 나는 민박집을 선택할 때 자유로운 곳보다는 규칙이 다소 엄격한곳을 찾곤 한다. 이러한 규칙은 내가 남에게 피해를 끼치는 것도 남이 나에게 끼치는 해도 차단해주기 때문이다. 유스호스텔에서 묵을 때 무질서한 환경 때문에 잠을 설친 적이 많아 생긴 선택법이기도 하다.

#. 체스키 오! 체스키

새벽같이 나와 버스정류장 근처 카페에 갔다. 아직 시간이 남아 간단한 차 한 잔으로 하루를 시작하고 싶었기 때문이다.
카페엔 우리밖에 없었다. 뜨거운 커피를 먹으니 뼛속까지 얼어있던 몸이 훈훈해지는 것 같다.
커피를 난로삼아 두 손에 쥐고 정류장근처에 허름한 벼룩시장에 갔다. 슬럼가 같은 분위기의 천막이 늘어서있는 시장은 마치 예전 황학동 벼룩시장 같은 느낌이 들었다.
뭔가 많지만 정작 살만한 것은 없는 그런 곳이었다.

버스가 출발하자 도로 양옆으로 끝도 없는 평원이 펼쳐졌다. 갑씨는 창밖을 보며 말했다.

[봄이되면 이곳엔 노란유채꽃이 가득피어요]

꽃이라면 무조건 좋은 나는 그의 말을 들으며 흰 눈 가득한 창밖 캔버스에 노란 물감을 칠한다.

[그리고 나무들은 생기가 가득하죠. 봄은 정말 예뻐요]

간간히 가지만 남은 나무들엔 연두색과 초록색의 물감을 칠한다.
파란하늘엔 날아가는 새를 그리고 저녁이 다가오는 것처럼 다홍빛을 더한다.

창밖은 온통 하얀 설원이지만 내 마음에는 노란 유채꽃이 가득한 봄의 오후였다.
나는 밝게 웃으며 갑씨에게 말했다.

[언제일지 모르지만 우리 봄에 다시 만나 체스키의 유채꽃을 보러가요!]

정오쯤 도착한 체스키는 장난감 마을처럼 작고 귀여웠다. 언덕에서 내려다보는
굽이진 강엔 흑맥주가 흐르는 것 같았다. 어떻게 보면 초콜릿 같기도 했다. 당장이
라도 컵을 담그면 달콤한 음료가 가득 담길 것 같은 상상.

한참 돌아다니니 허기가 졌다.
어디로 갈지 광장을 배회하다 작은 레스토랑 간판을 보고 내려갔는데 마치 굴처
럼 끝이 없었고 문을 연건지 만 건지 확신이 안들만큼 어둡고 음침했다.
하지만 곧 문이 나오고 그곳에 들어가니 토끼가 사는 굴처럼 생긴 예쁜 식당이었
다. 나는 아이처럼 손뼉을 치며 좋아했다. 그런 곳인지 모르고 들어왔기 때문에 그
야말로 대발견이었다.
만약 혼자였더라면 와!, 엇~!, 혹은 우와~~에 그칠 감탄이었겠지만 옆에 갑씨가
있으니 단어와 문장으로 가능했다.

[우와~~~진짜 멋져. 그렇지 않아요?]

[꺅!!!! 완전 좋아~~~~진짜 맛있는거 먹어요 우리~!!]

표현이라는 것도 봐주는 사람이 있어야 할 맛이 난다.

우리는 서로에게 마음껏 표현할 상대가 되어 주었다.

이렇게 갑씨와 동행해 장난감 같은 체스키를 걸으며 분위기 좋은 레스토랑도 가고 원 없이 수다도 떠니 매일 스파게티만 먹다 동치미 한 사발을 들이킨 듯하다. 속 시원함에 득음한 듯 터져 나오는 웃음이었다.

장난감 마을같은 체스키크롬로프

시간은 우리의 웃음소리에 감춰져 알아채지 못하게 밤이 되었다.

밤하늘에 반짝이는 별처럼 총총 밝혀진 체스키의 야경을 바라보며 언덕난간을 붙잡고 서서 아마도 곧 잊어버릴 감동의 끈을 놓고 싶지 않아 쉽사리 그 자리를 떠나지 못했다.

암흑이 내린 버스정류장에서 프라하행 버스를 기다리며 우리는 무슨 이야기를 했던가.

나는 오래 지나지 않아 끝도 없이 나누었던 그와의 대화를 잊어버렸지만 체스키를 생각하면 버스 차창 밖을 바라보며 희미한 미소를 짓던 그가 했던 말을 잊을 수가 없다. 난 그의 말 때문에 겨울의 체스키를 유채꽃 가득한 봄으로 기억한다.

[나래씨 . 봄이오면 이곳은 유채꽃이 가득해요]

민박집에 돌아오니 새로운 사람이 있었다.

불가리아 주재원으로 근무하던 그는 주말을 맞아 프라하에 놀러온 것이었다. 활달한 성격의 전라도 말씨를 쓰는 그는 사교성이 좋아 우리와 금세 친해졌다. 내일이면 갑씨가 독일로 떠나기 때문에 그는 농담처럼 내게 갈아타라고 했다.

미묘한 감정이 공존했다. 갑씨와의 이별이 서운한 만큼 불가리씨와의 만남이 반가웠기 때문이었다.

마침 여자 방에 나 혼자뿐이어서 먹을 것을 모아 갑씨의 송별회겸 불가리씨의 환영회를 했다.

조금은 생소한 나라인 불가리아는 하얀 유산균이 생각나면서 저음의 목소리의 (불가리히리히리이) CF가 생각난다. 불가리아에서 온 그의 이름을 부르려면 '불가리히리히리이~~오빠'라고 했는데 나는 이 표현이 재미있어 검지를 들어 올려 허공에 음을 짚는 시늉을 하며 불가리히리히리이 오빠라 불렀다.

다음날 이른아침 광장시계탑 앞 카페에 앉아 뜨르들르(프라하에 있는 원통 모양의 속이 빈 빵 맛은 츄러스와 비슷하다)와 핫초코를 주문하고 시계탑에서 인형들이 나오길 기다렸다. 정시가 되면 시계탑 안의 인형이 원형으로 돌기 때문이다.

갑씨와 불가리오빠와 함께 앉아 수다를 떠니 시간이 금방간다. 갑씨와 나는 듣는 쪽이었고 주로 불가리씨가 이야기를 주도했다.

#. 더불어 산다는것

나는 조금 지루하기도 했고 한숨을 쉬기도 했다. 이따금 갑씨와 눈치를 주고받기도 했다.

불가리씨가 벌써 삽십 분째 막혔던 수도관이 터지듯 끊임없이 이야기를 쏟아내고 있던 것이었다. 그는 불가리아가 무척 외롭다고 했다. 결혼을 하려해도 여자가 없고 한국에도 나올 수도 없는 상황인 그는 그곳에 발령받은 지 사년이 되간다고 했다.

오지랖이지만 나라도 같이 따라가 살아주고 싶을 만큼 외로움의 고백은 절규처럼 들렸다.

천국 같은 낙원이라도 혼자라면 무슨 소용인가. 길게 봐서 한 달은 즐기며 살수도 있을 것 같지만 그 이상의 시간은 그곳을 낙원이 아닌 유배처럼 만들어 버릴 것이다. 나는 때때로 더불어 사는 사회라는 것은 잔인성을 가지고 있다고 생각한다. 무조건 상대적일 수 밖에 없는 구조이기 때문이다. 사람들은 사람으로 인해 살아가고 사람으로 인해 죽어가기도 하지만 모든 일은 주변에 소통이 가능한 사람이 있다는 전제로 한다.

불가리씨에게 불가리아는 외로움의 나라이다. 그곳엔 소통하며 더불어 살 수 있는 매개체가 없기 때문이다. 사람이 있어도 소통할 수 없다면 없는 것과 크게 다르지 않다.

뜨르들르의 달콤하고 바삭한 식감과 핫초코의 달콤함이 겹쳐 머리가 지끈거릴 만큼 달다. 우리는 노천카페에서 시계탑을 바라보며 인형들이 나오길 기다렸고 생각보다 짧은 볼거리에 조금은 실망을 했다.

불가리씨는 시계탑에 올라가자고 제안했다.
배낭여행객으로써 공짜 전망대가 아닌 적지 않은 금액에 선뜻 올라가기가 부담스러워 머뭇거리자 불가리씨는 불가리아에서 돈 쓸데가 없어 돈이 많다고 우리 것까지 내주겠다고 해서 올라갔다.

아마 혼자라면 올라가지 않았을 것이다.
우리는 함께 올라갔고 불가리씨는 어차피 지나면 짐이 될 것이 분명한 프라하성이 그려진 추억의 동전뽑기를 해서 하나씩 나눠주었다.

전망대에 올라가자 아래에서 보았던 나팔 부는 병정이 있었고 정시가 되길 기다렸다. 병정이 나팔을 불자 아래에 시계탑을 보려 모여든 사람들이 환호성을 질렀다. 우리는 서로를 구경했다.

멋진 전망대가 있는 프라하의 시계탑

불가리씨가 아니었다면 이곳이 이렇게 아름다운 전망을 가진 곳이라는 것을 알지 못했을 것이다. 도시를 갈 때마다 전망대와 박물관을 빠짐없이 챙기는 내게 프라하의 시계탑 전망은 최고의 전망대 중 하나가 되었고 가지 않았더라면 무척 후회했을 것이다.
내려다 보이는 프라하광장은 뜨르들르 위에 뿌려진 혀끝이 저릴 만큼 달디단 슈가파우더를 뿌린 듯 온통 하얗다. 크리스마스시즌의 길가에 진열된 사랑스러운 케이크 장식처럼 그곳의 풍경은 무척 달콤했다.

무엇보다 혼자일 때 할 수 있는 헛헛한 감탄사가 아니라 손뼉치고 기뻐하며 함께 소통할 수 있는 즐거운 사람들과 함께 라는 것이 그곳을 더욱 달게 했을 것이다.

우리는 함께 완벽히 더불어 살고 있었다.

#. 정많은 남자

갑씨를 보낼 시간이 되자 그는 아주 오래된 친구를 보내듯 서운해 했다.

정작 서운한건 난데 불가리씨가 격하게 서운함을 표현하자 나는 불가리씨를 진정시키는 역할로 밀려나 버렸다.

갑씨와 헤어지고도 한참동안이나 불가리씨는 갑씨와의 헤어짐에서 오는 서운함을 토로했다.

하지만 언제까지 슬퍼할 수는 없는 것이었다. 우리는 쿨하게 헤어짐을 마무리 하고 프라하성에 갔다. 불가리씨는 내가 여행을 시작한 후 한 번도 가보지 못한 고급스런 레스토랑에 가서 맛있는 음식을 사주었다. 부담스러웠지만 당당하게 그럼 커피는 내가 내겠다고 하니 해맑게 웃으며 커피도 자기가 사주고 추우니 장갑도 사주겠다고 했다.

나는 내가 하도 남루해서 하나님이 보내주신 천사가 아닐까 했다.

불가리씨는 계산이 없는 것 같았다.

나는 예산에 촉각을 세운 배낭여행자라 무엇이든 계산적이었다. 어떻게 해서든 한 푼이라도 깎고 계산은 정확히 반반. 한국에서는 별것도 아닌 천원, 이천원에도 벌벌 떨곤 했다.

깎는것도 버릇이 되는것 같다. 나는 한국에 돌아와서도 한동안 깎아달라고 조르

곤 했으니말이다.

*

처음 배낭여행을 했을 때는 이 때문에 벌어진 황당한 에피소드가 있었다.

무조건 깎아야 한다는 인도에 가서 타지마할 입장료를 깎아달라고 조른 것이었다.

현지인보다 훨씬 비싼 입장료를 본 나는 바가지를 씌우려고 한다며 입장료를 파는 사람에게 다가가 말했다.

[너무 비싸요. 깎아주세요]
[뭐??? 무슨 입장료를 깎아.!! 그럴 거면 들어가지마]

난 이 말이 흥정을 하려는 것인 줄 알고 다시 말했다.

[깎아주세요. 외국인이라고 이러는 게 어디 있어요. 100 루피 ok?]
잔뜩 인상을 구긴 판매인에게 급기야 충격적인 소리를 듣고야 말았다.
내가 그동안 기차나 거리에서 거지를 보며 하던 바로 그 말이었다.

[쫠로~! (꺼져!!)]
                    *

아늑한 레스토랑엔 여든은 되보이는 중후한 할아버지가 서빙을 해주었다.
녹색을 컨셉으로 한 듯 테이블과 의자에 녹색 천이 깔려 있었고 색감은 톤다운이 되어서 고급스러웠다. 창가엔 고풍스러운 촛대가 있고 한쪽으로 오래된 난로가 있었다.
밟을 때마다 삐그덕 소리가 나는 나무 바닥은 레스토랑의 역사를 속삭이듯 거슬리지 않는 정도로 귀를 즐겁게 했다.

안정된 분위기에 격식 있는 서비스를 받으니 마치 연인이 된 듯 로맨틱하기까지 했다. 우아한 식사를 마치고 근처 성당에 갔다. 온통 금박으로 치장한 성당 내부를 관리인이 설명을 해주었는데 영어에 능통한 불가리씨가 내게 간간히 통역을 해주었다.

한적한 시간이 되고 우리는 잠시 돌로 조각된 의자에 앉아 오늘 본 곳에 대한 이야기를 나누었다. 그리고 잠시동안 적막감이 흘렀다.

내일이면 새로운 한주가 시작되니 불가리씨는 불가리아로 돌아가야 했다. 나는 시간이 여유가 있어 기차역에서 배웅하기로 했다.
역내의 카페에서 차 한 잔을 한 후 플랫홈 앞에서니 금방이라도 눈물이 흐를 듯 불가리씨의 눈가가 빨개진다. 헤어짐이 아쉬워서 그런 것 같았지만 나는 그 상황이 너무도 당황스럽고 어색해서 부리나케 헤어짐을 마무리지었다.

불가리씨는 보기 드물게 정이 많고 따뜻한 사람이었다. 그가 좋은짝을 만나서 행복한 삶을 이어나가길 진심으로 기도했다.

#. 다시 또 혼자

그렇게 프라하엔 다시 나 혼자 남았다.

바닥엔 나뭇잎이 뒹굴고 잎이 다 떨어진 앙상한 나뭇가지 사이로 거센 바람이 분다. 그럴수록 외투를 더 단단히 다잡는다.
헤어짐의 헛헛한 감정 때문인지 자꾸만 불가리씨가 떠난 기차역을 뒤돌아보게 된다. 그리고 멀리 시계탑에서 나팔소리가 들리자 헤어진 갑씨가 생각난다.

낭만적인 프라하의 야경

　우리는 모두 외로움을 마음에 담고 정을 찾아 헤매이던 여행자들이었다. 우리는 마음속의 외로움을 서로로 인해 덜어내고 정을 나누었다. 하지만 헤어짐은 당연하고 서로가 서로를 떠나는 순간 다시 마음속에 떠난사람의 자리만큼 외로움이 담긴다.

　그리고 다시 길을 떠난다. 정을 나눌 누군가를 기다리며.

　불가리아로 돌아가는 불가리씨의 마음이 프라하에 남은 내 마음과 독일로 돌아가 다시 유학생활을 이어나갈 갑씨의 마음까지도 한가지였을 것이다.

　직선길을 따라 자연사 박물관에 갔다.
　그리고 나는 박물관의 멋진 정경에 소극적인 감탄을 연발했다.

　와.. . 오! 우와~!!

FIRENZE
피렌체

기억의 잔상

기억의 잔상 - 피렌체

모든 사물에는 기억의 잔상이 남아 그것의 형태가 정확히 일치하지 않는 비슷한 느낌만으로도 잔상속의 세상에 빨려 들어간다.

미젤란젤로 언덕에 올라가 피렌체 시내를 내려다 보는 것은 유명하디 유명한 두오모성당의 전망보다 몇 곱절 감동적인 것이었다. 피렌체에 어둠이 짙게 깔리고 눈앞에 내려다 보이는 피렌체 시내는 호박색 수정구슬속 세상처럼 비현실적이다.
다른공간이 내 앞에 존재하는 느낌.
다가가도 멀어지기만 할뿐 세부적인 모습을 알 수 없는 그저 뿌연 형상처럼 느껴졌고, 나는 마치 영화를 보는것처럼 그것에 빠져들었다.

#. 백명의 준세이와 백명의 아오이

이른 아침 도착한 피렌체의 아침은 황량하기 그지없었다. 아름다운 두오모 성당도 피곤과 추위에 가려 그저 지나온 도시들에 흔히 있던 벽돌로 지은 성당에 불과했다.

피렌체의 시간은 길지 않았기 때문에 가방을 내려놓자마자 성당으로 갔다. 그리고 길게 늘어선 줄 끝에서 전쟁 통의 포로처럼 멍한 눈빛으로 줄이 줄어들길 기다렸다. 추위에 덜덜 떨며 기다린지 삼십 분만에 성당 안으로 들어갈 수 있었지만 그곳부터가 시작이었다. 두오모에 올라가는 좁고 어두운 돌계단은 끝이 나지 않을것처럼 길고 비탈졌다.

애석하게도 지친 내게 피렌체는 최악의 도시가 되기 일보직전이었고, 오기를 등에업은 채 한걸음 한걸음 오르니 어느덧 전망대에 다다랐다.

청량한 바람이 이마를 스치고 날아가자 내 눈앞에 피렌체 시내가 한눈에 내려다 보였다. 그 풍경은 이루 말할수 없을 만큼 아름다웠지만, 앞을 헤쳐 나가기도 힘들만큼 붐벼서인지 피곤하기만 했다.

하루 전 피렌체를 좀더 느끼기위해 본 '냉정과 열정사이'에서의 한적하고, 애잔한 분위기가 아닌 정말 오일장날 시장 한복판에 서있는 기분이었다. 어쩌면 기분 탓일수도 있을것이다.

피렌체 시내의 색감은 다홍빛에 가까운 내가 가장 좋아하는 색이기도 한 '버밀리언'이었다.

짙은 색감의 버밀리언은 무척 고급스러웠다. 냉정과 열정사이의 영향 때문인지 이곳의 90%는 연인이었고 솜사탕 기계 속에 소용돌이치는 핑크빛 설탕수염처럼 야리야리한 기류가 가득했다. 서로를 바라보는 눈빛은 해질녘 태양처럼 강렬해서 모든 것이 홀랑 타 사그라져 버릴 것 같았다. 그리고 이미 그 단계를 넘어 입술을 뒤섞고 있는 커플도 있었다.

왜 그랬을까. 나는 관음증환자처럼 힐끔거리며 자꾸만 그들을 훔쳐봤다.

그러나 이내 이곳에서의 키스는 왠지 그저 그럴 것 같아 고개를 돌려 붉은 시내에 시선을 내렸다. 아름다운 키스를 나누기엔 내 앞의 사람이 내 연인이 아닐 수도 있을 만큼 북적거림이 마음에 들지 않았기 때문이다.

힘들게 올라온 것과 부담스런 입장료에 그다지 미련 없이 쿨하게 내려와 천장에 그려진 벽화를 한참 바라보았다. 사실적인 표현이 돋보이는 지옥부분에서는 나도 모르게 움찔하며 몸서리를 쳤다.

#. 베키오의 로맨스

잔잔히 흐르는 강 앞에서면 마음이 초연해진다. 아르노 강의 고요함과 수면 위 눈부신 빛에 눈이 멀어버리지 않을까 생각하면서도 한적하고 따사로워서 잠시 걸음을 멈추었다.

평화로운 새들과 사랑을 속삭이는 연인들이 가득한 낭만의 피렌체.

베키오다리와 양옆으로 규칙 없이 지어진 건물들은 미야자키 하야오의 애니메이션 '하울의 움직이는 성 2004' 처럼 당장이라도 아르노 강을 첨벙첨벙 걸어가 미켈란젤로 언덕에 앉아 코를 골며 잘 것처럼 생겼다. 그런 상상을 하니 웃음이 난다.

작은 귀금속가게가 다닥다닥 붙어있는 베키오다리에는 화려한 귀금속과 아름다운 장신구 액세서리들로 가득하다. 하지만 과거 이곳은 푸줏간골목이었다고 한다. 극과 극으로 바뀐 업종에 실소를 금치 못했지만 왠지 그때가 더 활기 넘치고 재미있었을 것 같다.

대학시절을 보낸 곳 근처엔 개천이 흘렀었다.

청계천 복원사업이 성공적인 성과를 거둔 후 잔가지처럼 이어진 개천에도 복원

사업이 이루어졌는데, 성북천 역시 매몰된 곳이 많고 오염되어 방치된 탓에 대대적인 복원사업을 했다.

그 전에 그곳엔 아주 허름하고 판자가 더덕더덕 붙어있는 다리가 있었다.

그곳엔 생선가게나 철물점들이 있었는데 베키오다리와 비슷하다고 생각했다. 그곳을 나는 참 좋아했었다. 비록 냄새나고 더러웠지만 왠지 정겹고 재미나서 수업이 없을 때 그곳을 서성이곤 했다. 아마도 베키오다리가 푸줏간이던 시절 느낌과 비슷하지 않았을까싶다.

이곳은 단테와 베아트리체가 처음 만난 곳이기도 하다. 누구나 한번쯤 들어봤을 만한 세기의 로맨스.

그들은 한살차이로 단테는 아홉 살, 베아트리체는 여덟 살이었을 때였다고 한다. 단테가 첫눈에 반한 베아트리체는 그의 뮤즈로 첫사랑인 그녀를 너무도 깊이 사랑하였지만 가문의 차이로 이루어 질수는 없었다. 그들은 결국 다른 길을 갔고 베아트리체는 젊은 나이에 요절한다. 단테는 평생 그녀를 그리며 자신의 작품에서 재탄생시켰다.

단 두 번의 만남뿐이었다는 그들의 만남이 사랑이 될 수 있었을까 의문이 들기도 했지만 그는 저서에 이런 글을 남겼다.

[베아트리체를 처음 본 순간 심장의 은밀한 방안에 기거하고 있던 생명의 기운이 너무나 심하게 요동치는 바람에 미세한 혈관마저도 떨리기 시작했다.]

모세혈관의 요동. 난 그것을 알 것도 같다. 손끝이 찌릿한 사랑의 시작, 형용할 수 없는 묘한 감정. 관자놀이를 울리는 심장박동 소리.

그것은 분명 사랑이다.

[베아트리체는 단테의 신곡 천국 편에서 단테를 천국으로 안내하는 여인으로 그려지는데 이 로맨스는 많은 화가들과 작가의 영감이 되기도 하였다.]

#. 굿나잇 피렌체

중국동포 아주머니가 하는 민박집은 천정이 높고 복도가 긴 하얀 집이었다.

유럽의 한인 민박 중 80%는 중국동포가 하는 곳이고 그곳의 음식 맛은 이상야릇한곳이 많다. 복불복이지만 먹는 것에 불평불만이 없는 편이어서 한국음식을 먹을 수 있다는 것만으로도 감사했다.

외국에서의 한국음식은 '약' 과 같은 것이다.

몸이 아플때나 기분이 울적할 때 얼큰한 찌개를 먹고나면 어느 정도 해소가 되니 말이다. 그래서 음식가림이 없는 나도 일부러 한국음식을 찾아 먹을때가 있는데 외국에서는 가격이 비싸 쉽게 사먹을 수가 없기 때문에 한인민박을 찾곤한다.

맨날 샌드위치만 먹다가 달고 괴상한 맛이라도 김치찌개를 먹으니 뱃속이 든든하다.

저녁식사 후 소화 시킬 겸 야경도 구경할 겸 민박집의 유일한 남자인 L씨와 집을 나섰다.

어두운 길가에 조명들은 무척 로맨틱했다.

고즈넉한 노천카페에서는 라이브로 피아노 연주를 하고 있었는데 소리가 어찌나 감미로운지 저절로 눈매가 가늘어졌다.

L씨와 나는 아를 강가를 거슬러 올라 미켈란젤로 언덕에 야경을 보러 가고있었다. 길 끝 슈퍼에서 달콤한 와인을 한병사고 우피치 미술관 근처의 멧돼지 동상에 다다르니 그가 동전을 건넨다.

[맷돼지 코를 만지고 입속에 동전을 넣은 후 그 동전이 떨어져서 바구니에 골인 되면 소원이 이루어진데요.]

나는 동상이나 분수대에 어김없이 있는 소원 빌기에 대해 돈 벌려고 퍼트린 소문일 것이라 생각했지만 그래도 한번쯤은 이 낭만적인 도시에서 그보다 더 낭만적인 소원을 빌어보는것도 나쁘지 않을 것 같았다.

그리고 내 손 끝에 작은 동전하나가 가슴을 이렇게 두근거리게 한다는 것도 무척 신선했다.

나는 신중하게 이미 많은 사람들이 만져 반짝거리는 멧돼지의 코를 어루만지고 조심스럽게 손끝에서 동전을 풀어주었다. 그리고 그것이 댕그르르 굴러 바구니에 들어간 것을 확인한 후 떨리는 가슴에 두손을 모으고 소원을 빌었다.

[다음엔 평생 함께할 사람과 이곳에 와서 아름다운 추억을 만들 수 있게 해주세

요.]

아무것도 아닌 단지 그 행위로써 소원이 보장받은 것 같아 가슴이 설레였다.

다리를 건너 높지 않은 언덕위에 올라가니 아름다운 피렌체의 야경이 한눈에 보였다. 숨이 막힐 만큼 아름다운 피렌체의 야경, 그것은 내 일생에서 손꼽히는 아름다움이었다.

미켈란젤로 언덕에는 자유롭고 낭만적인 분위기를 즐기러온 연인들로 가득했다. 그곳은 마법처럼 사람을 평온하게 만들어서 누구라도 사랑하고 관대해질 수 있을 것같았다.

낮에는 버밀리언의 지붕들로 멋스러움이 느껴졌던 오래된 도시는 밤이 되자 보석중의 하나인 '호박' 처럼 짙은 노란빛, 하지만 탁하지 않은 영롱한 느낌으로 다가왔다.

마치 얼린 꿀 같은 호박의 색감은 피렌체의 밤과 같다.

나는 이따금 미켈란젤로 언덕이 무척 그리울 때가 있는데 그럴 때면 내 방 한 구석 오래된 서랍속 호박반지를 꺼낸다. 그것을 손가락에 끼우고 투명한 호박의 내부에 시선이 머물 때면 미켈란젤로언덕에서 바라보는 피렌체가 느껴진다.

그 낭만, 그곳에서만 느낄 수 있던 깊은 호박빛 색감. 잔상. 단테의 표현처럼 미세한 혈관까지 느껴지는 떨림은 언제든 나를 피렌체에 있게하고 나는 미켈란젤로 언덕에 앉아 호박빛 도시를 바라보며 말한다.

[굿나잇 피렌체.]

梅里雪山
메리설산

내 마음속의

해와 달

내 마음속의 해와 달 - 메리설산

#. 진정 샹그릴라

그곳은 봄여름 그리고 가을과 겨울이 공존하고 있었다.

겨울임에도 초록빛을 잃지 않은 넓은 초원엔 돼지와 양이 가족단위로 자유롭게 돌아다닌다.

한달음에 올라갈 수 있는 작은 언덕위에는 그림처럼 크기가 다양한 야크가 조화롭게 풀을 뜯고 있었고. 목에 걸린 커다란 방울은 움직임에 맞추어 무겁지만 맑은 소리를 낸다.

[댕가-릉 댕가-릉]

야크의 무심한 표정과 닮은 무게 있는 울림이었다.

하위삥 마을에서 보이는 카와거보(주봉)

방울소리를 듣고 찾은 순한 야크의 등을 쓰다듬는다. 솜사탕 같은 야크의 털은 손길이 닿는 곳마다 부드럽다.

입술을 모아 후- 불면 산산이 흩어지는 민들레 갓털처럼.

초원 너머엔 카와거보(메리설산의 주봉)의 비경이 병풍처럼 감싸여있다.

메리설산은 꿈처럼 아름다운 이곳을 첩첩 산중에 가둔 채 쉽게 허락하지 않았고, 산의 깊이만큼 쉽지않은 길이었다.

나는 장족 따제(큰언니, 혹은 이모 친근하게 부르는 호칭)가 지푸라기로 엮은 커다란 바구니에 가득 담아둔 주먹만한 토마토 중 가장 빨갛고 커다란 것을 하나 골라 한입 베어 물었다.

입 안 가득 싱싱한 과즙에 갈증이 사라지며 눈앞의 카와거보를 바라본다.

순간 뻥튀기 터지듯 커다란 소리와 함께 산사태가 난다.

하얀 외투를 벗듯 무너져 내리는 눈덩이와 함께 요란스럽게도 봄을 맞는다.

#. 아저씨

이곳에 오기 전까지 나는 스테인드글라스 공장에서 일을 했었다. 그곳은 아주 오래되고 커다란 상가 지하에 있었는데 작업에 필요한 기법을 배우기 위해 취업을 했지만 재미있고 즐거운 일이었다.

내가 일하는 공장 옆엔 작은 매점이 있었는데 1970년대에 시간이 멈춰버린 듯 낙후되었고 언제나 퀴퀴한 냄새가 났다. 그리고 정지된 듯 한쪽구석에 아저씨가 계셨다.

아저씬 그 매점처럼 1970년대에 멈춘 듯 한 검은 뿔테안경과 후줄근한 양복바지,

266

(onlyme—mixmedia_1960X1320_2011)

체크무늬 조끼를 입고 계셨다.

　작은 구멍가게이기 때문에 마트보다 비싼 가격에 사람들이 툴툴대기라도 하면 비싸면 사지 말라고 호통을 칠만큼 친절과 거리가 먼 성격 탓에 손님은 별로 없는 오고가다 들려 담배 피는 장소가 되어버린 손바닥만 한 구멍가게였다.

　난 옆가게이기도 하고 일찍 도착하면 갈 곳이 없어 매점 앞 허름한 플라스틱 의자에 앉아 있곤 했는데 그럴 때면 아저씨는 자판기에서 커피를 한잔 뽑아주셨다.

　마치 스쿠루지 영감처럼 잘 웃지 않던 아저씨는 내게 친절하셨던 것 같다. 추우면 들어와 있으라고도 하셨고 가끔 비싸게 받아 미안하다고도 하셨다. 왠지 아빠 같아 난 일부러 유통기한이 가까운 우유를 사먹곤 했다.

아저씨는 버릇처럼 숱이 없는 머리카락을 자주 쓸어 넘기며 내게 이것저것 물어보셨고 종종 자신의 이야기도 해주셨다.

서울소재에 대학을 나오신 인텔리셨지만 어머니가 하시던 이 매점을 물려받아 이십 년째 운영하고 계신다는것과 유일한 낙은 담배였고, 아내와 자녀가 있으시다는 것 등이었다.(하지만 한번도 본적은 없다.)

아저씬 나에게 늘 이곳에 오래있지 말라고 하셨다. 내 재능을 지하에서 썩히지 말고 밖으로 나가 밝은 곳으로 가라고 하셨다. 그 말이 마치 자신에게 하는 말처럼 느껴져 농담처럼 아저씨도 아직 늦지 않으셨다는 말을 했었다.

그러던 어느 날 여느 때와 다름없이 출근을 하는데 지하로 내려가는 순간 생선 썩은 듯한 냄새에 역겨워 토할 지경이었다. 공장에 가까워질수록 그 냄새는 더욱 심해졌다.

난 일주일에 두 번만 공장에 가기 때문에 영문을 몰라 냄새에 대해 공장사람들에게 물어봤지만 아는 사람이 없었고, 매점도 불이 꺼진 것으로 보아 나오지 않으신 것 같았다.

몇시간 후 같이 일하는 동료가 소리를 지르며 뛰어 들어왔다.

나가보니 매점 앞에 경찰과 사람들이 몰려있었고, 곧 천에 덮여있는 아저씨를 볼 수 있었는데 순간 역한냄새가 광풍이 불듯 스쳤다.

끔찍한 광경을 앞에 두었던 그 시간은 손발 끝이 저리도록 무섭고 슬펐다.

하지만 이 사건은 타인에게 가십거리 밖에 되지 않는 것 같았다.

아무도 슬퍼하지 않았으며 몇몇은 아저씨의 성격을 이야기하며 그의 죽음을 경시하기도 하였다. 와중에 어떤 이는 상가에 손님이 떨어질까 걱정하기도 했다.

　그 시간은 이곳을 가득매운 역한 냄새보다 더 역겨웠다.

　아저씨가 돌아가신 목요일 밤 발견된 화요일 낮

　오일의 낮과 밤이 지나는 동안 아무도 아저씨가 없어진 것을 몰랐다. 아무도 그를 찾지 않았고 방문한 사람도 없었다. 어쩌면 아저씨는 무서웠을지도 모른다. 그리고 그 순간 누군가 자신을 찾아와 살려내 주기를 간절히 원하고 있었는지도 모른다.

　삼십년도 더된 어둡고 음침한 지하상가에 홀로 죽음을 맞이하고, 두려움 속에 보낸 시간들… 지독한 외로움이 뒤섞인 애처로운 냄새가 공간을 가득 매우고 닦아도 닦아도 쉽사리 지워지지 않아 사람들은 그 냄새로 아저씨를 기억했다.

　다행인지 불행인지 그 후로 오랜 시간 아저씨는 살아계셨을 때보다 더 자주 그리고 더 많이 기억되고 언급되었다.

　주위에 아무도 없는 순간 아무도 날 도와줄 수 없는 순간 심하게 다친 경험을 한적이 있다면 그 순간 몰려오는 두려움과 외로움을 알 것이다.

　나는 세상에서 가장 무서운 것이 무관심속에 방치된 외로움이라고 생각한다.

　그 후 그 곳과 사람들에게 마음이 떠나기 시작했다. 아무 일도 없었던 듯 매점은 깨끗이 새 단장을 한 분식집이 되었다. 하지만 그곳을 지날 때마다 아저씨의 냄새가 나는 것 같았다. 그래서 그곳에 있는 시간은 괴로웠다.

　더 이상 재미있지도 즐겁지도 않은… 의미 없는 일터일 뿐이었다.

　그리고 얼마 지나지 않아 그곳을 떠나 북경으로 갔다.

북경에서의 두 달 동안 다양한 사람을 만나고 진기한 것들을 보았다. 즐거운 시간이었다. 나와 닮은 영혼을 가진 언니는 중국에서 유명한 밸리댄서였는데, 나는 언니를 따라 중국 방방곳곳에 워크숍을 다녔다.

언니가 바쁠 땐 나만의 시간을 보내곤 했는데 주로 그 지방의 시장구경을 하거나 거리의 예쁜 카페에 들러 커피 한 잔을 하는 정도였다. 재미있고 친절한 중국인들에게 틈틈이 공부한 중국말을 활용해 보는 것도 재미난 일중 하나였다.

언니가 만들어낸 3주 합숙훈련은 폭발적인 반응을 일으키며 매회 만원이었다. 이 프로그램을 중국각지의 밸리댄서들이 배우러온다.

나는 초급과 중급을 뛰어넘은 채 워크숍과 강사 반을 겸행했다. 맨 뒤에서 내 맘대로 흐느적거리는 기본 없는 흉내 내기에 불과했지만 마음만은 이미 밸리댄서였다. 나는 춤추는 것을 좋아해서 이런저런 무용은 한 번씩 다 배웠었던 터라 조금은 자신이 있었지만 밸리는 매우 기술적인 춤이어서 따라 하기 쉽지 않았다.

하지만 감성만은 수준급이어서 구슬픈 아랍음악이 나올 때는 음악속의 여주인공이 된 듯 가사도 모르는 음악에 심취해 흐느적거렸고, 신나는 장단의 타블라음악이 나올 때면 이미 박자를 놓쳐도 흥분된 기분을 억누르지 못하고 신내린 무당처럼 방방 뛰어다녔다.

언니는 그런 나를 한 번도

쳐다보지 않았다. 내 곁으로도 오지 않았다. 나는 누가 뭐라던 묵묵히 누구보다 열심히 노력했지만 내 모습이 너무 우스꽝스러워 나를 멀리 할수밖에 없었다고 했다. 최악의 평이지 않을 수 없다.

어쨌든 나는 삼주과정을 이수해서 강사시험도 보았다. 중국말로 한 설명이라 눈치로 멋대로 해석하기도 했고 언니가 따로 가르쳐주기도 해서 울며 겨자 먹기로 패스는 했다.

아마 그 자격증은 몸부림치는 내 노력이 가상해 준건지도 모르겠다.

#. 행복하니?

그렇게 한 달이 지나니 작업에 손을 놓아버린 나는 아무것도 하지 않는 것처럼 느껴지기 시작했다. 아무리 알찬시간을 보냈어도 작업을 하지 않은 시간은 가치가 없어지곤 한다.

두 달이 되어가니 초조하고 조바심이 났다. 마치 우는 아이 떼어놓고 온 엄마처럼 종종거렸다.

북경에 오기 전까지 단 하루도 쉬지 않고 작업을 했다. 마치 버릇처럼 된 작업은 그림을 그리거나 글을 쓰거나 작품구상을 하는 것이었는데 항상 일을 병행했기 때문에 여행하는 기간을 제외한 나머지는 밤낮으로 일과 작품에 매달렸고 여행 중에도 하든 안 하든 노트와 펜은 필수였다.

작업은 내게 처절한 행복이었다.
대학졸업을 해서도 전업 작가라는 명목으로 부모님 등골 빼는 캥거루족이 되지 않기 위해 돈을 벌어야 했고, 돈버느라 꿈을 잃어버릴까봐 악착같이 지켰던 행복이었다.

대학시절에 교수님께서 물으셨다
[나래는 작업하는 것이 좋아?]

나는 한 치의 망설임도 없이 답했다
[전 작업하는 게 가장 행복해요.! 작업할 땐 너무너무 행복해요.]

행복하기 위해 작가가 되겠다 결심했는데 과연 지금 나는 행복한 것일까.
작업하는 순간의 행복은 두말 할 필요 없겠지만 십년이 지나 꿈꾸던 작가가 된 내게 아름답지만은 않은 현실은 때때로 깊은 절망을 안겨주곤한다.

오래전의 대화가 머릿속에서 메아리친다.
그리고 끊임없이 묻는다.

[정말 행복하니 ?]

#. 46시간 47분의 기차여행

문득 북경에 오기 전 본 tv프로그램이 생각났다.
차마 고도에 관한 것이었는데 죽기 전에 꼭 가봐야한다는 신의 산 메리설산을 꼭 가야겠다는 다짐을 했더랬다. 윈난 성은 배낭여행으로 한번 둘러봤던 지역이지만 리장과 쿤밍 징홍 외에 샹그릴라는 가보지 못했었다.

그렇다면 이번엔 대리석산지인 따리와 샹그릴라를 걸쳐 메리설산을 등반해야겠다 생각했고 며칠 뒤 쿤밍행 기차에 올랐다.

북경서역에서 쿤밍역까지 38시간 25분. 따리까지는 버스를 타면 4~5시간이면 도착하지만 버스정류장이 옮겨져 길을 모르니 위험하기도 하거니와 찾아갈 자신이 없었다. 그래서 이동없이 이용이 가능한 기차를 타기로 했다.
쿤밍역에서 바로환승해서 다시 8시간 22분 그리고 버스 한 시간이면 따리고성에 도착한다.

총 46시간 47분의 기차여행의 시작은 언니와의 아쉬운 이별이었다.
친자매처럼 챙겨주던 언니는 기차역에서 바리바리 먹을 것을 사주었다. 몇 번이나 서로를 안아주며 서운함에 눈물이 터져 나오려는 것을 애써 삼키고 난 부리나케 기차 플랫홈으로 달려갔다.
언니는 내내 내가 뛰어온 길을 바라보고 있었다.

결혼한 지 세 달밖에 되지 않은 신혼살림에 불청객처럼 파고들어 두달 동안 새색시를 빼앗아 새빨간 중국 혼수이불을 덮고 잔 뻔뻔한 나를 중국인인 형부는 언제나 쿨하게 대해주었다.

우리는 무엇이 그리도 재미있었는지 밤마다 시시덕대고 때로는 순탄치 않았던 지난 삶을 뱉어내며 울기도 했다. 그럴 때면 형부는 퉁퉁 부은 얼굴로 손님처럼 방문을 똑똑 두드리며 빨리 자라고 재촉했고 서른 살이 넘은 우리는 잠자기 싫은 아이처럼 숨죽여 키득거리곤 했다.

연극을 전공한 언니는 개그프로그램을 흉내 내는 것을 즐겼고 그것은 매우 리얼

했다. 나는 그녀의 표현력에 감탄하면서 이따금 추임새를 넣었고, 우리는 그것만으로도 한 시간을 웃곤 했다.

형부와 시어머니는 우리가 웃는 것을 전혀 이해하지 못했었다.

소통이라는 것은 정서를 이해하지 못하면 극히 일부분만이 가능하다. 언니의 삶 속에는 한국인이 없었다. 그들은 가족이지만 완벽한 소통은 불가능했고 나는 그것에서 느끼는 소외감을 보았다. 그래서 그녀를 떠나는 것이 미안하기도 했다. 하지만 나는 나의인생이 언니는 언니의 인생이 있기 때문에 그저 한번 안고 웃는 것으로 안녕을 이야기 했다.

기차는 익숙했다.

나와의 대화가 필요할 때면 나는 늘 무언가를 탔다. 종점 행 지하철이라던 지 순환버스라던지… 가장 적은 돈으로 깊은 시간을 가질 수 있는 방법이었다.

사실 이렇게 장거리 기차는 연장자나 보통의 사람이라면 체력적으로나 정신적으로나 선택하지 않는 편이 나을것이다. 처음엔 가장 적은 돈으로 원하는 목적지에 가는 방법이어서 어쩔 수 없는 선택이었지만, 난 그 시간이 좋았다.

오랜 시간의 기차여행에서 내가 느꼈던 감정은 편안함이었던 것 같다. 그리고 그 편안함이 초기기억에서 비롯한 것을 한참 후에 심리상담을 받으면서 알게 되었다. 초기기억이란 심리학적으로 생애의 초기, 즉 어린시절에 느낀 감정들이 지금 세상을 살면서 겪는 일들에 투사되는 것을 말한다.

어린 시절 우리 집 베란다 너머엔 작은 오솔길이 있었는데 봄이 되면 그곳엔 개나리가 흐드러지게 피곤했다. 아마도 여섯 살 무렵이었던 것 같은데, 베란다 너머의 개나리를 바라보다 부모님께 저곳에 집이 있으면 좋겠다고 했다.

그리고 다음날 일어나보니 그곳엔 정말 집이 있었다.

노란 개나리 덤불 안에 공간을 만들어 돗자리를 깔고 천정에 노란우산을 얹혀놓은 것이었는데 어린아이의 눈에는 무엇보다 훌륭한 집이었다. 난 그 곳에 누워 노란 하늘을 보는 것과 어린 몸둥아리 하나면 꽉 차는 좁은 공간이 주는 편안함이 기분 좋았다. 좁은 공간에 대한 긍정적인 초기감정 때문인지 후에도 불안하거나 초조한일이 생길 때면 좁은 곳을 찾았고, 그곳에서 심리적인 안정을 느꼈다.

그래서 어쩌면 48시간의 기차여행이 내게 주는 편안함은 당연한 것이었는지도 모른다.

기차에서는 초콜릿 외엔 거의 입에 대지 않는다. 중국인들은 먹는 것을 좋아해서 마작이나 카드놀이를 하며 연신 무언가를 먹고 권하기도 하는데 내가 하는 행동은 가만히 누워 천장을 보거나 창밖을 보거나 이리저리 걸어 다니고 모르는 사람에게 다가가 서투른 중국말로 웃음을 유발시키는 싱거운 행동들뿐이다. 누워서 손을 뻗으면 닿는 천장은 마치 스케치북 같아서 마음을 붓삼아 그림을 그리곤 한다. 가만히 누워 천장을 보고 상상하면 그곳에 재미있는 것들이 그려져 꿈틀꿈틀 움직이는데, 그것들은 때때로 나에게 말을 걸거나 기어 나와 내 배위에서 놀거나 한다.
때문에 긴 시간동안의 이동은 하나도 지루하지 않았고 내내 나와의 대화를 시도하거나, 생각한 것이나 떠오른 영감들을 정리하는 것에 몰두했다.

기차엔 콘센트가 없어 음악을 들을 수도 전화를 걸수도 없었다. 이미 방전되어 버렸기 때문이다. 처음엔 전자제품 금단현상에 초조하기도 했지만 곧 적응하고 만다. 하지만 알지도 못하고 말도 안 통하는 사람들 사이에서 전자기기가 없다는 것은 매우 민망하고 불편한 일이었다. 결국 어쩔 수 없이 그들과 소통하려 노력했고 그 노력은 내게 커다란 도움이 되었다.

중국기차에선 끊임없이 음악이 흘러나온다.

음악은 신경을 거스르지 않는 크기로 잔잔하고 선곡도 훌륭하다.

침대의 배열은 인도와 같지만 더 깨끗했다. 한 칸에 침대가 세 개씩 여섯 개가 있고 복도 쪽으로 간이 테이블이 하나있는 형식이었다.

기차에서 만난 친구들

장거리 기차는 많이 타봤지만 탈 때마다 겁이 나고 두려운 것이었다.

특히 혼자일 때는 그리고 여성일 때는 매우 조심해야한다. 그래서 항상 제일 윗칸을 예약한다. 내가 탄 칸에는 다행히 모두 대학생이었다. 각자의 목적지와 출발지는 달랐지만 여섯 명 중 종점인 쿤밍행인 사람이 네명이었다. 그들은 혼자 여행하는 내가 걱정이 되었는지 조심해야 된다는 것을 명심시키곤 했다. 간혹 기차엔 위험해 보이는 사람도 있었는데 그럴 때면 나를 구석 쪽으로 앉게 해서 보호하려고 했다. 그들은 모두 나보다 어렸지만 내가 불안해 보였는지 내내 나를 주시하고 어떻게든 도와주려고 했다.

나는 때로 중국 사람에게 별로 좋지 않은 감정이 있는 사람들에게 의아할 때가 있다. 사람 나름이겠지만 내가 만난 중국인들은 대부분 넘치게 친절했고 어떻게 해서든 도움을 주려했기 때문이다.

아무 대가없는 그들의 친절이 때로는 무척 미안했지만 혼자였고 무척 두렵기도 해서 지푸라기 잡듯 의지할 수밖에 없었다.

여행을 떠날 때는 항상 두렵다. 인터넷에 떠도는 흉흉한 이야기들은 길가의 모든 사람들에게 칼을 품게 하고 언제든 달려와 난도질당하는 상상을 하게한다. 로또당첨과도 같은 상상 때문에 다섯 번도 넘게 한 중국여행을 두려움으로 감싸 마음을 무겁게 했다.

그래서 우스갯소리로 생명보험을 일부러 두둑이 든다고도 한다. 언제 어떤 일이 벌어질지 모르기 때문이다.

어쨌든 그들은 기차에서 든든한 보디가드가 되어 주었고 쿤밍에 내려서 미어터지는 표사기 전쟁에 나서주어 난 그저 구경꾼이었다. 그들은 고난위도의 세치기를 연발하며 구하기 힘든 바로 떠나는 좌석을 구해주었다. 그리고 내가 떠나는 플랫홈 앞까지 데려다 주며 내내 위험에 닥쳤을 때의 중국어를 가르쳐 주었다.

생각해 보면 가는 곳마다 마치 약속이라도 한 듯 누군가가 나타나 도와주곤 했다. 그럴 때마다 눈물이 날만큼 고마웠다. 만일 내 여행에 그들이 없었다면 난 상상하고 싶지 않은 일을 맞을 수 있는 순간이 많았기 때문이다.

따리행 기차는 무척 한산했고 아침기차다 보니 쾌적했다.

가방에서 초콜릿을 꺼내 오물거리며 누워서 다리를 꼬운채 법정스님의 책을 꺼냈다.

'살아있는 것은 다 행복 하라' 라는 책이었는데 제목 참 잘 지었다 하면서도 살아있다는 것이 버거운 사람도 많은데, 행복하기까지 바라다니 무리한 권유다 싶기도 했다.

이런저런 생각을 하다 다섯 페이지도 못 넘기고 잠에 들었다. 잠이라는 건 자면 잘수록 느는 것 같다. 쿤밍까지 38시간 중 28시간은 잔 것 같은데도 여전히 잠이 왔다.

눈을 뜨니 맞은편 침대에 예쁘장한 아주머니가 앉아 계셨다. 아주머니 옆엔 무뚝

뚝해 보이는 아저씨도 계셨다. 아주머니는 쿤밍에서 영어선생님을 하시는 분이시라 영어가 매우 유창했다. 휴가를 맞아 리장에 있는 친정에 가시는 길이셨는데 홀로계시는 어머니에 대한 걱정이 많으신 것 같았다. 나는 종전에 리장을 여행한 적이 있어 따리까지만 간다고 했더니 아주머니는 무척 반가운 듯 리장에 대한 이야기를 해주셨고 나는 장예모 감독의 '인상리장'(옥룡설산을 배경으로 실제 소수민족이 출연하는 대규모 공연이다.)의 주제가인 'dida'라는 노래를 흥얼거렸다.(이 노래는 매우 유명해서 모르는 사람이 없을 정도다. 윈난지역 어디를 가도 들려오는 노래이다.) 말은 잘 안통해도 이 노래를 셋이 부르며 웃어대니 옆 칸의 사람들이 구경 와서 어쩌다 보니 다함께 부르는 형국이 되었다.

  사실 들어보면 알겠지만 별다른 가사가 없이
  [띠따링가링가링 가 띠따링 가링가링 가−흐] 이런 노래고 사람들도 이 구절밖에 모르는지 이것만 계속 부르는 우스운 상황이었다.
  한참을 웃다 좀 애매해지자, 난 가방에서 에이비씨 초콜릿을 꺼내 한국에서 가장 유명한 초콜릿이라 소개하며 사이좋게 나누어주었다. 그리고 인도에서 했던 돌팔이 의술도 행했는데, 파스를 하나씩 붙여주고 만병통치약이라며 허풍을 떠니 아주머니들이 눈을 흘기면서도 즐거워하셨다.
  또 한국초콜릿을 먹으면 이영애처럼 예뻐진다는 허무맹랑한 농담을 하기도 했다. 멀리서 온 더구나 혼자 온 여행자가 궁금한 사람들은 아주머니에게 앞 다투어 이것저것을 물었고 아주머니는 통역을 하느라 진땀을 뺐다.
  가장 주된 내용은 어디어디 고쳤냐는 것이다.
  매스컴 때문인지 중국인들은 우리나라 여자들은 모두 성형을 했다고 생각하는 것 같다. 아니라고 하니 사실대로 말하라는 데 무엇을 사실대로 말해야 하는지 의아했다.
  한바탕 재밌게 먹고 노니 잠이 왔다.

설 잠이 들었는데 아주머니가 나를 깨웠다.

내가 자는 사이에 따리가 지날까봐 주무시지 못했던 것 같다. 아주머니는 따리에서 고성까지 몇 번 버스를 어디서 타야하는지 다른 아주머니들에게 물어서 메모지에 적어놓으셨고 부리나케 가방을 싸고 나니 쪽지를 손에 쥐어주셨다.

아주머니는 나를 꼭 안아주시며 조심해야 한다고 당부하셨다. 품이 무척 따뜻했다.

#. 따리의 장강 7호

따리 역에서 나오니 삐끼들의 카리스마에 짓눌릴것 같았다. 그들은 날 잡아먹을 듯 바라보았고 처음 보는 공간에 똑떨어진 어수룩한 여행자가 자신들에게 걸려들길 벼르는 것 같았다.

마침 곧 출발하려는 버스의 번호와 아주머니가 적어주신 번호가 같다는 것을 확인하고 묻고 따지지도 않은 채 어슬렁거리며 내게 다가오는 삐끼를 제치고 전속력으로 달려가 올라탔다.

*

주성치(장강7호. 2008)
북경에서 두시간정도 거리에 있는 톈진에 워크숍을 갔을 때였다.

호텔매니져는 방에서도 인터넷이 가능하다 했지만 1분짜리 동영상을 보려다 잠이 들만큼 속터지게 느려 언니와 난 이삿짐 싸듯 먹을 것과 노트북을 들고 로비로 갔다.

우리의 낙은 매일 밤 영화를 보거나 한국의 개그프로그램을 보는 것이었다. 톈진의 일주일을 마감하던 그날도 우린 재래시장을 들러 사온 과일과 군것질거리를 잔

뚝 풀어놓고 언니가 재미있다고 강력추천한 주성치 감독의 '장강7호'를 보았다.

아쉽게도 자막이 없었기 때문에 국내 최정상의 연극영화과를 나온 언니가 일인 다역의 더빙을 열연해주었다.

언니는 정말 실감나게 모든 역을 훌륭히 소화해 내었는데 극중 주성치의 아들로 나오는 샤오디(실제로는 여자아이이다.)를 언제나 곁에서 지켜주는 거인여자아이에게 매료되고 말았다. 무시무시한 인상을 가진 거인 여자아이는 사실 마음이 무척여리고 너무나도 애교스런 목소리를 가졌다.(실제 배우는 프로레슬러라고 한다.) 난 언니의 더빙에 푹 빠져서 두 시간이 어떻게 지난 지 모르게 보았고 그날이후 주성치는 색의 천재인 장예모 감독에 이은 가장 좋아하는 중국감독 중 한명이 되었다.

*

막상 버스에 올라타니 사람이 하도 많아서 잡을 곳이 없었다. 간신히 가방을 내려놓고 기사아저씨에게 고성에 가냐고 물어보니 아무리 말을 해도 못 알아듣는다.

중국어엔 사성이 있기 때문에 중국인이 못 알아들을 땐 예전에 유행했던 모나리자 놀이처럼(모나리자놀이: 모-나리자 모나-리자 모나리-자 한자씩 음을 올려서 말한다.) 말을 하곤했는데 이 방법도 통하지 않았고 오히려 화를 내며 뒤로 가라고 했다.

엎친 데 덮친 격으로 이 버스가 따리 고성행인지도 버스안의 사람들 사이에 의견이 분분했다. 엄습하는 불안감을 떨치려 창밖을 보았다. 양쪽으로 들판이 끝없이 펼쳐져 왠지 시골로 가는 느낌이 들었다. 두려워진 마음으로 가방을 안쪽으로 옮기고 섰는데 한 여자가 내게 영어로 고성을 가는지 물어보았다. 은인을 만난 것처럼 반가워 그녀에게 물어보니 고성이 목적지는 아니지만 어차피 가는 길이니 함께 가주겠다 했다.

난 그녀의 손을 덥석 잡고 고맙다는 말을 몇 번이고 되풀이했다.

창산의 거대한 장기판

　장강7호의 거인여자아이를 꼭 닮은 루루는 쿤밍에서 대학을 다니는 스무 살 새내기였고 방학이라 따리의 친구 집에 묵으며 내일부터 이곳을 여행할 것이라 했다. 그녀는 나에게 함께 돌아다닐 것을 제안했고 난 당연히 좋다고했다.

　루루는 첫날 본 이미지와 딱 맞는 따리의 장강7호였다. 거인여자아이처럼 여행 내내 나를 지켜주었고 모든 물건을 싸게 살 수 있는 흥정의 달인이었다.

#. 거품 문 당나귀

넓디넓은 방에 구석구석 알차게 배치된 이층침대는 적막하게 손님을 기다리고 있었다. 난 홀로 그 방에서 밤새 두려움에 떨며 창문만 흔들려도 소스라치게 놀라 잠을 설쳤고 그 바람에 늦잠을 자 부리나케 뛰어나갔다.

이른 아침 창산에는 구름이 드리워져 한 폭의 산수화를 보는 것 같았다. 루루와 창산트레킹을 하기위해 단단히 채비하고 온 탓에 발걸음은 새털처럼 가벼웠다. 봄 소풍가는 여고생처럼 신이 나서 입가에 웃음이 떠나지 않았다.

약속장소가 가까워오자 멀리 루루가 보였다. 거인 같은 그녀는 하늘하늘한 롱스 커트를 입고 꽃무늬 스카프가 둘러진 밀짚모자를 쓰고 있었다.

우리는 대충 요기를 하기위해 햄버거 가게에 들어갔고 난 그녀에게 물었다.

[루루 우리 오늘 창산 트레킹하는거 맞지?]
[응!!! 그럼]
[음… 치마입고 갈수있어?]
[응 문제없어]

루루는 가방에서 꽃무늬 스카프가 둘러진 자신의 것과 똑같은 모자를 꺼내 내게 주었다.

[롤라이(나래의 중국발음이라고 하는데 어감이 마음에 든다.)는 나의 첫 번째 외국인 친구 야~!!!! 까아~~!!!!!!!]

난 그녀의 천진난만함이 고맙기도 당황스럽기도 했다.
그리고 그녀의 마음을 이해해 보기위해 나의 첫 외국인 친구를 추억했다.

날씨는 무척 상쾌했다. 짙게 깔려있던 아침안개가 모두 흩어져 맑고 새파란 하늘이 모습을 드러낸다. 창산에 가기위해 입장료와 편도버스를 예약하고 기다렸다. 난 내내 루루가 준 모자를 쓰고 있었다. 그녀가 무척 마음에 들어 했기 때문이었다. 고마운 선물이니 루루와 함께할 동안은 꼭 쓰고 다닐 것이다.

케이블카 아래로 창산의 대표적 볼거리인 거대한 장기판이 보였다. 세계최대를 좋아한다는 중국인이 무서우면서도 징그럽게 느껴졌다.

관광지답게 길가에 노점상이 있고 원숭이나 공작새와 사진을 찍을 수 있는 포토존이 마련되어있다. 맞은편에는 기념품목걸이 가게가 있어서 나란히 이름을 새겼는데 처음엔 공짜라고 했던 목걸이가 목걸이만 공짜고 글씨 새기는 건 돈을 주어야 한다고 했다. 당황스럽고 화도났던 나와 달리 첫 외국인 친구와의 추억을 위해 갖고 싶었던 루루는 집착적으로 가격을 깎았다. 그녀는 눈을 흘기는 주인을 향해 생글생글 웃었다.

한참 사진을 찍고 다시 산에 오르니 폭포 밑에 소수민족 옷을 입고 사진을 찍을 수 있는 곳이 있었다. 어디를 가나 그런 것은 꼭 하는 나는 폭포는 안중에도 없고 오로지 고산족 옷을 입을 생각만 가득했다. 우리는 잔뜩 기대하고 단걸음에 달려갔다. 고산족 옷은 화려한 색감과 꽃모양 수가 무척 아름다웠다. 하지만 루루에게 옷이 도무지 들어가지 않아서 결국 나만 입을 수밖에 없었다. 민망해진 나는 의기소침해진 루루에게 머리장식을 씌어주고 함께 사진을 찍었다. 루루는 서운해 하면서도 나에게 여기저기 서보라 앉아보라 하며 사진사가 되길 자청했다. 재밌는 것은 나를 소수민족으로 안 사람들이 함께 사진을 찍자며 모여든 것이었다. 루루는 내가 한국 사람이라고 말했지만 그들은 상관없다고 해 졸지에 소수민족이 되고 말았다.

만만치 않은 창산 트레킹은 우리의 대화를 앗아갔다. 난 산을 오르는 것을 즐기는 편이지만 힘들어서 말이 없어지기 시작했고 귀향길에 오른 죄수처럼 몽롱한 눈빛으로 목적 없는 발걸음을 내딛고 있었다.

깊은 숨을 몰아쉬니 목에서 녹슨 쇠 냄새가 났다. 뒤를 돌아보니 루루가 땀범벅이 된 채 풀린 눈으로 나를 올려다보았다. 그녀도 이미 유체이탈 상태인 것 같았다. 나는 땀이 많이 나지 않는 체질이라서 비 오듯 땀을 흘리는 그녀가 신기하기도 안쓰럽기도 했다. 게다가 치렁치렁한 치마가 땅에 끌려 엉망이 되었다. 나는 루루의 치마가 끌리지 않도록 가랑이를 올려 잡아 옷핀을 꽂아주었다. 그녀는 간이바지가 된 치마가 마음에 들었는지 즐거워했다.

창산은 생각보다 깊고 커서 트레킹시간이 오래 걸렸다. 루루의 옷과 신발로는 더 이상 가는 것이 무리일 듯해 내려가자고 했더니 얼굴에 화색이 돌았다. 참 귀여운 친구다.

내려가다 보니 당나귀가 보였다. 루루는 그것을 타자고 했다. 나는 무섭기도 했고 비쌀 것 같아 망설였다. 사실 그냥 걸어서 내려가고 싶기도 했지만 루루는 꿋꿋하게 이빨이 두 개 남고 귀도 잘 안 들리시는 연로하신 할아버지에게 우렁찬 소리로 한참동안 흥정을 하였다.

결국 말도 안 되는 가격에 당나귀를 탈수가 있었다.

두려워서인지 몸이 잔뜩 움츠려져 고삐를 꼭 잡고 때때로 비명을 질러댔다. 인도에서 낙타를 타고 사막을 누빈 기억을 다 잊어버린것 같았다. 특히 내리막길에서는 앞으로 고꾸라질 것 같아서 울상이 되었는데 루루는 내 모습이 재미있는지 뒤를 돌아 연신 사진을 찍었다.

찻길이 아닌 숲으로 내려와서 그런지 풍경이 아름다웠다. 숲 너머에 있는 금빛 삼각탑이 보석처럼 빛났다. 우리는 따리고성까지 당나귀를 타고 왔는데 내리고 보니 입가에 거품을 문 당나귀가 불쌍해 할아버지께 십 원을 더 드렸다.

#. 따리의 밤

허브향이 나는 부드러운 오일이 발을 감싸자 전율이 느껴진다. 피로하지 않은 조명에 마음이 잔잔히 가라앉고 창산트레킹에서 쌓인 피로가 눈녹 듯 사라진다. 향이진한 우롱차가 가슴속에 퍼지자 눈꺼풀이 무거워지며 잠이 온다.

몇해 전 다친 무릎이 더 나빠진 건지 산을 오르거나 무리해서 걸을 때면 종종 끊어질듯 아팠는데 그 정도는 아니었지만 욱신거리는 것이 느낌이 좋지 않아 마사지를 받았다.

루루는 아빠의 생신이라면서 전화를 바꾸어 줄테니 생일 축하한다는 말을 해달라고 부탁했다. 난 그녀가 가르쳐준 '생일축하합니다. 건강하세요'를 중국어로 열심히 연습했고 그녀의 아버지에게 성공적으로 말할 수 있었다.

엄마가 돌아가신 후 아빠와 단둘이 살고 있는데, 여행 중이라 홀로 생신을 맞으신 아빠를 즐겁게 해주고 싶다고 했고, 무척 좋아하며 외국인 친구를 만들어 기쁘다고 거듭 말했다.

마사지 집을 나오니 거리는 옷을 갈아입은 듯 아름다운 등이 길을 비추고 있었다. 분위기 좋은 노천카페에 앉아 맛있는 밥을 먹고 음악도 즐겼다. 술이라도 한잔

등이 아름다운 따리의 밤

해야하는 분위기지만 술을 잘 못하기도 하고 피곤한 상태에서 술을 먹으면 집에 못 들어갈 것 같아서 과일음료를 마셨다.

기차에서 부른 'dida(의성어−물방울이 떨어지는 소리)'가 울려 퍼진다. 화려하고 몽환적인 조명과 가사를 알지 못해도 가슴을 후벼파는 애타는 멜로디에 취해 루루와 나는 비스듬히 앉아 하염없이 노래를 따라 부르며 거리의 사람들을 바라보았다.

시간은 계속 흘러가고
보슬비가 물방울이 되어 내 마음을 두드리네
아직도 그를 마음에 두고 있는건지
눈물이 똑똑 흐르네

외로운 밤 누구와 이야기 하나

슬픈눈물 누가와서 닦아주나

멋진 남자와 꿈처럼 여울지는 조명아래서 밤새 사랑을 속삭이고 노닥거리고 싶을 만큼 따리의 밤은 로맨틱했다.

여행을 하면서 마음에 와닿는 로맨틱한 도시에 머물 때는 그리고 그곳이 사랑하는 사람과 다시 오고 싶을 만큼 멋진 곳이라면 그곳에 대해 더 많은 기억을 가지려고 노력한다. 예를 들어 그곳의 음악을 반복적으로 접한다든지, 한곳에 오랫동안 머물면서 마음속에 느낌을 더 깊고 진하게 스며들게 한다든지… 그래서 언제 어느 때 욕구가 비집고 나올 때 고민하지 않고 연인과 떠나 그곳의 느낌을 나눠 갖을 수 있게 준비하는 것이다.

그 리스트 중 하나가 중국 윈난성의 '리장'이라는 도시였다.

따리는 리장과 매우 닮은 모습이지만 좀 더 아기자기하다. 길가 연못에 등불이 여울진 분위기는 리장과 비슷했다. 두 도시 모두 무척 로맨틱하다. 몇날며칠을 머물러도 좋을만큼..

이 순간만큼은 내 옆에 여자가 있다는 것이 그렇게 아쉬울 수가 없었다.

사람들의 여유롭고 즐거운 표정에서 이곳이 관광지임을 느낀다.

따리에 온 것이 실감나는 순간이었다.

#. 이상과 현실

나흘동안 루루와의 따리여행은 평생 잊을 수 없을 것 같다. 어려운 순간에 손을 잡아준 루루는 백점짜리 친구이자 만점짜리 가이드였다. 가장 싸고 효율적인 여행

안내와 갖고 싶은 것을 믿을 수 없는 가격으로 흥정해주었기 때문에 나는 신경 쓸 것이 아무것도 없었다.

따리의 마지막 날이다. 오늘 밤 샹그릴라로 떠난다.

귀엽고 사랑스러운 루루와 오늘 하루는 여유롭게 보내고 싶었다. 우리는 아침 일찍 만나 귀 모양을 닮았다는 얼하이 호수에 갔다.

바다처럼 넓게 펼쳐진 얼하이호는 기대만큼 깨끗하지는 않았지만 호수를 옆에 두고 숲이 우거진 풍경이 아름다웠다.

적당한곳에 자리를 잡고 먼 곳을 바라보니 가슴이 먹먹하다. 장강7호처럼 나타난 루루와 함께 보낸 나흘이 꿈처럼 지나가 버렸고 이제 헤어짐만이 남았다. 그녀에게 무슨 말을 해야 좋을지 몰라 아쉽고 애틋한 마음을 얼하이호수에 싣고, 먹먹한 시선을 그 가운데 빠뜨렸다.

공백이 흐르고 루루에게 물었다.

[루루 꿈이뭐야?]
[난 선생님이 되어서 아빠를 행복하게 해주고 싶어.]
[원래 꿈이 선생님이야?]
[아니 소설가]

[그럼 소설가가 되지 왜 선생님이야?]

순간 이 질문을 하고 내가 무척 어리석다 느꼈다. 루루는 희미하게 웃었다. 그 웃음은 스무 살의 그것이라기에 지나친 성숙함이 느껴졌다.

난 현실보다 이상을 위해 살고 있다. 작가라는 내 직업은 오로지 나만을 위한 선

온통 시뻘건 따리의 교회

택이었다. 나는 현실과 이상에 대해 끊임없이 갈등해왔고 아마도 평생 동안 고민할 것이다. 하지만 그것은 내가 선택했기 때문에 감수해야하는 것이다.

꿈을 외면한다는 것이 얼마나 가슴 아픈 것인지 잘 알기에 성숙한 루루의 미소에 마음이 시렸다.

#. 따리의 교회

루루에게 마지막선물을 하고 싶어 신발가게에 들어갔다.
전통수가 놓아진 꽃무늬신발이 가득한 곳이었는데 눈이 휘둥그레진 나는 이것저것을 신어보며 루루에게도 추천을 해주었다.

따리의 백족축제

　　하지만 루루의 발은 워낙 크기도 했지만 볼이 넓고 통통해서 신발이 들어가지 않았고 결국 내 것만 살 수 밖에 없었다. 대신 며칠 전에 예쁘다 했던 가방을 선물로 주었다. 루루는 한사코 거절했지만 끝내 고맙게 받아들였다.

　　길을 걷다보니 교회가 있었다. 성당도 아닌 교회가 종교가 자유롭지 않은 중국에서 그것도 따리에 있다니 놀라울 따름이었다.
　　중국에서 종교는 자유롭지 못하고 공식적인 집회 외에는 허용되지 않아서 북경에 있을 때 성당에 다니던 언니가 산속에 들어가 예배를 드리다 공안들이 들이닥쳐 혼이 난 에피소드를 들었었고, 심한 경우 추방을 당하기도 한다니 따리에 교회가 있다는 것에서 내가 놀라지 않을 수 없던 것이다.

바이족 전통 건축양식으로 지어진 교회는 특이한 외형과 새빨간 글씨가 쓰여 있어 이색적이었다. 나는 교회 안에 들어가 기도를 했다. 루루는 한자로 쓰인 십계명을 읽으면서 내게 십계명에 대해 물어보았지만, 유창하지 못한 영어

루루와 천룡팔부(天龍八部) 영화세트장

실력을 탓하며 대충 얼버무리고 나왔더니 아쉬운 마음이 들었다. 입구를 돌아 길로 나오니 성경을 파는 서점이 있었다. 그곳엔 중국어로 된 성경책들이 있었다. 루루는 그곳에 있는 성경과 액세서리들이 신기했는지 호기심에 가득한 눈으로 둘러보고 있었다. 나는 성경을 한 번도 접해보지 않았다는 루루에게 한권을 구입해서 건네주었다.

[루루! 신이 있다는 것을 믿지 못할 수도 있겠지만 성경은 세계적인 베스트셀러이니 읽어보는 것도 나쁘지 않아.]

루루는 감동했는지 날 꼭 끌어안고 고맙다며 호들갑을 떨었다. 난 숨이 막혀 켁켁대면서도 즐거웠다.

우리는 때마침 거리에서 하는 백족축제를 보고 마사지 기계 시연회를 하는 곳에 들어가 공짜마사지를 즐겼다. 마치 살 것처럼 가격을 물어보니 차도 서비스로 주었다. 나도 뻔뻔하기로 뒤지지 않지만, 루루는 최고의 뻔순이여서 과자까지 얻어먹고서야 그곳을 나왔다. 대로변에는 돗자리를 펴고 골동품을 팔고 있었는데 우리는 그곳을 구경하다 마오쩌뚱 시절의 것이라는 소가죽가방을 발견했다. 가죽제품을 좋아하는 나는 그 가방의 가죽이 두툼하고 멋스러워 가격을 물어보았는데 엄청나게 비싸서 만져보기만 했다. 그런데 옆에서 말도 안된다며 툴툴대던 루루가 갑자기 골동품 아저씨에게 욕을 했고, 멋쩍어져 서로 눈치를 보다 도망을 쳤는데, 상황이 우스워 한참을 소리 내어 웃었다. 축제답게 길가에 가득한 간식과 장난감, 공산품들을 구경하다 보니 신기하게도 무말랭이와 김치가 있었다. 고구려유민들이 살았다더니 우리나라의 흔적이 남아있는것 같았다.

축제여서 그런지 길가에 가득한 사람들 때문에 걷기가 힘들었다. 창산트레킹 후 아프기 시작한 무릎 때문이기도 했다. 루루와 마사지 숍에 가서 부항도 뜨고 민간요법도 써보았지만 쉽게 나아지진 않는것 같았다. 그래도 못 참을 정도는 아니어서 괜찮았다.

루루가 화장실을 간 사이 길가에 늘어선 버드나무가 바람이 불때마다 흔들이는 것은 꿈처럼 몽환적이었다. 그 바람에 몸을맞추고 흔들흔들 나무를 올려다보다 시선을 내리니 훤칠하고 잘생긴 남자 한명이 스쳐지나갔다.

짧은 찰나에 한국 사람이라 직감했다. 북경을 떠난 후 민박집 주인 외엔 한국인을 본적이 없어서 반가운 마음에 무작정 그를 불러 세웠다.

[한국사람이죠?]

끝도 없는 내 물음에 그는 고개를 끄덕였고 난 그에게 반갑다며 호들갑스럽게 웃었다. 그만큼 무척 반가웠다. 그는 우리와 같이 다녀도 되냐고 물었고 난 당연히 좋다고 했다.

　화장실에서 나온 루루는 잘생긴 그를 보자 귀까지 붉어져 귓속말로 그가 멋지다고 속삭였다. 스무살의 감성이 좋긴 좋구나 하는 생각이 들었다.

　난 그날 밤버스를 타고 샹그릴라로 떠날 예정이었는데 그는 몇일 뒤 리장으로 간다고 했다. 동행 없이 밤버스를 타자니 무서워서 리장에 가지 말고 샹그릴라로 가자고 꼬드겼지만 무리였다.

　우리는 중국에 두개뿐이라는 천주교회에 갔다.
　그곳은 신기하게도 바이족 양식이 아닌 고구려 유민에 의한 한국양식이라고 하는데 확실하진 않은 것같다. 내가 보기엔 한국양식보단 중국양식에 더 비슷한 것 같았기 때문이다.
　D씨는 나보다 다섯 살이 어렸고 중국어과를 다니는 학생이었는데 교환학생으로 왔다가 한국에 돌아가기 전 여행을 하는 중이었다. 루루와 대화하는 것으로 보아 그는 중국어를 잘하는 것 같았다.
　나는 중간중간 D씨에게 샹그릴라로 가서 메리설산 트레킹을 하자고 했지만 요지부동이었다.

　떠날 시간이 다가올수록 걱정이 되었다.
　밤버스는 침대버스였는데 낮에 가는 것이 매진이 되어 어쩔 수 없는 선택이었다. 침대버스를 혼자 타는 것이 무섭기도 했지만 샹그릴라에 내려 숙소까지 가는 차편이 불안했고 호객꾼이 많다고 해서 두려웠다.

　버스시간이 거의 다되어 루루와 아쉬운 이별을 해야했다.
　지금 샹그릴라로 가는 것이 겁이 나듯 처음 따리에 도착해 버스를 탈 때도 같았다. 그 순간 수호신처럼 나타나 따리에서의 시간을 행복하고 알차게 만들어준 따리의 장강7호 루루에게 무어라 말할 수 없을 만큼 고마웠다 그리고 아쉬웠다. 헤어짐은 아무리 해도 연습이 되지 않는 것 같다.

먹먹한 마음으로 루루를 떠나보내고 D씨에게 마지막 미끼를 던졌다.

[같이가요. 샹그릴라]

그는 결국 짐을 싸서 나와 동행하기로 했다.

#. 닭장 버스

아뿔사…!
며칠 숙박비도 포기하고 나온 그의 차표는 없었다.
매진이었던 것이었다. 나는 결국 혼자가야 했고 D씨에게도 마지막 인사를 했다.

짐을 챙겨 나와 미니버스를 기다렸다. 가슴이 요동쳤다. 오늘따라 무척 추운 것 같기도 했다. 괜히 밤 버스를 탔나싶기도 하고 다시 돌아갈까 싶기도 했다. 이미 두려움으로 정신이 지배되어 잔뜩 움츠려든 채 주변을 살피며 버스에 올라탔다.

버스엔 나뿐이었다. 가로등 하나없는 어두운길을 말 한마디 없는 중국아저씨와 달리니 침이 꼴깍꼴깍 넘어갔고 그 와중에서도 그가 내 두려움을 알아챌까봐 불안했다.

나는 콩닥콩닥 뛰는 마음을 진정시키며 민박집 아저씨가 소개해준 곳이니 날 죽이지는 않을 거야 라며 스스로를 다독였다.

이윽고 버스가 서더니 한 아주머니와 다섯살 정도 되는 아이가 탔다. 그제야 안

심이 되어 한숨을 몰아쉬며 쉴 새 없이 그녀에게 말을 시켰다. 병마용으로 유명한
서안에 사는 아주머니는 아들과 여행을 하던 중이었는데 자기도 밤버스 타는 것이
무서워 걱정을 하고 있었다며 내가 있어 안심이라는 것이었다. 그때까지 말 한마
디 없던 운전기사 아저씨도 호탕하게 웃으며 말을 하셨고 영어를 할줄아는 아주머
니가 통역해주어 이런저런 이야기를 하며 버스정류장으로 갔다. 중간중간 다른 일
행들이 차에 탔고 서서히 긴장이 풀어져 내 정신을 지배하던 두려움은 온데간데없
어졌다. 그들은 혼자 샹그릴라로 가는 나에게 자신들이 있으니 걱정하지 않아도 된
다고 안심시켜 주었고 그제야 긴장이 풀렸다.

버스 천장에 있던 닭

　미니버스가 도착한곳엔 닭장 같은 침대버스가 있었는데, 그 안에는 좌석은 없고 다닥다닥 붙어있는 철재 이층침대들이 있었다.

　동맹이 된 미니버스일행은 근처에 자리를 잡았다. 버스표에 지정된 자리 따위는 중요하지 않은 것 같았다. 아주머니는 바로 옆자리에 내 자리를 마련해주었다.

　나는 이리저리 흔들리는 이층침대에서 굴러 떨어지지 않기 위해 후드티를 벗어 양쪽 손잡이에 묶었다.

　꽉 조여지니 잠이 왔고 화장실에 가고 싶을까봐 물 한 모금 마시지 않았다. 나는 관속에 들어간 드라큘라처럼 반듯이 누워 천장을 바라보았다. 무엇을 실었는지 투두둑거리는 소리가 계속 났다.

　깨어나지 않고 샹그릴라에 도착하기를 기도하며 잠에 들었다.

　잠이 푹 들었는지 일어나니 샹그릴라였다. 멀리 이색적인 티베트양식의 건물들이 보이고 아름다운 일출이 하얀 건물위에 드리워져 거리가 온통 붉다.

　공기가 부쩍 찼고 따리보다 더 숨이 차오른다.

　버스에 내려 미니버스 일행들을 기다리니 밤새 두드리던 버스천장에 무엇이 있었는지 알 수 있었다.

커다란 나무박스엔 무엇인가 담겨져 버스 아래로 던져지고 있었다. 그때서야 그 것이 무엇인지 알려주듯 상자 사이사이 목을 뺀 닭들이 죽겠다고 꽥꽥거렸다. 경 악스러운 풍경이 너무 우스워서 소리 내어 웃었는데 같은 중국인들에게도 이 광경 은 매우 이색적인 것이었는지 놀라워하며 사진을 찍었다. 저렇게 높은데서 던지는 데 닭이 죽지 않는다는 것이 신기했다.

예상처럼 정류장밖엔 호객꾼들에 모여 있었다. 장족자치구인 이곳은 도심에서 보던 중국인과는 다르게 까맣고 부리부리한 인상에 눈이 크다. 더구나 성향이 호 전적이라고 들었던 차라 지레 겁을 먹었는데 만일 혼자였다면 바가지를 쓰거나 무 섭고 곤란했겠다 싶었다. 일행들은 인해전술을 이용해 그 중 한사람을 둘러쌌다. 그리고 공격적인 흥정에 들어갔다. 그들의 대화는 마치 싸우는것 같아서 나는 끼 어들 틈도 없이 아줌마의 아들과 흥정을 구경하고 있었다. 밀고 당기기를 거듭한 끝에 드디어 내게 오케이 신호를 보냈다. 우리는 우르르 몰려가 미니버스에 올라 탔다.

그들은 민박집의 위치를 잘 모르는 날 위해 또다시 우르르 버스에 내려 민박집 마당까지 데려다주었다. 너무 고마워서 인사를 하고 아주머니와 가벼운 포옹을 하 였다. 귀여운 아이도 마지막으로 한번 끌어안고 작별인사를 건넸다.

그렇게 우여곡절 끝에 샹그릴라에 도착했다.

#. 내 마음속의 해와 달

짐을 풀고 침대에 앉자 백 미터 달리기를 한 것 같았다. 순간 천식환자들의 괴로움을 공감할 수 있었다. 이래서는 고산증때문에 메리설산 근처에도 못갈 것 같아 뒷산에 올라갔다. 조금씩 고도적응을 하려는 것이었다.

2년전쯤 윈난지역을 여행하다 쿤밍에서 고산병을 심하게 앓은 적이 있었다. 구토에 설사에 열이 펄펄 나서 꼼짝없이 숙소에 이틀을 누워 있을 수밖에 없었다. 무엇보다 머리가 깨질 듯한 두통은 견디기 힘들만큼 괴로웠다. 고산병은 고도에 적응하기 위한 자연스러운 인체반응이라고는 하지만 한 도시에서 며칠을 아무것도 할 수 없는 것은 보통손해가 아니다.

그래서 미리미리 적응훈련을 해야 한다.

뒷산은 올라가지도 않았는데 입구부터 숨이 찼다. 깊이 숨을 몰아쉬고 발걸음을 옮기는데 산을 올라가서 숨이 차는 건지, 고도 때문에 숨이 차는 건지 알 수 없었다. 하지만 보통때 같았음 한달음에 올라갈 언덕을 오십 미터도 못 올라가는 것을 보면 고도가 높긴 한가보다.

두통 때문에 괴롭긴 했지만 다행히 쿤밍에서 내성이 생긴 건지 따리에서 고도적응을 한 것인지 다른 증상은 없었다.

언덕엔 야크가 평화롭게 풀을 뜯고 있었다. 인도에서 소에 받친 후 생긴 트라우마 때문에 겁이 났지만 야크는 아주 순한 동물이라 해서 가까이 가보았다. 껌뻑껌뻑 거리는 커다란 눈과 속눈썹에서 선한기운이 느껴졌다. 용기를 내서 야크의 등을 조심스럽게 쓰다듬었다. 부드러운 감촉이 느껴졌다. 내가 만지던 말든 야크는 목에 걸린 종을 댕가릉댕가릉 흔들며 풀을 뜯고 있었다.

정상이 가까워오자 타르쵸(오색천이 줄에 달려있는데 불교 경전이나 소망 같은 것이 적혀있다. 각각의 색마다 가진 뜻이 다르다)가 길을 안내하듯 길게 묶여져 있었다. 얼기설기 겹쳐져 바람에 나부끼는 모습이 환상적이었다.

정상에는 절이하나 있었고 멀리 끝이 보이지 않는 평원이 펼쳐져 있었다. 콩나물 시루처럼 빽빽한 건물 속에 살았던 내게는 낯설지만 편안한 풍경이었다.

타르쵸를 걷고 절벽으로 가서 앉았다. 그곳은 바람이 세지만 평원이 가장 잘 보이는 곳이었고, 인적이 드물어 무섭긴 했지만 신기하게도 타르쵸가 안정감을 주었다. 신성한 이곳에서 범죄를 저지를 사람이 없겠지 하는 믿음 때문이었다.

샹그릴라의 원래지명은 중뎬이다. 제임스 힐튼의 '잃어버린 지평선' 이라는 소설에서 티벳언저리를 꿈과 같은 환상적인 도시 샹그리라로 표현했는데, 2001년 중국 정부가 중뎬을 샹그리라고 발표하면서 지명 자체를 바꾸었다고 한다. 그때부터 외국 관광객의 발걸음이 많이 늘었다고 한다.

중국의 추진력이 대단한 것 같다.

작은 나시족 마을에 불과했던 리장고성이 강력한 지진에도 무너지지 않고 건재해 세계의 이목을 끌었던 것을 놓치지 않고 그 일대를 모두 허물어 전통가옥을 지었다는 것에서도 볼 수 있듯 중국의 불도저식 관광 사업은 배울 점도 있지만 무지막지함이 징그럽게 느껴지기도 한다.

하지만 어찌되었던 그 때문에 유네스코에 등재되어 세계적인 관광지가 되었지 않은가.

한 가지 재미있는 건 제임스힐튼은 윈난지역을 여행한 적이 없다는 것이다. 그야말로 꿈속의 낙원을 그린 것이니 잃어버린 지평선이라는 제목이 걸맞다.

실제로 샹그리라에는 볼 것이 많지 않다. 긴 시간 험한 길을지나 오직 그곳을 보기위해 갔던 '잃어버린 지평선' 의 애독자들이 실망을 하기에 모자람이 없을 만큼 …

하지만 며칠 있다 보면 실망이 무슨말인지도 모를만큼 매력에 빠져들게 된다. 느릿느릿함과 고풍스러움, 밤마다 광장에 모여 추는 춤과 길가에 쪼르륵 앉아있는 전통복장의 장족할머니들, 숨은 차지만 청량한 아침공기.

어느 곳이던지 진정한 매력을 느끼자면 최소 삼일은 있어야 한다. 그곳의 낮과 밤 그리고 사람을 느끼기엔 충분한 시간이 필요하기 때문이다.

*

제주도 올레길 일주를 할 때 마라도를 간적이 있다. 나는 주변에서 마라도에 대해 특별한 감정을 들은 적이 없다. 잠시 들리는 곳. 혹은 짜장면 먹으러 가는 곳. 그다지 볼 것이 없는 곳으로 표현되는 그곳에서 이틀을 지냈다. 그것은 매우 충동적이었다. 그렇게 그 작은 섬이 내 마음을 잡았고 잊을 수 없는 최고의 섬이 되었다.

나는 그곳에서 기다리는 고요함을 배웠던 것 같다.

해가 뜨는 곳에 서서 해를 마중했고. 해가지는 곳에 앉아 배웅했다. 끝에서 끝을 달려도 길지 않은 시간이 걸렸고 배가 끊긴 아무도 없는 새벽과 저녁은 섬에 나뿐인 것 같았다.

벌판엔 길게 자란 풀들이 왈츠를 추듯 우아하게 흔들리고 절벽에 부딪혀 산산이 부서지는 파도소리는 심장박동 같았다. 그곳엔 무한한 생명력과 자연스러움이 있었다.

난 아이를 갖고 싶을때 마라도에 가겠노라 다짐했었다.

생명력 가득한 일출과 정적인 노을을 가슴가득 안고 축복의 순간을 맞이하고 싶었더랬다.

*

다시 말하지만 샹그리라는 그다지 볼 것이 많은 곳이 아니다. 중국의 볼 것 넘치는 다른 지역에 비하자면 먹을거리나 놀 것이 많은 것도 아니지만 이상하게도 매력적이다.

마라도의 노을

샹그리라는 티벳어로 '내 마음속의 해와 달' 이라고 한다.

나는 그곳의 어떤 볼거리보다 낮과 밤, 소리, 총총히 떠있는 별, 이른 아침의 안개 섞인 찬 공기 등으로 그곳을 기억한다.

내게 시간이 흐른 후 남게 되는 잔상은 오로지 감성적으로 기억되지만 그런 섬세한 감정은 나를 다시 그곳으로 데려간다.

'이상향의 도시 샹그리라'

이 슬로건처럼 꿈같은 잔상만이 마음속에 자리 잡아 해와 달처럼 아름답고 감성적인 느낌으로 남는 것이 아닐까?

산에서 내려와 근처 음반가게에 갔다. 'dida'를 사려고 했지만 골목골목 돌아다녀도 음반이 없었다. 노래제목을 확실히 알지 못했고 말한 다해도 잘 알아듣지 못해서 매번 노래를 불렀다.
[띠따링가링가링가 띠따리가링가링 가아~~~]

파는 곳이 없어 결국 버스정류장까지 나왔다.
길가 코너에 제법 큰 음반가게가 있어서 그곳에 들어가 아르바이트생을 앞에 두고 노래를 불렀다.
[띠따링가링가링가 띠따리가링가링 가아~~~]

아르바이트생은 다짜고짜 노래를 부르는 내가 당황스러웠는지 멍하니 바라보았다. 나는 짧디 짧은 중국어를 섞어서 다시 말했다.

[쯔거(이거) - 띠따링가링가링가 띠따리가링가링 가아~~~요?(있어?) 메이요?(없어??)응? 응??]

신기하게도 알아들었는지 단번에 찾아주었다. 그리고 자신의 핸드폰에 있는 노래를 들려주기도 했다.
신이 나서 숙소로 들어와 사장님에게 틀어달라고 했다. 민박집 휴게실에 울려 퍼지는 아름다운 노랫소리와 군불을 쬐며 앉아 나누는 대화가 무척 조화로웠다.
난로위에는 해바라기 씨가 잘 구워져 가운데를 물으면 바삭하고 벌어졌다. 알맹이는 지금 나누는 이곳의 공기처럼 고소하고 담백했다.

사장님은 고산병이 심해질 수 있으니 샤워를 하지 말라고 했지만 온몸에 한기가 들어서 하지 않을 수가 없었다. 전기장판을 세게 틀어놓고 샤워를 하자마자 이불 속으로 쏙 들어갔다. 잘 데워진 이불속이 엄마 품처럼 따뜻했다. 몸이 노곤 노곤해지자 잠이 왔다.

얼마가 지났는지 사장님이 올라오셨다.

[나래씨 누가 찾아왔어요~!.]

#. 재회

누굴까 하면서 휴게실로 내려갔더니 따리에서 만난 D씨가 서있었다.

그는 밝게 웃고 있었다. 다시 봐도 훤칠하고 잘생긴 외모였다.

큼직한 이목구비와 박하향이 날 것 같은 시원한 미소 특히 넓은 어깨와 탄탄해 보이는 허벅지는 젊음의 상징 같았다.

그는 우여곡절 끝에 아침 일찍 버스표를 구해서 샹그릴라로 왔다고 했다. 무척 피곤해 보였지만 특유의 활달함이 느껴졌다. 우리는 함께 밥을 먹고 민박집 사람들과 게임을 하기도 했다. 밤이 되고 잘 시간이 되었지만 민박집의 남는 침대가 없어서 할 수 없이 그는 휴게실의 커다란 의자에서 잘 수밖에 없었다. 이 추운 날씨에 휴게실에서 자는 그에게 무척 미안했다.

여자 방에 침대가 하나 남긴 했지만 그는 거절했다. 간혹 유럽에는 혼숙 도미토리가 있기도 하지만 분리되어 있는 것이 보통이어서 난감하기도 했을 것이다.

나는 무엇보다 메리설산에 함께 갈 동지가 생겨서 너무나도 기뻤다.

#. 페이라이스의 아침

날씨가 좋지 않았다. 비가 오면 가는 것이 위험하기 때문에 사장님은 염려하셨지만 꼭 가고 싶었다. 결국 저질러 보고 싶은 마음으로 일단 가기로 했다. 메리설산으로 가는 트레킹의 시작점인 페이라이스(바래사)로 가서 상황을 보고 메리설산 등반을 결정할 참이었다.

샹그릴라에서 페이라이스 까지는 일곱 시간 정도가 소요되는데 이 구간의 길이 상당히 험하다. 낭떠러지 위로 난 도로엔 실제로 안전시설이 없고 길도 넓지 않아 중간에 절벽에 떨어진 버스도 여러 대 보았다.

소변을 지릴 것 같은 스릴있는 길을 장시간 가다보니 온몸에서 경련이 일 것 같았다. 게다가 내 자리는 맨끝 창가쪽이고 차체가 높아 덜컹거리는 버스의 운동감이 더 크게 느껴졌다. 나는 내내 울상이었지만 D씨는 놀이기구를 타듯 신이 나서 휴게소에서는 바닥에 시체처럼 널브러져 사진을 찍어줄 것을 부탁하기도 했다.

나는 그 와중에서도 가방에 있는 보험증서를 꺼내 약관을 확인해보았다. 내 목숨값은 2억이었다. 덜덜 떨리는 손으로 곱게 접어 가방에 넣었다. 설상가상으로 사고 난 차를 보니 도저히 눈을 뜨고는 못갈 것 같아서 내내 눈을 감고 있었다. 그렇다고 잠이 오는 것도 아닌데 고문이나 다름없었다.

우여곡절 끝에 우리는 페이라이스(바래사)에 도착했다.

여럿이 자는 민박집에는 온수가 나오지 않아 하는 수 없이 호스텔을 잡았는데 창문을 열면 메리설산이 한눈에 보이는 곳이었다.

남자와 단둘이 한방에 있는 것이 조금은 민망하고 어색했지만 어차피 침대도 멀리 떨어져 있어 다행이다 싶었다.

하지만 본능적으로 이불을 똘똘 감싸고 나도 모르게 내내 긴장이 되서 오히려 아무렇지 않은 척 담담한 채를 했다.

　[댕가릉–– 댕가릉 –––]
　목동을 따라 큰 야크부터 작은 야크까지 20~30마리 정도의 큰 무리가 길을 지나가니 야크목에 걸린 종의 하모니가 페이라이스의 아침을 깨운다. 결국 안개 때문에 메리설산의 일출은 맛만 볼 수밖에 없었다. 봉우리가 가린 반쪽 일출이었기 때문이었다. 일출 욕심이 많은 나는 새벽부터 일출을 보기위해 한 시간에 한 번씩은 일어나 창문너머에 메리설산을 바라보았지만 도무지 걷힐 기미가 보이지 않았고 결국 아침이 되었다.
　컵라면에 뜨거운 물을 붓고 고도 때문에 공처럼 빵빵해진 커스터드를 뜯었다.
　커피와 함께 아침을 먹고 숙소를 나섰다.

　#. 시땅스타일

　날씨는 좋지 않았지만 비가오지는 않아서 메리설산으로 가기로 했다.
　시땅마을 까지는 세 시간 정도 걸리는데 마침 중국인 여행자들이 미니버스 흥정을 하고 있어서 합류했다.
　우리는 총 다섯 명이었고 각자 떠나온 곳도 최종목적지도 달랐지만 메리설산을 가는 것은 같았기 때문에 함께하기로 했는데, 서로 비슷한 또래여서 재미가 있었다. 무엇보다 홍일점이라는 사실이 즐거웠다.

　시땅마을에 도착하자 등산에 필요한 물품과 요깃거리를 사러 들어갔다. 다들 피로회복제를 많이 구입하기에 우리도 따라서 구입을 했다. 이 음료는 전 세계적으로 팔리는데 우리나라 제품은 희석된 것이고 중국 것은 희석되지 않아 각성효과가

리농으로 가는 나무다리

더 뛰어나다고 했다. 당연히 몸에 좋을 리는 없겠지만 말이다.

  필요한 물품을 구입하고 슈퍼 앞 노점시장에서 과일도 샀다. D씨의 가방에 무거운 것을 다 끼워 넣어서 내 가방은 무척 가벼워졌다. 차를 타고 다시 이동을 하는데 창밖으로 내 나이보다 어려보이는 아가씨가 한껏 멋을 부리고 길에 서있었다. 그녀의 손에는 산닭 네 마리가 들려있었다. 닭모가지를 두 마리씩 포개 잡고 무척 도도하게 있었는데 그 터프함이 묘한 매력이 있었다.

  때때로 푸드덕 거리는 닭을 제압하는 손목텐션은 마치 춤을 추는 것 같기도 했다.

  깃털장식이 된 명품 백을 매고 가는 세련된 도시여성처럼 보이기도 했다. 순간 강남거리의 여성들이 저마다 닭 모가지를 움켜지고 패셔너블하게 걸어가는 상상을 했다. 모가지를 잡힌 닭은 죽겠다고 푸드덕대고 여자의 표정은 무척 도도한… 재미난 상상에 피식 웃음이 났다.

  중국인 일행 중 티베트까지 간다는 남자가 운전기사와 이야기를 하고 있었다. 그리고 뭔가 새로운 팁을 얻은 듯 우리에게 손짓을 했다.

  #. R씨

  메리설산의 뷰포인트마다 잘라 쓸 수 있는 통표는 200원이 넘는 가격인데 우리나라로 치면 4만원돈이다. 그들 말로는 뒷길로 가서 행운이 있다면 안낼 수도 있거나 90원 정도에 갈수 있다고 했다.

  부담스러운 입장료를 아낄 수 있다는 말에 망설이지 않고 그곳으로 갔다.

협곡을 가로지르는 아슬아슬한 다리를 건너는데 안전시설이 전혀 없었다. 위험하기 때문에 한 번에 한사람만 건널 수 있다고 해서 후들거리는 다리로 아슬아슬한 줄타기를 하듯 건넜는데 건너고 보니 자신감이 생겨서 뒤에 오는 중국인 친구에게 위협하며 소리를 지르기도 했다.

이 중국인 친구는 티벳까지 여행을 한다고 했고 커다란 가방에 중국어로 티벳이라고 쓰여있었다. 몸집이 거대하고 뚱뚱한데다 집채만한 가방을 매고있었고, 이상한 호스 같은 것이 연결된 비닐팩에 피로회복제를 담아 빨아마셨다. 집채만한 가방과 두꺼운 파카, 누런액채가 끊임없이 나오는 호스가 한 덩어리 같았고 나는 그를 보는 것만으로도 숨이찼다.

나와 D씨는 이 친구 때문에 큰 곤란을 겪었다.

이 친구는 R씨라고 하겠다.

아무도 지나간 적이 없는 것처럼 가시덤불이 얽힌 좁은 샛길과 산을 올라갔다. 이 길이라면 절대 입장료를 받는 곳이 없을 것이라 생각했지만 마치 유령처럼 수풀이 들썩이며 누군가 나와 입장료를 사라고 했다. 결국 우리는 한 푼도 할인받지 못하고 230위엔을 낼 수 밖에 없었다.

왠지 억울하고 분했다. 이 돈 아낄려고 편한 길 놔두고 험한 가시밭을 넘어 왔는데 주어 담을 수 없으니 발길을 옮겼다. 협곡에는 한 두 사람 지나가면 꽉찰 오솔길이 절벽에 맞닿아 있다. 한번 삐끗하면 세상과 안녕을 고하고 끝이 보이지 않는 흙빛 계곡물 속으로 사라지겠구나 생각하니 간담이 서늘했다.

앞서 R씨가 가고 내 뒤로 D씨가 왔다. D씨는 스릴을 좋아해서 무척 신이 난 것 같았다. 나도 풍경이 아름다워 즐기고 싶었지만 겁이 나서 벽 쪽으로 바짝 붙어 발걸음을 옮기며 때때로 떨리는 목소리로 탄성을 자아낼 뿐이었다.

이 구간은 '리농'이라고 불리는데 위뻥마을로 가는 옛길이라고 한다. 메리설산에서 가장 아름다운 길로 불리지만 길이 좋지 않고 험해서 가이드가 필요하다는 말을 들은 곳이다.

원래 계획은 샹그릴라에서 들은 대로 시땅온천에서 상위뼝으로 가서 자고 가이드를 구해 리농으로 돌아 나오려 했지만 어쩌다 보니 리농으로 들어가게 되었다.

이미 두 명의 중국인은 장족처럼 재빠르게 산을 타서 사라진지 오래였고 우리는 능력껏 열심히 걷고 있었다. 한 길로만 가다 갈림길이 나오자 의견도 갈라졌다. 결국 다른의견을 가진 우리는 R씨를 따르기로 했고 오래지 않아 가파른 산을 탔는데 아무리 길이 험하다 해도 너무하다 싶을 만큼 절벽이었다. 나뭇가지들 틈에 붙어 위쪽을 보니 원숭이들이 낯선 침입자들을 기분 나쁘게 쳐다보고 있었고 이건 아니다 싶었다.

이 길로 들어서고 한 시간도 넘게 지났는데 이러다 위뼝마을에 해지기 전에 도착할 수 있을까 걱정이 되었다.

순간 건너편산을 보니 객잔 같은 것이 하나보였고 객잔주인으로 보이는 남자가 우리를 보고 손을 흔들고 있었다. 나는 인사를 하는 줄 알고 반갑게 손을 흔들었는데 주인은 날 보지 못한 건지 아랑곳하지 않고 계속 손을 흔들었다. 엑스자로.

[야~! 너네 거기 아니야 이리로 건너와야돼.]

너무 멀어서 소리는 들리지 않았지만 이 길이 아니라는 것은 원숭이

R씨의 뒷모습

를 볼 때부터 직감했다. 나와 R씨 그리고 D씨는 절벽에 나란히 붙어 잠시 소강상태가 되었고 다시 그곳으로 가려니 까마득했지만 시간이 늦어 서둘러 가야 했다.

힘들게 올라온 길을 다시 내려가니 가슴이 답답했다.

[생각대로 할 것을… 어려운길로 들어섰다 !]

시작도 하기 전에 지쳐서 잔뜩 심술이나 속으로는 R씨의 두 뺨을 꼬집어 흔들고 있었지만 묵묵히 뒤따라갔다. 그 와중에도 R씨는 지름길을 찾겠다고 협곡으로 가는 절벽으로 내려가다 미끄러져 시간을 더 지체하고 있었다. 나와 D씨는 말없이 길을 갔다. 한참 후 객잔에 도착하자 알아듣지는 못했지만 주인은 어이가 없다는 듯이 뭐라고 한참 말하고는 웃었다.

차가운 물로 세수를 하고 시원한 물을 마셨다. 한참 뒤에 도착한 R씨는 지쳤는지 땀을 뻘뻘 흘리고 새빨갛게 상기된 얼굴로 지금은 도저히 못가겠다고 먼저가라고 했고 나와 D씨는 차라리 잘되었다 생각하며 인사를 했다.

이기적일지 모르지만 나는 그의 도태가 무척 홀가분했다.

그의 몸집과 커다란 가방만 봐도 고도가 1000미터는 높아진 것 같았기 때문이었다.

#. 동행

팝콘이 가득 떨어진 듯 소담스런 하얀 벚꽃이 계절을 말해주고 있었다. 산 아래는 아직 겨울인데 신기하게도 이곳엔 벚꽃이 피어있다. 아직 반도 못 갔는데 해가 낮아지고 있어 마음이 급했지만 넓은 야크목장 옆으로 흐르는 깨끗한 개울과 손맛이 물씬 느껴지는 나무다리가 꿈처럼 아름다웠다. 길을 몰라 물어물어 가는데다 인적이 드물어서 찾기가 힘들었다. 우리는 중간 중간 오렌지도 까먹고 음료도 나눠먹으며 길을 걸었다. 산에 가면 신기하게 무엇이든 맛이 있어지는 것 같다. 평소 그다지 좋아하지 않는 오렌지가 입에서 살살 녹아 자꾸만 찾게 되니 말이다.

D씨는 유쾌하고 활달한 성격을 가졌다. 함께 있으면 같이 있는 사람까지 즐겁게 하는 재주를 가졌고, 특히 매력적인 이목구비가 여자를 꽤나 울렸을 법했는데 연애경험은 별로 없는 아직 여자보다 친구를 더 좋아하는 순수한 청년이었다.

남녀가 함께 있을 때 달콤한 연애이야기가 주된 화두가 되는 반면에 D씨와 난 주로 하고 있는 일과 앞으로 어떤 일을 하고 싶은지나 군대이야기 또는 종교이야기였다.
힘든 산행에 숨을 몰아쉬며 나누는 대화는 녹슨 기계에 기름칠을 하는 것처럼 힘이 나게 했다.
이래서 동행이 있다는 것이 좋은 것 같다. 힘들게 올라가다가도 뒤돌아 서로 마주보고 한 번 웃으면 피로가 풀리고 위로가 되어 다시 올라갈 힘이 생기기 때문이다.

삶도 같다.
일과 사람 속에서 치이고 지칠 때 서로 웃고 털어낼 수 있는 친구가 있다면 힘들어도 잊고 다시 살게 되고, 세상에 짓눌려져 피할 곳 없이 좌절할 때 묵묵히 곁에 있어주는 가족이 있다면 힘내 일어설 수 있지 않는가.

동행이 있다는 것은 이렇게 소중한 것이었다.
나는 숨을 거칠게 몰아쉬며 벌게진 얼굴로 오렌지를 까서 D씨에게 건넸다. 그가 웃고 내가 웃으니 갈증도 피로도 가시는 것 같았다.

이 시점에서 한 가지 확실한 것은 우리가 헤매고 있었다는 것이다.

[어디서부터 잘못된 것일까…]

기다려줄 리 없는 태양은 점점 사라져 갔다. R씨로 인해 세 시간 정도가 지체되었고 설상가상 길이 끊어져 산족에 조난된 D씨와 나는 허둥지둥 올라가던 길을 되돌아 내려오기를 반복했다. 어떻게 가도 똑같은 길이고 어디에도 길이 없었다. 우리가 지금 알 수 있는 건 산에 있다는 것과 이곳 어디엔가 물소리가 나는 것으로 보아 계곡이 있다는 것 애석하게도 우린 길을 잃었다는 것이었다.

겁이 나서 정신이 반쯤나간 나는 쓰러진 나무 틈에서 간신이 두려움을 삼키고 있었다. 당황한건 D씨도 마찬가지였다. 우리는 고민하다 일단은 계곡 쪽으로 내려가는 것이 안전할 것 같다고 판단했지만 계곡 쪽에는 나무가 간간히 자란 흙절벽이어서 내려갈 수가 없을 것 같았다. 물과 과일도 다 떨어졌고 갈증에 목구멍 깊숙이 말라붙어 말하기가 힘들었다. 계곡으로 가서 물을 마셔야 살 수 있을 것 같다는 기대로 난 흙절벽에 최대한 몸을 밀착시키고 미끄러지듯 내려갔다.
나무 틈에 주저앉아 있던 그도 곧 뒤따라 내려왔다. 앞이 거의 보이지 않아 두렵고 무서웠지만 D씨가 있어서 그나마 위로가 되었다.

우여곡절 끝에 계곡에 도착했다. 뒤쳐지지 않으려고 긴장하고 걸었던 산행에서 잊어버렸던 통증이 살아난 것인지 무릎이 뒤틀어질 것처럼 아팠다. 무엇보다 갈증이 나서 계곡물을 마시려고 하자 D씨는 어떤 성분이 있을지 모르니 마시지 않는 것이 좋겠다고 했다. 그의 말이 일리가 있어 마시지 않고 쓰러진 커다란 통나무 위에 뒤돌아 앉았다.

계곡에 앉아 지쳐있는 D씨를 보니 눈물이 날것만 같아서였다.
동네 뒷산도 아닌 메리설산에서 조난이라니… 죽을 수도 있는 상황에서
그에게 함께 가자고 했던 것이 죽을 만큼 미안했다.
따리에서 만나 샹그리라 그리고 메리설산까지 내가 아니었다면 그는 지금쯤 리
장의 카페에서 아름다운 밤을 즐기고 있었을 것이다.
나는 툭치면 쓰러질 것처럼 지쳐있었다.
몸도 마음도 지쳐 눈물도 나지 않고 그저 눕고만 싶었다. 지금이 내 삶의 끝이 아
닌가라는 생각과 함께 지난날들이 주마등처럼 스쳐지나가면서 삶의 모든 망설임과
하지 않아도 되었을 고민, 내려놓아도 되었을 집착, 즐겨도 되었을 작업. 모든 것
이 아쉬움으로 다가온다.
나는 언제나 과거에 겪었던 트라우마와 먼 미래에 대한 걱정들로 현재를 상실한
채 살았다.
무엇보다 내내 나를 괴롭게 하던 삶에 대한 집착이 부질없었다는 생각이 들면서
눈물이 핑 돌았다. 뜨겁게 후회하는 지난날들을 지금에서야 내려놓는 방법을 깨달
았다는 것이 한없이 서글펐다.

생각해보니 내 지난날들은 즐겁기만 할 수도 있었다.

비가 온다.
이제는 계곡에 있는 것도 위험해졌다. 멀리 아주 멀리 객잔처럼 보이는 불빛이
보였지만 너무 어둡고 지쳐서 찾을 수나 있을까 싶었고 밤이 되니 뚝 떨어진 기온
에 몸이 덜덜 떨릴 만큼 추웠다.
비 때문에 일단 계곡을 피하는 것이 나을 것 같아 건너편 산으로 올라갔다. 한참

을 올라가니 마구간 같은 것이 하나 있었는데 그 곳이라도 들어가야 될 것 같았지만 가까이 가보니 그 곳을 들어가느니 얼어 죽는 것이 낫겠다 싶을 만큼 을씨년스러워 우린 그저 멀리보이는 빛을 따라 걷기로 했다.

얼마나 걸었을까 사람들 소리가 들렸다. 앞이 잘 보이지 않아 소리를 질렀는데 역시 사람소리가 맞았고 소리를 더듬어 가보니, 그곳에 길이 있었다. 강이 흐르는 다리를 건너니 산위로 객잔이 보인다. 사람들이 불빛을 들고 나와 어디론가 가는 것 같았는데 우릴 보더니 의아해했다.
후에 중국인들에게 들은 이야기지만 아직도 이곳엔 산적이 자주 출몰해서 잘못하면 죽임을 당할 수도 있을 만큼 위험하다고 한다.

나는 그 빛이 천사의 빛처럼 느껴졌다.
이내 다리에 힘이 풀리면서 맨바닥에 주저앉았다.
내내 참았던 눈물이 터져 나오는데 막을 수가 없었다. 그 눈물은 살았다는 안도감, 고마움, 미안함이 섞인 뜨거운 감정이었다. 물끄러미 바라보던 D씨가 나를 이끌고 올라갔다. 힘겹게 올라가 문 닫은 매점을 두드리니 아주머니가 나오셨고 시원한 사이다와 물을 사서 둘 다 숨도 안쉬고 벌컥벌컥 마셨더니 재밌는지 우리를 계속 쳐다보았다.
D씨와 난 마주보고 한참을 웃었다. 웃는 건지 우는 건지 모를 이 호탕한 웃음과 목구멍을 쏘아대는 탄산수의 시원함을 평생 잊지 못할 것같다.
신기하게도 이제까지 힘들었던 것을 탄산수와 함께 시원하게 삼켜버려 하나도 힘들었던 것 같지 않았다.

기대가 되었다. 이제 어떤 고난이라도 즐겁게 맞을 수 있을 것 같다.
삶에 끝을 경험한 괴로움이 이곳에 도착해 탄산수를 들이키는 순간 전혀 힘들게 느껴지지 않았듯. 진정 삶의 끝에 섰을 때 내가 걸어온 길의 고통은 아무것도 아니었듯 희석되어 즐거움만을 느끼리라는 것을.

#. 장족 vs 한족 vs 한국인

무릎과 발이 아파서 장족 따제에게 뜨거운 물을 부탁했다. 세숫대야에 물을 받고 물집 잡힌 발을 담그니 '악' 소리가 날만큼 아팠다. 발을 담근 채로 파스를 꺼내 무릎에 붙이고 그대로 뒤로 쓰러졌다.

파카를 입어도 치아가 덜덜 떨리게 춥다. 낮에는 봄이더니 밤엔 혹한이다.

D씨와 이런저런 이야기를 나누다 보니 아래층이 소란스러웠다.

우리와 떨어졌던 일행이 찾아온 것이었다.

그들은 우리를 찾아 위뻥마을 여기저기 물어 다녔던 모양이었다. 헤어졌던 일행을 보니 감개무량했다.

몸이 오그라들 만큼 추운 탓에 화덕이 있는 곳으로 모두 모여 앉았다. 나무를 때는 화덕위엔 커다란 물 양동이가 있고 불 때문인지 부엌전체가 은은한 오렌지 빛으로 물들었다. 따제가 야크 젖으로 만들었다는 술을 꺼내와 조금씩 맛을 보았는데 나는 술을 못해서 한 모금에도 얼굴이 화끈거렸다.

도란도란 이야기를 나누며 술잔을 기울이니 노래가 빠질 수 없어 장족vs한족vs한국인의 노래자랑을 하기로 했다. 첫 번째로 장족 따제의 구성진 전통 노래가락이 울려 퍼지고 수줍어하면서도 춤까지 추었는데 들썩거리는 어깨춤사위가 우리나라 전통춤과 흡사해서 신기했다.

따제는 신에게 매일 제사를 드리기 위해 티베트에서 이곳으로 이주해 왔다고 한다. 그녀는 성스러운 신산에 사는 것을 무척 만족해했다.

장족은 티벳족이라고도 한다. 중국의 56개 소수민족 중 하나로 열악한 환경때문인지 호전적인 성격을 갖고 있다고는 하는데 내가 만난 장족은 특별히 그렇지는 않았던 것 같다. 하지만 아직도 샹그릴라에서는 밤에 싸움이 많이 일어나고 장족 대부분이 칼을 품고 다니기 때문에 밤에 술을 마시러 나가는 것은 자제해야 한다고 들었다.

따제의 노랫소리가 부엌에 울려 퍼지니 술에 취하고 분위기에 취하고 몸도 노곤노곤하니 잠이 왔다.

장족팀에 이어 R씨가 한족대표로 노래를 불렀다. 한족은 중국에서 비율이 가장 높은 민족이다. 그 많은 중국 인구 중 90%라고 하고 한족이라는 것에 대한 자긍심이 높다고 한다.

R씨는 마치 웅변을 하듯 노래를 불렀다. 이 노래는 군가 같은 느낌이 났는데 한족 세명의 합창에 잠이 싹 달아났다. 이윽고 우리차례가 와서 나와 D씨가 한 곡조씩 뽑고 나니 피곤이 몰려왔다.

인사를 하고는 방에 올라와 누워 천창을 보았다. 이불을 턱까지 끌어당겨 덮어도 너무 추워서 잠도 안 오고 고산증 때문에 머리가 깨질듯 아팠다.

#. 경계해야 하는 세상

잠이 들려고 하는데 D씨가 들어왔다. 술판이 끝난 모양이었다. D씨는 옆 침대에 누워 이런저런 말을 했는데 선잠이 들어 횡설수설을 했다.

D씨 말로는 한족들이 우리를 연인이라고 생각했다고 한다. 사실 우리는 어쩔 수 없이 한방에서 자긴 했지만 그렇다할 로맨스는 없었다. 그는 내게 다음부터는 이

러지 말라는 말을 했다. 또 내게 정신교육을 받아야겠다고 하며 혼을 내기 시작했다.

나는 잠에 든 것처럼 못 알아듣는 척 얼버무렸지만 잠이 확 달아나버렸다. 그 대화 후 갑자기 D씨가 남자인것 같아 잠을 잘 수가 없었고 그도 그랬는지 밤새 뒤척였다.

[내가 만약 정말 나쁜 사람이라면 큰일날 수도 있는 거 알아요?]

[난 D씨를 처음 봤을 때부터 그런 사람이 아니란 걸 알았어요]

[으아!!! 그런 사람이라고 이마에 써 붙이고 다니는 사람이 어디 있어요. 경계 해야해요. 앞으론 절대 그러지 마요!]

[그래도 난 D씨는 그런 사람이 아니란 걸 알았어요.]

[휴. 아무튼 앞으로 사람을 경계해야 해요. 바로 옆에 있는 사람이 가장 무서운 사람이 될 수도 있다고요.]

[네. 하지만 D씨는 안 그렇잖아요. 난 이미 알고 있었고 고맙게 생각하고 있어요.]

내가 사람을 경계를 하지 않는 다는 것에 대한 그의 염려가 왠지 모를 착잡함으로 느껴졌다.

사실 경계하지 않는다는 것은 여행을 할 때 더구나 혼자일 때 매우 조심해야 하는 부분이다. D씨는 나보다 다섯 살이나 어렸고, 선해 보이는 인상의 한국 사람이며 메리설산에 결코 혼자서는 갈 수 없었기에 그에게 함께 하자고 하였지만 이런 행동은 그의 말처럼 매우 위험한 것이었다. 굳이 변명하자면 나는 그가 그럴 사람이 아닌 것을 확신했다. 그래서 제안을 한 것이었고 아무런 의심 없이 친구가 되었다.

경계해서 나쁠 것은 없겠지만 경계해야 하는 세상이라는 것에 대한 착잡함에 잠을 이룰 수 없었고 유난히 뒤척이는 D씨가 갑자기 어떤 행동을 할 수 있는 남자일지도 모른다는 생각에 잠을 이루지 않았던 것도 있었다.

그의 이야기를 듣고 생각해보니 한편으로 내 생각만 한 것일 수도 있겠다 싶다. 치마만 두르면 여자로 보인다는 혈기왕성한 젊은 남자에게 동행하자고 한 것부터가 의도하진 않았어도 고문이 될수도 있지 않은가. 게다가 그날 독한 야크주를 잔뜩 마셨으니 그가 거친 숨을 몰아쉬며 뒤척이던 것은 당연한 것인지도 모른다.

뜬눈으로 밤을 지새우고 인기척이 들려 고개를 돌리니 따제가 방문 앞에서 기도하는 소리가 들린다. 이렇게 여행자들의 안녕을 위해 숙소 문 앞을 다니며 기도를 하는데 기도소리에 음조가 있어 노래하는 것 같기도 하다.

D씨의 침대를 힐끗 보니 잠에 든 것 같아 나도 늦은 잠을 청했다.

모든 사람을 경계 밑으로 보는 것은 좋지 않은 것 같다. 하지만 그의 말대로 세상

에 착한남자는 드문 것 같으니 경계는 필요한 것 같기도 하다.

어렵다. 세상이라는 것이… 그리고 안타깝다 순수하게만 다가갈 수 없다는 것이.

#. 진정 샹그릴라

늦은 아침 일어나니 D씨는 밖으로 나갔는지 보이지 않았다. 춥게 잔 탓에 통통 부은 얼굴로 밖에 나가니 믿기 힘든 광경이 눈앞에 나타났다. 지난밤에 어둠에 가려 보이지 않던 풍경은 그야말로 꿈같았다.

따제의 커다란 바구니에 가득 담긴 싱싱한 토마토 중 가장 예쁜 것을 골라 크게 한입 베어 물었다. 사실 나는 이곳의 음식이 맞지 않아 먹지 못했는데 먹을 만한 것을 찾던 중 토마토를 발견한 것이었다.

눈앞에 펼쳐진 평원과 하늘에 닿을 듯 솟은 카와거보를 보며 산속에 이런 곳이 있다는 것도 놀라웠고 멋진 풍경에 감탄을 했다.

메리설산은 중국 윈난성에서 가장 높은 산으로 6,000미터가 넘는 봉우리가 13개 있다.

가장 높은 봉우리인 '주봉(카와거보)'은 티베트 어로 '설산의 신'이란 뜻이다. 티베트에 있는 여섯 개의 큰 봉우리 중 가장 신성시 여기는 곳이라고 한다.

그들에게 이곳은 매우 성스러운 곳이어서 성지순례를 하는 무리를 종종 볼 수 있는데 커와거보는 입산을 허용하지 않아 정상등반은 할 수 없다.

1991년 중일 합동원정대가 카와거보 정복을 목표로 산을 올랐지만 얼마 되지 않아 그들의 베이스캠프에 산사태가 나 17명 전원 사망한 사건이 일어났다.

그 후 한차례 더 도전을 했지만 실패했고 그 후로 입산 허가조차도 내주지 않고 있기 때문에 사실상 카와거보는 미지의 봉우리로 남게 되었다.

산이라고 하기보다 신이라고 생각할 만큼 경이로움을 내품는 메리설산은 이름답게 아직 사람의 발길이 닿지 못한 신들의 영역이다.

티베트인에게 메리설산은 인도인의 갠지스강과 같다.

티베트인들이 먼 곳에서 순례를 오고 티베트에 살던 따제가 이곳으로 이주해 사는 것도 메리설산의 신적의미가 강하기 때문이다.

그들은 메리설산을 순례하면 죽어서 좋은 곳에 갈 수 있다고 믿는다.

사람에게 죽음 후의 시간은 큰 두려움인가보다. 어떻게 해야 하고 어디를 가야만 죽어서 좋은 곳에 간다는 믿음이 성행하니 말이다. 하기야 죽음 후에 어떤 세상이 펼쳐질지 죽기 전에 알 수 없으니 두려움이 클 수밖에 없을 것 같기도 하다.

공자의 제자 계로가 공자에게 죽음이 무엇이냐고 물었다고 한다. 그러자 공자는 삶도 알 수 없는데 죽음을 어찌 아냐고 답했다 한다. 한치 앞도 모르는 세상살이인데 죽음 후까지 걱정해서야 되겠냐는 말이지 싶다.

사람마다 신념이 다르니 죽음 후의 생각도 저마다 다르겠지만 크리스찬인 나에게 죽음은 어찌 보면 천상병의 시처럼 소풍을 끝내고 집으로 돌아가듯 평온하게 다가오기도 하지만 죽음의 과정은 두렵게 다가온다.

죽음이라…
그 단어 앞에서 태연할 수 있는 사람은 드물 것이다. 하지만 자신의 죽음과 그 과정에 대한 생각은 가지고 있는 것이 좋지 않을까.

우리가 메리설산을 등반한 초봄엔 산사태가 자주 일어나 신폭에 가는 것도 안전을 장담할 수 없었다.

신폭은 신의 폭포라 불리고 매우 신성한 곳이라고 한다. 신폭가는 길의 매점 주인은 며칠전에도 신폭에 올라갔던 부부가 실종되어 찾을 수가 없다고 했다.

주인의 말에 D씨와 한족친구들은 몹시 기대하는 듯했다. 나는 그들이 그것을 위험보다는 모험이라고 생각하는 것 같아 걱정이 되었다.

나는 무릎통증이 심해서 어느 정도 올라가다 포기하고 혼자 내려올 수밖에 없었는데 산사태 때문에 일행들이 걱정되어서 D씨를 말리고 싶었지만 그럴 수가 없었다.

무릎 통증은 내리막길에서 특히 심해져 발을 디디기만 해도 뒤틀리는 듯 한 통증을 느꼈다. 돌무더기 위에 앉아 속에 입은 티셔츠를 벗어 나뭇가지를 무릎을 대고 묶으니 그나마 조금 나았다.

살얼음 아래 메리설산의 빙수가 듣기 좋게 흐르고, 햇빛에 반사되어 반짝거리는 얼음이 미간을 찌푸리게 했지만 이런 청량함은 오랜만에 느끼는 것이었다.

개울 옆으로는 작은 돌탑들이 빼곡히 세워져 있다. 돌 위에 돌을 쌓으며 소원을 비는 것이 이곳에도 있다는 것이 신기하면서도 불규칙하고 많은 돌탑이 조형적으로 아름답게 느껴졌다.

다소 단조로운 산길에 여기저기 묶여있는 색색의 타르쵸가 바람에 흔들리니 그림처럼 아름다웠다.

#. 탈출

객잔에 들러 나와 D씨의 생사를 알려주기 위해 민박집에 전화를 했다. 사장님은 우리가 떠날 때, 비가오거나 미끄러우면 절대 등반을 해선 안 된다고 내내 당부하셨던 터였다. 나는 이틀 후 북경 행 비행기를 쿤밍에서 타야했는데 내 스케줄을 들은 사장님은 서둘러 나오지 않으면 비행기를 놓칠 것이라고 했다.

시간이 촉박했다.

더 이상 지체할 시간이 없었다. 신폭에 간 D씨를 기다리기엔 무리여서 작은 메모를 남긴 채 짐을 꾸렸다. 하지만 가는 방법을 알지 못해서 잘 하지도 못하는 중국말과 손짓몸짓을 하니 따제가 상위뼝으로 가서 산을 넘어야 한다고 했다.

순간 가슴이 무너졌다. 이곳에 도착하기까지 산에서 겪은 위험과 내 눈앞의 높디 높은 산을 마주하니 막막하기만 했다. 하지만 가야한다면 결정을 해야 했다.

며칠 후엔 사랑하는 친구의 결혼식이 있었다.

윈난성 여행을 하며 시간을 잊고 지내서인지 내가 돌아가야 한다는 것도 잊고 있었는데, 꼭 와야 한다는 친구의 목소리가 귓가에 아른거려 마음이 무거웠다.

서둘러야 했다.

이틀 후 쿤밍에서 북경 행 비행기를 타야 몇 시간 지나지 않아 서울로 가는 비행기를 탈 수 있었고 그래야만 친구의 결혼식에 갈 수 있기 때문이었다.

그들은 육 년여의 열애 끝에 결실을 맺는 것이었고 가장 가까이서 둘의 연애과정을 지켜본 나로서는 절대 빠질 수 없는 자리였다.

무릎을 더 단단히 동여매고 산 아래로 내려갔다. 따제는 상위뼝으로 가는 다리까지 배웅을 해주며 무슨 말인지 알아듣지는 못했지만 조심하라는 듯 기도를 해주었다.

나는 최대한 속력을 내서 마을로 올라갔지만, 객잔에 다다르기도 전에 무릎통증이 심해져서 주저앉고 말았고 참으려 해도 자꾸만 눈물이 나왔다. 이대로는 산을 넘지 못할 것이다. 결국 나는 결혼식에 가지 못할 것이다.

이럴바엔 다시 D씨에게 돌아갈까 싶어 멀리 하위뼝 마을을 바라보니 그것보다는 지척에있어 다시 힘을 내 올라갔다. 마을에 도착하자 눈물에 흙에 엉망진창이 된 얼굴로 주변을 두리번거렸더니 한 아주머니가 다가와 도움이 필요하냐고 물어보았다.

나는 눈물을 훔치며 사정을 이야기 했고 다리가 아파서 산을 오를 수가 없다고 하니 말을 타고 가라고 했다. 옆을 보니 말이라기보다는 당나귀에 가까워보이는 여러 마리가 매여 있었다. 아주머니는 마부에게 나를 연결시켜 주고 울지 말라고 울면 더 추워진다면서 따뜻한 차도 한잔 주셨다.

　그렇게 말에 올라타 산을 오르기 시작했다.

　십분 정도 올랐을까.

　하늘을 뒤흔드는 듯 한 굉음이 났다. 산사태가 난 것이다. 하루에 다섯 번 정도 산사태가 난다고 한 말이 사실이었다. 하위뻥 마을을 바라보며 신폭에 간 D씨가 걱정이 되었고. 쪽지만 남기고 떠날 수 밖에 없던 안타까운 심정에 마음도 무너져 내렸다.

　말을 타고 갈 수 있는 것은 정상까지었다. 마부에게 다리가 너무 아파 그러니 시 땅까지만 가달라고 부탁했지만 단칼에 거절당하고 불안한 마음으로 말에서 내렸다. 무릎은 한계가 왔는지 디딜 때마다 뒤틀리는 고통이 느껴졌다.

　산 아래로 내려갈 것을 생각하자 또다시 막막해져 주변을 보니 여자 남자 함께 여행을 온 듯한 중국인들이 보였다. 나는 그들에게 가서 무턱대고 도움을 청했다. 들어줄지 않을지 모르지만 달리 방법이 없었고 마부들과 거칠어 보이는 장족 청년들은 무서워서 도움을 청할 수가 없었다.

　중국인들은 함께 산행을 온 친구사이였고 나와 또래가 비슷한 것 같았다. 그들은 페이라이스로 가서 하루자고 샹그릴라로 간다고 했다. 같은 루트여서 그들에게 나도 함께 갈 수 없겠냐고 부탁했는데, 그들은 잠시 상의하더니 흔쾌히 함께 하자고 했다. 하지만 나는 다리 한 쪽을 거의 쓸 수 없었고 나뭇가지를 더 구해 단단히 동여매는 것 밖에는 할 수있는 것이 없었다. 더구나 아직 길은 눈이 쌓여 미끄러웠다.

　민폐였지만 다행히 남자일행 두 명이 양쪽에서 부축해 주어서 다섯 시간 넘게 산을 내려왔다. 산 아래 도착하니 앞이 보이지 않을 만큼 깜깜했고 우리의 길을 밝히는 자동차 헤드라이트를 보며걸었다. 그들이 렌트한 지프차가 우릴 기다리고 있었던 것이었다.

혼자 내려왔으면 어찌해야 했을까 생각하니 간담이 서늘했다. 한밤중에 휑하고 인적 없는 이곳에서 혼자 차를 구해 페이라이스로 간다는 건 무덤을 파는 것이나 다름없는 행동이니 말이다.

차에 타서 그들에게 고맙다는 말을 할 때마다 고맙고도 고마워서 목이 멨다. 하지만 여전히 민폐는 계속되었다. 다리를 굽힐 수가 없어 가장 넓은 자리를 차지한 것도 미안한데 그들은 연신 과일이며 빵이며 먹을 것을 주었다. 그리고 내게 말했다.

[이제 걱정하지 않아도 돼. 우리가 너를 샹그리라까지 데려다 줄게.]

창밖으로 보이는 메리설산이 점처럼 보이고 어떻게 저산을 나왔는지 기억조차 안날만큼 아득해져 쓰러지듯 잠에 들었다.

#. 살아있다는 것.

기도소리에 잠이 깨어 고개를 드니 운전기사가 소리 높여 기도를 하고 있었다. 마치 노래하듯 핸들을 조심스레 돌려가며 주문을 외우듯 기도를 했는데, 한밤중에 칠흑 같은 어둠을 뚫고 위험천만한 길을 달리는 차와 생사에 대한 기도인 것 같았다.

그 기도소리는 위뻥 마을에서 들었던 따제의 기도소리와 비슷했다. 새벽에 장족 따제가 문 앞에서 하던 기도소리와 겹쳐지며 다시 위뻥마을이 생각났다. 그리고 기도를 할 만큼 위험한 상황이라고 생각하니 차라리 자는 것이 낫겠다 싶어 눈을 감았다.

〈금사강제일만〉 강을 기준으로 운남성과 사천성으로 나뉜다고 한다.

　다시 눈을 뜨니 페이라이스에 도착했다.

　여럿이 자는 도미토리는 인원이 다차서 나 혼자 더블 룸을 잡았다. 텅 빈 객실에 혼자 들어가니 무서워져서 티비를 크게 틀어놓고 욕조에 뜨거운 물을 가득 받았다.

　엉망이 된 온몸구석구석 닦고 욕조에 들어가 웅크리니 긴장이 풀린다. 잠시 감정이 복받쳐 올라 흐느끼다 살았구나라는 안도감에 크게 숨을 몰아쉰다.

　내가 이렇게 삶에 대한 애착이 강한사람이었던가. 별로 힘들지 않은 일에도 '죽고싶다' 라고, 버릇처럼 말했는데. 세상을 살면서 겪는 모든 고뇌는 죽음에 비하면 시시콜콜할 수밖에 없는 사소한 것임에도 나는 왜 즐겁지도 감사하지도 못했을까.

이곳에 와서 겪은 일이 굉장히 위험 할 수도 있었다는 생각과 순간마다 손을 잡아준 중국인 친구들에 대한 고마움. 무엇보다 아직 메리설산에 있을 D씨… 그는 신폭에 잘 다녀왔을까. 아무 일도 없어야 할 텐데. 복잡한 생각들로 고개가 힘없이 땅을 향한다.

#. 두 번의 재회

페이라이스의 아침은 언제나 상쾌하다.

D씨와 보지 못했던 카와거보도 선명히 보였다. 아침 일찍 친구들과 간단한 요기를 하고 지프차에 올라탔다. 그리고 주변에 있는 관광지들을 하나씩 들려 사진을 찍었는데, 그럴 때마다 나를 부축해서 데리고 다녔다. 그들은 완벽히 나를 병자로 대해주었고 식사부터 시작해 물이나 간식도 모두 가져다주었다. 나 혼자만 이렇게 편하게 좋은 구경을 한다는 것이 D씨에게 미안했다.

드디어 샹그리라에 도착해 민박집 앞까지 데려다 준 그들 앞에서 나는 말없이 닭똥 같은 눈물을 뚝뚝 흘렸다. 그리고 한명씩 가슴에 안으며 목이 메어 정확하지 못한 말투로 말했다.

[정말 고마워. 너네 아니었다면 난 죽었을지도 몰라. 정말… 고마워.]

그들은 내 등을 토닥이며 아무 일도 아니라는 듯 말했다.
[메이관씨 (천만에~)]
그들이 떠나고 민박집으로 들어서자 민박집 사장님도 걱정을 많이 하신 것 같았다. 여러모로 폐를 끼쳐 죄송스러웠다.

다행히 D씨와 연락이 되신 사장님은 내가 떠나기 전 D씨가 도착할 수도 있다고
했다. 신폭에서 돌아오자마자 내 쪽지를 발견한 D씨는 바로 짐을 싸서 출발했다고
했다.

짐을 싸놓고 마지막으로 샹그릴라 시내를 둘러봤다. 은장식이 된 팔찌와 모피로
만들어진 빨간 모자를 샀다. 예쁜것을 사니 기분전환이 되는 것 같다. 이래서 여자
들은 쇼핑을 좋아하나보다. 이렇게 아픈 다리를 이끌고서도 쇼핑을 하니 말이다.
근처 가게에 들러 연고같은것을 무릎에 발랐지만 영 신통치가 않았다. 산에서 내
려오니 평화롭고 한적한 마을이 낯설게 느껴졌다.

다시 민박집에 돌아와 샤워를 하고 걸어 나오는데 눈앞에 D씨가 서 있었다.

#. 고맙습니다.

내 눈앞에 서있는 D씨의 몰골이 말이 아니었다. 십 미터 정도 거리를 두고 나는
쉽게 그에게 다가갈 수 없었다. 눈물이 나올 것 같아 애써 참고 웃었다. 그의 파카
는 여기저기 찢어져 있었다. 마음이 급해서 발을 헛디뎌 절벽으로 미끄러졌다고 했
다.
그는 주머니에서 무언가를 꺼내 내게 내밀었다. 휴대폰이었다. 잃어버린 지도 몰
랐던 내 휴대폰을 길에서 주워 여기까지 가지고 와준 것이었다.
그는 시원하게 웃었다. 그의 미소를 보니 마음이 편해졌다.

[정말 미안해요]

고개를 푹 숙인 채 뜯어진 그의 옷자락을 물끄러미 바라보며 말했다.
그는 장난기 어린 말투로 대답했다.

[도망가지 좀 마요. 쫓아가다 죽을 뻔했어.]

우리는 서로 마주보고 한참을 웃었다.
나는 민박집에서 제일 비싼 야크스테이크를 그에게 대접했다.
그리고 말했다.

[고맙습니다.]

ps. 나는 계획대로 친구의 결혼식에 갈 수 있었다. 새로 산 핫핑크색 원피스를 입고 곱게 화장을 하고 생사를 넘어 친구의 결혼식을 보았다.
아름다운 순백색 웨딩드레스에 쌓인 친구를 보니 카와거보가 생각난다.

그리고 따제의 순박한 미소와 과즙 가득한 토마토… 시원하게 웃던 D씨. 큰 도움을 준 중국 친구들…

[모두 고맙습니다.]